SR. LOVERMAN

BERNARDINE EVARISTO

Sr. Loverman

Tradução
Camila von Holdefer

COMPANHIA DAS LETRAS

Copyright © 2013 by Bernardine Evaristo

Grafia atualizada segundo o Acordo Ortográfico da Língua Portuguesa de 1990, que entrou em vigor no Brasil em 2009.

As citações da peça *Romeu e Julieta* de William Shakespeare foram retiradas da tradução de José Francisco Botelho (São Paulo: Penguin-Companhia das Letras, 2016). As citações da peça *Rei Lear* de William Shakespeare foram retiradas da tradução de Lawrence Flores Pereira (São Paulo: Penguin-Companhia das Letras, 2020). As citações da peça *Hamlet* de William Shakespeare foram retiradas da tradução de Lawrence Flores Pereira (São Paulo: Penguin-Companhia das Letras, 2015). As citações das peças *Henry V* e *Timón de Atenas* de Shakespeare foram retiradas da obra *Teatro completo*, tradução de Barbara Heliodora (São Paulo: Nova Aguilar, 2016).

Título original
Mr. Loverman

Capa
Giulia Fagundes

Imagem de capa
Confident Reader, de Olániyi Omótáyò, 2023, acrílica e óleo sobre tela, 121,9 × 91,4 cm.

Preparação
Ana Alvares

Revisão
Valquíria Della Pozza
Paula Queiroz

Dados Internacionais de Catalogação na Publicação (CIP)
(Câmara Brasileira do Livro, SP, Brasil)

Evaristo, Bernardine
    Sr. Loverman / Bernardine Evaristo ; tradução Camila von Holdefer. — 1ª ed. — São Paulo: Companhia das Letras, 2024.

    Título original: Mr. Loverman.
    ISBN 978-85-359-3544-8

    1. Romance inglês I. Título.

23-167303   CDD-823

Índice para catálogo sistemático:
1. Romances : Literatura inglesa   823

Eliane de Freitas Leite – Bibliotecária – CRB-8/8415

Todos os direitos desta edição reservados à
EDITORA SCHWARCZ S.A.
Rua Bandeira Paulista, 702, cj. 32
04532-002 — São Paulo — SP
Telefone: (11) 3707-3500
www.companhiadasletras.com.br
www.blogdacompanhia.com.br
facebook.com/companhiadasletras
instagram.com/companhiadasletras
twitter.com/cialetras

Para o David, por tudo

Nem tudo o que se enfrenta pode ser mudado,
mas nada pode ser mudado até que se enfrente.

James Baldwin (1924-87)

Sumário

1. A arte do casamento, 11
2. A canção da doçura, 28
3. A arte de ser normal, 41
4. A arte do almoço de domingo, 57
5. Canção do desespero, 77
6. A arte dos relacionamentos, 85
7. A arte da metamorfose, 122
8. Canção da súplica, 154
9. A arte de ser um homem, 167
10. A arte de se perder, 197
11. Canção do desejo, 213
12. A arte da família, 223
13. Canção do poder, 248
14. A arte de ser dissimulado, 255
15. A arte de cuidar dos negócios, 283
16. A arte de emudecer, 293
17. Canção da liberdade, 299
18. A arte de viajar, 309

Agradecimentos, 327

1. A arte do casamento
Sábado, 1º de maio de 2010

O Morris está sofrendo daquela aflição conhecida como abstinência. Ah, sim, nem mais uma gota de bebida vai passar pelos lábios dele antes de ele deixar esta terra numa caixa de madeira, ele disse agora mesmo, quando a gente tava no salão de baile, o Mighty Sparrow arrebentando "Barack the Magnificent" na caixa de som.

A última vez que isso aconteceu foi quando ele decidiu virar vegetariano, o que foi bem divertido, já que esse cara passou a vida inteira enchendo o bucho com todas as partes de um animal, tirando o pelo e os dentes. Tá, de repente o Morris começou a meter palavras exóticas na conversa, tipo "soja", "tofu" e "Quorn", e a me perguntar como *eu* ia me sentir se alguém cortasse minha perna e cozinhasse pro jantar. Nem me dignei a responder. Aparentemente, ele tinha visto um daqueles documentários sobre galinhas criadas em gaiolas levando injeção de hormônio de crescimento e então deduziu que ia se transformar numa mulher, ganhar tetinhas e coisas do tipo.

"Sim, Morris", eu disse. "Mas depois de setenta e poucos

anos comendo frango, reparei que você ainda não tá precisando de sutiã. Então me diz, como é que você explica isso?"

Agora saca essa: em menos de um mês eu tava passando pela espelunca de frango frito do Smokey Joe na Kingsland High, e aí quem eu vi lá dentro, dando cabo de um pedaço de frango, as pupilas quase sumindo de tão revirados que tavam os olhos no auge do êxtase, como se tivesse num bacanal da Grécia Antiga sendo alimentado com uma travessa de coxas de frango suculentas e douradas por um Adônis núbil? E o olhar na cara dele quando entrei e peguei ele com toda aquela gordura escorrendo pelo queixo? Se eu ri? Sim, Morris, eu me escangalhei de rir.

Então lá tava a gente no salão de baile, no meio de todos aqueles jovens suados e com tesão (relativamente falando), rodopiando os quadris sem esforço. E lá tava eu tentando mexer as cadeiras como se tivesse girando um bambolê, só que hoje em dia pareço mais uma lata enferrujada de sopa sendo aberta com um abridor velho. Tô tentando dobrar os joelhos sem demonstrar nenhuma dor e sem descer demais por acidente, porque sei que não vou conseguir subir de novo e ao mesmo tempo tento me concentrar no que o Morris tá gritando no meu ouvido.

"Dessa vez é sério, Barry. Não consigo mais aguentar toda essa intoxicação, não. Minha memória tá ficando tão ruim que acho que terça-feira é quinta-feira, o quarto é o banheiro, e chamo o meu filho mais velho pelo nome do mais novo. E aí quando faço uma xícara de chá, deixo lá até ficar fria. Quer saber, Barry? Vou começar a ler alguma coisa daquele Shakespeare que você tanto ama e fazer palavras cruzadas. E além disso vou me matricular numa academia com desconto para aposentados, aí posso fazer sauna todo dia pra manter a circulação pulsando legal, porque entre mim, você e essas quatro paredes..."

Ele parou e olhou ao redor para ter certeza de que ninguém tava bisbilhotando. Certo, Morris. Dois velhotes falando das provações e tribulações de ser geriátrico, e uma sala inteira de jovens girando lá quer saber disso?

"Notei de repente na semana passada que tenho varizes", ele sussurrou tão perto do meu ouvido que cuspiu, e tive que limpar com o dedo.

"Morris", digo. "Todo velho tem varizes. É bom ir se acostumando. Mas o esquecimento? Você deve ter demência precoce e não tem nada que possa fazer, só comer mais peixe cheio de óleo. Já ficar sóbrio..."

Calei a boca porque o Morris, com as sobrancelhas franzidas numa expressão patética, de repente pareceu um cachorrinho. Ele quase sempre faz piada também, me acerta na cabeça com um taco de críquete metafórico. O Morris é um cara sensível, mas não hipersensível, porque isso de fato ia fazer dele mais mulher que homem — em especial num determinado período do mês quando elas têm aquele brilho enlouquecido nos olhos e é melhor não dizer a coisa errada, ou a coisa certa da maneira errada. Na verdade, mesmo se disser a coisa certa da maneira certa elas podem vir atrás de você com uma faca de trinchar.

"Fica tranquilo. Tô de sacanagem, homem." Dei um soco no peito dele. "Se você estivesse ficando maluco, eu ia ser o primeiro a te dizer. Nada pra se preocupar, meu amigo. Você tá tão são quanto sempre foi." Então murmurei com o canto da boca, "o que não quer dizer grande coisa".

Morris ficou me encarando daquele jeito ferido que ele devia ter superado há uns sessenta e nove anos.

Cheguei à conclusão de que ele devia estar sofrendo dos sintomas da abstinência do álcool. Não que eu tenha experiência direta com isso de abstinência, porque nunca fiquei um dia sem a doce birita me benzer os lábios. A diferença entre mim e o Morris é que na maior parte dos dias só fico nisso, molho o bico com uma provinha, um aperitivo, uma coisinha pra me esquentar.

Um gole de rum Appleton, um copo de Red Stripe ou Dragon Stout, principalmente pra apoiar a indústria do alcoolismo lá das ilhas. Chame isso de benevolência. Só no sábado à noite me entrego às minhas tendências à *esbórnia*. No caso do Morris, ele não consome a bebida; a bebida o consome. Curtido. Esse homem tá curtido. A proporção de álcool no sangue dele deve ser de noventa pra dez, sem brincadeira. Não que ele devesse se preocupar, é um daqueles pinguços que ficam bem assim.

Finalmente resolveu descontrair e abrir um sorriso. Ninguém consegue ficar deprimido perto de mim por muito tempo. Siiim. Sou o Provedor do Bom Humor. Sou o Valium Humano.

"A gente é veterano agora", digo pra ele. "Tem que se adaptar. Além disso, a gente tem que acreditar que nossos melhores anos ainda estão por vir, não que já passaram. A única maneira de lidar com esse trem que não para de seguir em direção ao esquecimento é ser positivo. Essa não é a Era do Pensamento Positivo? Você já ouviu aquela história de copo meio cheio ou meio vazio. A gente tem que deixar meio cheio. Combinado, meu camarada?"

Estendo a mão, mas em vez de apertar ele mistura as bolas e começa a agir como um adolescente, tentando um daqueles cumprimentos tipo hip-hop, batida de punho, balanço de dedos, que nós dois entendemos errado e quem olhar vai pensar que somos dois *velhotes* ridículos bancando os brotos.

Morris, ah, meu querido Morris, o que é que eu faço com você? Você sempre foi surtado. Quem é aquele que sempre te diz, "Morris, tira esse peso do peito e deixa isso comigo?".

Agora olha pra você, esse seu corpo meio-médio — o mesmíssimo que fazia a "Dança do Morris" em torno dos adversários no ringue de boxe pra se tornar o Campeão Júnior de Boxe de Antígua em 1951 — ainda é muito forte, apesar de uma ou duas varizes de nada. Você ainda é o cara que eu conheci. Ainda tem uma *musculatura* impressionante nos braços. Ainda tem uma barriga mais para dentro do que para fora. E nada de rugas, exceto algumas no pescoço, mas que ninguém além de mim vai notar.

Mas, Morris, tem uma coisa que sei com toda a certeza sobre você: seu coração e sua mente sempre gostaram de viajar naquele navio transatlântico que todo mundo chama de Dona Birita. É ruim que você pule desse barco a essa altura da vida para acabar abandonado numa ilha deserta chamada Sobriedade.

Isso eu sei sem sombra de dúvida porque eu, Barrington Jedidiah Walker, Ilustríssimo Senhor, te conheço, Monsieur Morris Courtney de la Roux, desde que nós dois éramos uns trombadinhas de voz esganiçada e cara lisa esperando as bolas descerem.

Não tô nem reclamando, porque, enquanto o Morris planeja se tornar uma pessoa melhor, ele me leva pra casa no Ford Fiesta, já tô bêbado demais pra ficar atrás do volante de um carro e percorrer as estradas principais e secundárias do leste de Londres sem ser detido pelos rapazinhos de azul. Sinto falta disso — beber, dirigir e sair impune, como todos nós fizemos nos anos 60 e 70. Nenhuma câmera de vigilância fitando você em silêncio com aqueles olhos de ciclope trezentas vezes por dia enquanto você trata dos seus assuntos na cidade de Londres. Assim que saio da minha porta, sou *vigiado*. O Grande Irmão entrou na nossa vida e nenhum de nós tá reclamando. Não posso nem tirar uma catota do nariz sem que fique marcado para a posteridade.

O Morris me leva até a minha calçada, Cazenove Road, nº 100, Stoke Newington, espera para confirmar que vou entrar no portão certo e não vou cair na sarjeta, aí vai embora devagarinho na primeira marcha com um aceno alegre e desajeitado.

Ele devia ter entrado pra um chocolate quente com especiarias e um pouco de aconchego sereno de velho.

Mas não. Meu coração afunda, porque vou entrar na cova do leão.

Essa é a história da vida da gente.

Dos ois e tchaus.

Subo o caminho ruidoso de cascalho na ponta dos pés, e estou na Zona de Risco, a Carmel tem a audição de um morcego. Viro a chave na fechadura, abro a porta e espero, as orelhas em pé. Nos velhos tempos a Carmel vez ou outra tinha o costume de passar a tranca, me obrigando a rebocar o traseiro por cima do portão lateral e me sentar no cortador de grama no galpão, esperando a aurora raiar e a ira dela se extinguir. Até que uma vez derrubei a chutes a porta lateral do jardim pra mostrar pra ela que não podia mais manter o rei fora do castelo.

Uma vez a salvo lá dentro, tiro e atiro o paletó e aí ele engancha no cabideiro à esquerda da porta. Cai no chão. O cabideiro deve estar fora do lugar. Tento de novo. Ele cai na escada. Terceira vez — bola na rede! Consegui! Siiim. Você levou a melhor, Barry. Bato na minha própria mão num cumprimento pra delírio das multidões ao mesmo tempo que capto no espelho do vestíbulo um vislumbre do "cavalheiro arrojado", como as senhoras inglesas costumavam arrulhar nos velhos tempos. Aquelas de boas maneiras, isso sim, tão diferentes dessas piranhas que lançam epítetos menos lisonjeiros a um homem andando inocentemente pela rua cuidando da própria vida. Deixa pra lá. Aqueles dias ficaram para trás há muito tempo. Não fui xingado por ninguém, exceto pela patroa, por pelo menos vinte anos.

Ainda sou um Farrista. Ainda aqui, Deus seja louvado. Ainda estiloso e vestido com apuro e tendo um gingado bastante viril. Ainda com mais de um e oitenta de altura e sem nenhum sinal de encolhimento. Ainda funcionando num certo *je ne sais* qualé. Posso ter perdido cabelo, mas ainda tenho um bigode bem aparado no estilo dos antigos românticos de Hollywood. As pessoas me diziam que eu parecia um jovem Sidney Poitier. Agora me dizem que lembro um Denzel Washington (ligeiramente) mais velho. Quem sou eu pra discordar? Fato é fato. Alguns de nós têm, outros não. Manda ver, Barry. Manda ver...

Levando em conta que tenho me comportado como um gatuno na minha própria casa por quase cinquenta anos, a subida das escadas em direção ao covil é cheia de ansiedade.

A porta do quarto tá entreaberta.

Eu me espremo e entro de mansinho.

A primeira coisa que faço no escuro é puxar o clipe de ouro que mantém unidas as duas linguetas da minha gravata azul listrada. A única coisa decente que ganhei quando me aposentei da Ford Motors em Dagenham. Depois de quarenta anos suando a camisa, me vieram com uma gravata, me vieram com uma porcaria duma placa gravada, me vieram com um relógio que é mais Timex que Rolex e me vieram com um aperto de mão pegajoso e um discurso condescendente do diretor-executivo sr. Lardy Cabelinho-Lambido no refeitório dos funcionários.

"É com enorme tristeza, sr. Walker, que dizemos adeus a um funcionário que nos prestou um serviço tão dedicado durante tanto tempo. Sua presença no chão de fábrica tornou você muito querido por seus colegas. Ouvi dizer que é muito brincalhão, um contador de anedotas e tanto, um grande *raconteur*."

Ele fez uma pausa para me analisar, como se não tivesse muita certeza de que eu entendia palavras de cinco sílabas ou aquelas meio afrancesadas, depois completou, "Ah, você sabe, uma pessoa que encanta os outros com histórias".

Ih, rapaz, fico tão atiçado quando as pessoas falam de um jeito superior comigo, como se eu fosse um caipira tapado que não entende as particularidades do Inglês Correto. Como se eu não tivesse estudado na Escola Primária de Antígua, a melhor do país. Como se todos os meus professores não tivessem vindo da nave-

-mãe colonizadora. Como se este Pequeno Inglês aqui não conseguisse falar o Inglês Correto tão bem quanto qualquer Grande Inglês por lá, quer dizer, *aqui*. E daí se eu e a minha gente optamos por bagunçar *co inglêis britaniquêis* sempre que a gente tem vontade, descartando as nossas preposições com as calcinhas, mijando no penico da sintaxe e da ortografia corretas e estropiando a nossa gramática *aleatoriamente*? Essa não é a nossa prerrogativa *pós-moderna* e *pós-colonial*?

De qualquer forma, quando cheguei aqui no belo navio *Imigrante*, trouxe comigo uma *valise* com certificados escolares, e se não fui pra nenhuma universidade foi porque não tive uma nota boa o suficiente pra conseguir a única bolsa de estudos do governo pra uma universidade na Inglaterra. Estudo à noite desde 1971 para compensar isso.

Sociologia, psicologia, arqueologia, oleologia — é só dizer. Literatura inglesa, língua francesa, *naturellement*. Nem me façam falar do sr. Shakespeare, o Ilustríssimo, com *quem* tenho tido a mais satisfatória relação *intelectual, rapazinho*. Conheço minha arteologia também: Miró, Monet, Manet, Man Ray, Matisse, Michelangelo, Murillo, Modigliani, Morandi, Munch, Moore e Mondrian, pra não mencionar o resto do alfabeto. Até arrastei o Morris praquela polêmica exposição *Sensação*, na Academia Real, em 1997, pra ver a cama safada da Emin, o esterco de elefante do Ofili, o tubarão em conserva do Hirst e a cabeça sangrenta do Quinn. O Morris debochou: "Eu faço melhor". Ao que eu respondi: "Pode ser mais conceitual que artesanal, Morris, mas a arte ia ser um tédio se os artistas continuassem pintando só corpos masculinos sarados com bundas duras como pedras, lábios carnudos e protuberâncias penduradas no estilo do Renascimento".

Se bem que... pensando melhor, talvez não...

A palavra final do Morris? "Nesse caso vou mijar num balde e exibir como Arte com A maiúsculo."

O problema do Morris é que ele não gosta de ir muito fundo. Não é que ele não seja capaz, porque aquele homem é acima da média. Foi ele quem conseguiu a bolsa pra estudar matemática na Universidade de Hull, mas, quando chegou lá, não gostou do frio, não gostou da comida, não gostou do curso, não fez o trabalho dele e, quando foi expulso no final do segundo ano, não quis ir pra casa. Cara de sorte, encontrou trabalho como contador prum atacadista têxtil em Stratford, o que foi muito bom, já que era difícil pra gente conseguir esses trabalhos. O chefe dele era um tal de sr. Szapiro, judeu polonês que fugiu do Gueto de Varsóvia. O Morris gostava do chefe, mas morria de tédio com o trabalho. Mesmo assim ficou quarenta e três anos.

Durante esse tempo todo, eu tava ficando intelectualizado. Este aqui, humilde montador de motores, pode falar com os melhores sobre todos aqueles filósofos de poltrona alisadores de queixo. Como Sócrates, que acreditava que o homem devia conhecer a si mesmo e questionar tudo, romper os limites das crenças. Platão dizia que ser uma pessoa moral significava não apenas saber o que é certo, mas também escolher o certo. Até que finalmente percebi que, se você passar muito tempo com esses cabeçudos da Grécia Antiga, sua mente vai se precipitar para a estratosfera. Eles são tão cerebrais, cê vai acabar doidinho. Então larguei minha aula de filosofia em Birkbeck e mudei pro tipo mais antigo e mais confiável de conhecimento: o concreto.

Se ao menos eu tivesse falado pro Cabelinho-Lambido que fazia muito tempo que eu não precisava trabalhar na Ford porque tava construindo meu negócio imobiliário desde os anos 60, comprando barato, reformando, dando a locação pra Agência Imobiliária Solomon & Rogers cuidar. A única razão de ter continuado a bater cartão na fábrica foi porque eu realmente gostava do trabalho e gostava de trabalhar com as minhas mãos. Homem deve trabalhar com as mãos, não é verdade? E eu ia ter sentido demais a falta dos meus companheiros de trabalho: Rakesh, Tommy, Alonso, Tolu, Chong, Arthur, Omar — as Nações Unidas da Ford, como a gente se apelidou.

Ponho o clipe de gravata dentro da pequena tigela na mesinha de cabeceira, aquela com cegonhas azuis pintadas à la porcelana chinesa da época da Dinastia Ming, acho eu. O formato de taça com ilustrações de peônias é identificável por causa das minhas diversas expedições ao Victoria and Albert Museum, pra onde eu arrastava o Morris. A única diferença entre a nossa tigela e a original é que a Carmel comprou a nossa na Woolworth por noventa e nove centavos em 1987. Isso não tem importância nenhuma, porque nem Deus vai ser capaz de me ajudar se algum dia eu quebrar esse troço. A mesma tigela costumava conter todas aquelas balinhas de limão que eu adorava explodir na boca antes de decidir parar de vez de fazer pouco-caso das minhas perolazinhas. Melhor assim, porque ainda consigo deslumbrar com meus marfins indestrutíveis. Devo ser o único homem na terra com setenta e quatro anos com o próprio conjunto completo, nem um único extraído, fechado, facetado ou coroado.

Em seguida, desfaço o nó da gravata e penduro ela no puxador da porta do guarda-roupa bem atrás de mim, torcendo o tórax pro lado oposto do quadril de um jeito um pouco brusco demais. Congelo, me viro pra trás e deixo os músculos se realinharem, tudo voltado pra mesma direção: cabeça, ombros, quadris. Preciso ter cuidado, porque na minha idade algo que deveria esticar pode acabar se rompendo.

Tiro as abotoaduras de ouro da camisa branca engomada e deslizo elas pra dentro da boca perfeitamente redonda da tigela. Desabotoo a dita camisa e puxo a bainha pra fora da calça folgada verde-acinzentada com uma prega permanente na frente e as barras viradas que sempre acabam cheias de cinzas de charuto depois de uma noite de bebedeira. Logo vai chegar a hora de pedir pro Levinsky fazer um terno novo. Vale a pena a caminhada por Londres até Golders Green, porque ele é o único que conheço que ainda consegue fazer um terno no autêntico estilo anos 50 sem cobrar o preço de Savile Row.

Então me contorço pra tirar as mangas, embolo a camisa nas mãos e jogo no canto perto da janela, pra Carmel lavar.

Ela cai como... um suspiro.

Gostei disso. Derek Walcott? Tá ouvindo aí de Santa Lúcia? Não tô nem aí se recebeu o Prêmio Nobel de Poesia, melhor tomar cuidado, porque o Barrington Walker vai roubar a vanguarda linguística de você, cara.

Apesar dos meus cuidados, a respiração profunda da Carmel trava e ela toma fôlego com uma espécie de engasgo aquoso, como se tivesse acabado de evitar o próprio afogamento.

In-fe-liz-men-te.

A patroa vira e acende o abajur florido da cabeceira com um clique que soa como se tivesse apertado um gatilho. A pele debaixo do braço dela balança longe do osso.

É bronca na certa.

"Já é de manhã, Barrington."

Ela está usando a versão de três sílabas do meu nome...

"Você sabe como o tempo passa, querida?"

Afirmação, não uma pergunta.

"Não é mesmo?"

Ameaça, não uma pergunta.

"Por que você não volta a dormir, querida?"

Instrução, não uma pergunta.

"Ah, vou ter muito tempo pra dormir quando o Bom Deus vier me buscar, e isso não vai demorar muito, tenho certeza."

Chantagem emocional — pura e simples.

"Em todo caso, espero que ele venha me buscar antes de buscar você, querida."

Mentira — pura e simples.

"A não ser que aquele com chifres e um tridente pegue você primeiro."

Tento me concentrar na tarefa em curso, mas, quando olho de relance pra Carmel, vejo que ela se prepara pra invadir a Polônia.

Tiro os três anéis e ponho na tigela. Meu rubi é uma belezinha, como um dedal de sangue que foi derramado em um molde oval de ouro. Comprei quando o meu primeiro imóvel deu lucro. Ganhei o pneu de caminhão de ouro daquele alemão trabalhador da construção civil em 1977. Ele era um pouco brutamontes, "bicha rude". Meu favorito é uma serpente enroscada com escamas de diamante e olhos de safira brilhantes, a cabeça erguida, pronta pra dar uma mordida na maçã.

Quanto à minha aliança de casamento? Só uma ferramenta de cortar metais ia conseguir tirar do meu dedo.

Muitas vezes resisti a uma ida à loja de ferragens.

"Trazendo o fedor de charutos pro *meu* quarto de novo."

"Sinto muito."

"E aquela *nhaca mundana de mijo velho* de rum."

"Sinto muito."

"Quando cê vai tomar jeito?"

"Sinto muito."

"Podia ter ligado, pelo menos."

"Eu sei, eu… sinto… muito."

"Eu disse pra você comprar um celular anos atrás."

E eu lá sou maluco? Um celular pra velhota conseguir me localizar a qualquer hora do dia ou da noite?

Carmel vem jogando esse jogo há muito, muito tempo. Às vezes ela afrouxava por uns meses ou até anos, como na década de 80, quando parecia bastante contente, gostava do trabalho dela, cuidava mais da aparência e começou a socializar com os colegas da firma. Eu e ela nos acomodamos numa *détente*. Então, do *nada*, ela resolve ficar chateada, quando tudo o que quero fazer é rastejar pra cama e dormir.

Até onde ela acha que sabe, o marido é um mulherengo. Fica por aí lançando a semente dele em todas aquelas Jacintas, Judites e Narcisas imaginárias. Baseada em que evidência? Perfume exótico? Batom no colarinho? Calcinhas de senhoras no bolso do meu paletó?

Posso dizer honestamente pra minha esposa, "Querida, nunca dormi com outra mulher".

Ela escolhe não acreditar em mim.

Seus olhos enormes estão quase pulando pra fora. Se ela não tomar cuidado, vou pegar e jogar pingue-pongue com eles um dia desses.

O que a Carmel devia agradecer, o que a Carmel devia perceber, é que o homem dela é um dos bons, porque volta pra casa, pra cama dela, há cinquenta anos. Tudo bem, tudo bem, às vezes é na manhã seguinte, talvez à tarde, ocasionalmente um dia ou dois podem se passar...

"Sim, minha querida. Vou comprar um celular se isso te deixa feliz."

Minha cara insinuava, *Não quebre o nosso Pacto de Não Agressão, querida*.

Abro a fivela imensa de metal do cinto. Aquela com a cabeça de búfalo que se divide em duas.

Chegamos ao ponto dos trâmites em que deixo cair as calças. Pela primeira vez esta noite. (*In-fe-liz-men-te*.)

Tenho que tirar as meias de algum jeito, mas não sinto vontade de me abaixar porque posso vomitar por todo o tapete felpudo imaculado que a Carmel comprou trinta anos atrás para os joelhos dela quando está rezando de manhã, ao meio-dia e à noite, e até mesmo em voz alta, durante o sono. No entanto, se eu me atrever a emporcalhar ele, ela vai buscar um rifle onde guarda seu arsenal de armas *metafóricas* e me atirar pela janela.

Cruzo uma perna sobre a outra e, balançando como um iogue com falta de prática (e sentindo que a Carmel tá querendo que eu caia), dou conta de tirá-las.

Chegamos a um impasse.

Ela é a Esfinge que guarda a cidade de Tebas. Cabeça de mulher, corpo de leoa, asas de águia, memória de elefante, mordida de crocodilo de água salgada com novecentos quilos de pressão por centímetro quadrado, pronta pra arrancar minha cabeça.

Pra eu poder ir pra cama, tenho que dar a resposta certa pro enigma que ela nem mesmo propôs porque acha que já sabe a resposta.

Na parede oposta está o maldito papel de parede que ela tanto ama. Tem um certo *tema*: flores espalhafatosas, vegetação da selva, animais tropicais. Ele começa a embaçar, e me preparo para a manada de elefantes que está prestes a passar por cima de mim.

Estou tão cansado que podia dormir em pé com minha cueca branca e a regata arrastão.

É aí que percebo que ainda tô de chapéu. Tiro e faço uma reverência agitando o chapéu em floreios, como um cavalheiro do século XVIII sendo apresentado na corte. Quando nos casamos, isso teria sido suficiente pra fazer a patroa dar risadinhas.

Ela dizia que eu era o homem mais engraçado do mundo.

Agora o coração dela tá tão congelado que dá pra arrancar um pedaço e cortar um diamante com ele.

Quando foi a última vez que fiz essa mulher rir? Em que *década* foi isso, afinal? Em que *século*? Em que *milênio*?

Ela olha pra mim como se eu fosse um completo imbecil.

O que eu deveria fazer? Ir em direção à cama e me sujeitar à ira dela? Me aconchegar no chão? Dormir em outro quarto? Vestir meu pijama de seda Derek Rose com monograma e descer as escadas? O mesmo conjunto que tenho que lavar à mão, senão ela vai destruir como fez com meu novo roupão de caxemira de lã importada? A amada esposa conseguiu fazer com que ele encolhesse três tamanhos na máquina de lavar em menos de um mês.

Mas para que maldição dos infernos devo apelar quando tô cansado e bêbado demais pra fazer qualquer coisa a não ser dormir?

Carmel sai da cama naquela camisola de náilon azul com babados no decote que gruda no corpo quando ela anda. (*In-fe--liz-men-te.*)

Calça as pantufas cor de laranja acolchoadas com tiras de pompons e para bem na minha frente. "Soube justo hoje que papi teve um segundo derrame e tá no hospital e fiquei pensando que nunca deveria ter deixado você me colocar contra ele."

O quêêêê? Eu *só* fiz isso quando nos casamos; no restante do tempo ela ficou contra ele por conta própria. Nos últimos trinta anos, tenho implorado a ela pra fazer viagens *prolongadas* pra casa.

"Desculpe, mas não é esse o homem que esmurrou a sua mãe tantas vezes que ela já tinha até cama particular no hospital?"

Morris não é o único a mostrar sinais de demência, sem dúvida. Desde que conheço a Carmel, as palavras "desgraçado" e "pai" têm sido hifenizadas; assim como "marido" e "desgraçado" têm sido conjugadas de forma semelhante. Ela é revisionista, como aqueles que negam o Holocausto.

"Isso foi há muito tempo... Tenho certeza que minha mãe perdoou ele agora que ela tá lá em cima com o Bom Deus... senão eles não iam ter... deixado ela entrar."

Demência *confirmada*.

"Ele tá com quase cem anos e não vejo ele há quase trinta. Ele tá chamando a filhinha."

O cara ainda teve uma vida longa, apesar de tudo.

Era um grande homem por lá, mas, assim que comecei a trabalhar pra ele, vi que de grande não tinha nada. Quebrou praticamente todos os ossos do corpo da mãe dela. Implorei que a mulher deixasse o brutamontes, mas o que ela me disse? "Barry, isso não é da sua conta."

Muitas mulheres eram assim: não importam quantas pancadas levassem, achavam que tinham que aguentar. E quando se atreviam a ir pra delegacia, a polícia dizia que tinham que voltar pro marido.

A mãe da minha própria mãe foi retalhada com uma foice pelo segundo marido de um jeito tão horrível que acabou numa cirurgia em Holberton e depois disso nunca mais conseguiu andar. Ela morreu por causa dos ferimentos internos antes de eu nascer. Minha mãe sempre repetia pra mim "Trate bem as mulheres, tá ouvindo?". E é isso que tenho feito, não encostei uma única vez um dedo na minha esposa e fiquei por perto pra criar minhas filhas. Nunca que eu ia abrir espaço na cama da minha esposa pra uma figura duvidosa de padrasto dormir na mesma casa que Donna e Maxine.

Não, siô, minhas garotas estavam protegidas.

De qualquer forma, é melhor a Carmel ir correndo até lá pra proteger aquele casarão enorme onde ela cresceu antes que os contestadores de testamento mudem as fechaduras. O pai dela teve mais de oitenta anos pra espalhar a semente dele.

Ela ainda tá de pé na minha frente com aquele seu hálito matinal.

"Escuta bem, Barrington. Vou pra casa ver o meu pai na segunda-feira, e, quando voltar, as coisas vão mudar por aqui. Não vou mais aturar você metendo a sua coisa por aí nessas piranhas vagabundas. Chega."

Fuzilo ela com os olhos, mas ela não vacila.

Dá um tempo, mulher. Estou de saco cheio de ter que enfrentar sua cara miserável depois de uma noite de descontração.

"Deixa eu dizer uma coisa, Carmel. A única piranha que

conheço é aquela que me olha com cara de bunda quando não fiz…"

Antes de eu poder terminar a frase, ela dispara um golpe esmagador na minha costela.

Ah, Deeeels, chegamos a isso, então? Chegamos a isso *de novo?*

"Que Deus condene você", ela diz, dando um esbarrão ao passar por mim.

Eu me viro, lembrando que aqueles frascos pesados de loções na penteadeira agora estão ao alcance das patas dela.

"Você e sua *arrogância*", ela continua, arrancando o roupão de flanela amarelado do gancho e se enrolando nele, escancarando a porta.

Saio atrás, reprimindo o desejo irresistível de dar uma ajudinha para os *cascos* dela descerem aqueles degraus íngremes, todos os vinte e três.

Se acalma, Barry. Cê é melhor que isso.

Então tento abrir a boca, mas parece que vou vomitar: um projétil de vômito de cinquenta anos de decepção, desilusão e autodestruição arremessado pelas escadas nas costas dela.

Uma *bouillabaisse* de vômito.

Um banquete de náuseas.

Um balde cheio de merda.

Carmel… Carmel, *querida*, quer saber? Quer saber de uma coisa? Você tá certa. Sim, você tá certa. Deus já me condenou. Não se preocupe, fui arrastado pro Fogo Eterno há muito tempo. Deus me condenou no dia em que escolhi entrar nesse casamento infernal em vez de seguir o meu querido Morris, doce amor, puro-sangue, sangue-quente, pulsante-bombeante, órgão latejante de um indomável, incontrolável, irrefreável *coração* de homem apaixonado.

2. A canção da doçura
1960

... aí está você, Carmel, se embalando no balanço branco com toldo na varanda do papi

oscilando pra frente e pra trás enquanto todos lá dentro dormem depois do banquete de casamento com

guisado de carnes com legumes e bolinhos fritos, fubá cozido na panela de barro e refogado de tamarindo, torta de mamão, bolinhos de batata-doce com coco, bolos de coco ralado deliciosos e pão caseiro amanteigado

o corpo deles ficando pesado enquanto a cabeça encharcada de rum alça voo noite adentro

parentes amontoados em dois quartos de hóspedes, *tanties* — Eudora, Beth, Mary, Ivy —, os tios — Aldwyn e Alvin —, vários cônjuges e primos — Augusta, Obediah, Trevor, Adelaide, Neville, Barbara, que vieram do interior por causa do seu dia especial

embora ninguém tivesse dinheiro pra voltar do estrangeiro — Brooklyn, Toronto, Londres

a mami e o papi estão nos quartos deles, um pra cada lado da casa, assim a mami não tem que ouvir a empregada Loreene fornicando com o papi antes de se esgueirar de volta pro alojamento dela ao amanhecer e então aparecer pra preparar o café da manhã pra todo mundo como se fosse toda pura e inocente, e não uma destruidora de casamentos devoradora de homens

você bem que podia chutar aquela garota pelos ares — e a ele também

você sente um cheiro de madressilva dos arbustos logo abaixo da varanda e inspira fundo, torcendo pro feitiço intenso delas te deixar sonolenta

assim que a manhã chegar, você vai sentir o cheiro das flores amarelas em forma de sino do lado de fora do quarto

mas mal dormiu nestas últimas quarenta e oito horas porque a sua cabeça não para de recordar as últimas doze quando

embora tenha sido uma certa srta. Carmelita Miller quem entrou pela nave tentando ao máximo não tropeçar no vestido marfim bordado, foi uma certa sra. Barrington Walker quem fez o caminho de volta

tão adulta e sofisticada no braço do belo consorte, quando tudo o que realmente queria fazer era uma série de piruetas pela nave e uma dancinha ao receber uma chuva do confete *autêntico* branco e rosa nos degraus da igreja, não aquela porcaria de arroz que usam no lugar

você é uma mulher de verdade agora, Carmel

sim, uma senhora respeitável unida num sagrado matrimônio que ninguém pode separar, de acordo com as instruções do Bom Deus, louvado seja, amém, tem o anel pra mostrar também, ouro, encaixe perfeito no dedo delicado, vai gostar de cintilar ele pra lá e pra cá pra que todo mundo saiba que você tem um marido

você tá comprometida

você não vai acabar solteirona agora

muitas mulheres por aqui não têm marido

só têm bebês.

seu *marido* — que está neste exato minuto passando a primeira noite na cama da sua infância, as pernas penduradas pra fora, porque é tão alto e largo

seu *marido* — que bebeu tanto ponche de rum que não conseguia ficar em pé pra executar qualquer dança e ele é o melhor dançarino de St. John's, assim como você é a melhor dançarina

você não se importa: o Barry é ainda mais engraçado quando tá bêbado, você tem sorte de ter ele

a vida inteira a mami trançou o seu cabelo entre os joelhos dela se lamuriando porque

Carmel, quando chegar o dia você tem que encontrar um marido que goste da sua natureza interior. O seu pai me escolheu pela minha beleza, que não dura

e ela puxava o seu cabelo com tanta força que você gritava, e ela cravava os nós dos dedos no seu couro cabeludo pra enfatizar bem o que dizia

na hora em que a beleza começou a murchar, ele tava vagando pelo jardim, colhendo flores ainda em pleno desabrochar

mami, você disse, quando o seu dia finalmente *tinha* chegado e você e o Barry estavam noivos

não se preocupe comigo, porque o Barry é um ser humano maravilhoso que me faz rir mais que qualquer pessoa no mundo inteiro, e ele acha que sou a garota mais doce da ilha inteira. Vê só como a gente se dá bem! Se chama compatibilidade, mami. Como os casamentos devem ser

ela calou a boca depois disso, só trançou o seu cabelo como se fosse um pele-vermelha te escalpelando

ninguém mais pode tratar você como criança agora que é casada, nem mesmo papi, que perdeu os direitos dele sobre você assim que o seu marido os herdou

você vai ser uma esposa boa e merecedora também, né, Carmel? como preparação, tem estudado o manual de economia doméstica dos tempos de escola

quando o seu marido voltar do trabalho, *a casa vai ser um paraíso de descanso e ordem*

você vai *retocar a maquiagem e colocar uma fita no cabelo* e ter o jantar pronto no forno

e se ele se atrasar e o jantar queimar, você *não* vai começar a brigar como uma daquelas mulheres de classe baixa e boca suja que não conseguem segurar homem e acabam umas bruxas velhas solitárias

não, você vai fazer perguntas sobre o dia dele num *tom suave e tranquilizador* e ouvir as novidades e reclamações com um sorriso agradável

não vai estragar tudo como a mami, que deveria manter o bico fechado em vez de ser insolente com o papi, não que você o exima da maldade, e embora sinta pena dela, a mami testa a paciência de um santo, como o papi vive dizendo pra ela

não, você tinha o objetivo de fisgar um homem, e logo que o Barry começou a trabalhar pro papi você ficou empolgada, deu início, sorrateira, aos olhares que vinha praticando no espelho enquanto esperava o cara certo aparecer, e aí assim que ele te via você se virava com um sorriso enigmático

deu certo

porque ele começou a acompanhar você até a escola, parado no fim da estrada com as calças cáqui passadas como as de um soldado, camisa branca impecável toda elegante, rosto bem barbeado e sempre provocando você

Carmel, você ia ficar simplesmente su-pliendente e simplesmente ma-vilhósa se não fosse por essa simplesmente agi-gantesca espinha roxa na ponta do nariz ou esses dois olhos de camelo que são tão vesgos que a única coisa que eles conseguem ver é um ao outro

ou ele pegava a sua mochila e a jogava bem alto e bem longe, em câmera lenta, num campo sombreado com plantações úmidas de tomate e pepino, forçando você a ficar atrás pra que ele a recuperasse ou então ele a jogaria de novo, ou ainda fazia uma imitação muito afetada do Charlie Chaplin andando, com um galho de árvore no lugar da bengala, como se não fosse oito anos mais velho, mas um garoto implicante do colégio

então houve aquela vez que você ficou incomodada de verdade com as palhaçadas, porque não era bem assim que imaginava um flerte romântico, e virou pra ele num rompante e gritou, *Dá o fora daqui, garoto*

ele parou de brincar e ficou parado ao lado da estrada, cabeça inclinada, todo sério, e não disse nada enquanto

o cavalo e a carroça do Velho Pomeroy passavam levando um carregamento de trabalhadores agrícolas com chapéus de palha e abacaxis e

a Andrina passava na bicicleta preta grande dela, equilibrando a filha pequena no guidão e uma cesta com inhames na cabeça

o Chevrolet em estado terminal do dr. Carter passava trepidando e fazendo tanto barulho que devia receber a extrema-unção e

você ouvia o ruído do trator Bagshaw vibrando ao longe e as vozes dos alunos se aproximando por trás

e havia moscas zumbindo em toda parte por causa do estrume no campo, mas você nem se incomodou em espantar a que pousou no seu rosto, observando o Barry observar

você, e lá estava ele, parado ali no calor cada vez mais intenso da manhã, a sandália dele agora toda empoeirada, manchas de suor se formando debaixo dos braços, o sol brilhando em cima dele, e então ele falou num tom que você nunca ouviu antes, *Carmel*, aspirando pela boca e nariz como se você cheirasse tão mal quanto o estrume dali

Carmel... sei que você não é nenhuma rabugenta, sério

e mesmo que as lágrimas enchessem seus olhos e você tentasse conter elas, você não conseguia

o Barry se aproximou, parecendo meio arrependido, guiou você pras rochas do outro lado da estrada cutucando as suas costas gentilmente com a mão, e você se sentou, de braço colado no dele, e sentiu o calor emanando, e ele deu um soquinho no seu braço

Mas sei que bem lá no fundo você é um docinho. Olha só, Carmel, sou um arqueólogo do caráter humano e declaro que vou ajudar você a escavar toda essa sua doçura

Docinho — se tornou o apelido carinhoso dele pra você, e, uma vez que você soube que no fundo era doce, não podia mais ser petulante, tinha que ser doce o tempo todo ou ia desapontar ele

ah, balançar cada vez mais alto até alcançar o topo, porque o que é que você conquistou?

o que você conquistou, Docinho?

você conquistou a cereja do bolo, foi isso

nenhum homem nesta ilha é mais bonito ou tem uma personalidade mais atraente que o seu marido, você jura por Deus, e inteligente também, como você era

na escola secundária de Antígua pra garotas você foi a melhor aluna da sua turma em latim e francês, a segunda em inglês e história, quarta em civilizações clássicas, quinta em língua grega antiga, até que conheceu o Barry e percebeu que ele era inteligente o suficiente por vocês dois

todo mundo sabe que você não pode ser muito inteligente ou não vai fisgar um homem

a mami mal disse uma palavra pra você durante um bom tempo quando você deixou de ir à escola

o papi não se importou, tudo o que importa pra ele são as duas lojas Venda Antecipada nas duas extremidades da Scotch Row, fundadas pela família do pai dele, os Miller de Antígua que ficava nos retratos enormes observando das paredes de madeira no corredor atrás de você, estrangulados por botões altos e colarinhos apertados, cabelos volumosos contidos pelo risco no meio, bigodes alisados com goma e torcidos nas pontas, bustos altivos limitados por *brassières*, cinturas espremidas por espartilhos

assim que você ficou noiva, o Barry foi promovido de ajudante da loja a subgerente, mas a Merty disse que é por isso que ele quer se casar com você, para colocar as mãos no dinheiro da sua família, o problema com a teoria dela é que ele não suporta o sogro que bate na mami

além disso, vocês dois estão se mandando pra Inglaterra em breve

as fotos do lado da mami, os Gordon, estão penduradas no final do corredor

o papi os chama de "gentinha" — pescadores, costureiras, carvoeiros, *contrabandistas de rum*, olhando sem jeito para a moldura que os imortaliza

a mami te diz que essa é a sua família também, sabe?

ela os chama de *ancestrais*, dando a eles uma dignidade que só conseguem porque estão mortos

para você, quanto mais tempo faz que a pessoa tá morta, morta mesmo, só aí que ela vai podendo ficar importante, importante mesmo

mas devia ser o oposto, quanto mais tempo se passou desde que morreram, menos diferença faz, então por que diabos a mami e o papi falam dessas pessoas mortas como se elas fossem importantes?

você só quer saber mesmo é de fisgar o partidão do século garota de sorte, hein?

muitas garotas se comportavam feito piranhas perto do Barry, grande parte da Sociedade das Jovens de Antígua (número de membros = 4) também a Candaisy queria ele, a Drusilla também, e ela é oficialmente a mais bonita, a Asseleitha é muito estranha pra querer alguém, a Merty tava sempre subindo a saia toda vez que ele tava perto

você nunca disse nada, porque ninguém diz à srta. Merty o que fazer sem levar um passa-fora de queimar os ouvidos, melhores amigas ou não

na festa de casamento a Drusilla contou que a Merty só pegou o buquê da noiva porque deu impulso nas costas das garotas que tavam na frente, e como resultado elas acabaram com as meias rasgadas e os joelhos ralados

quando virou de volta bem que você se perguntou por que elas tavam se debatendo sem nenhum modo no chão empoeirado

não se preocupe, srta. Merty, você vai encontrar alguém, como aquele Clement, que não para de te paquerar e parece um bom rapaz e um dia você vai pra Inglaterra também

todas vocês tiraram uma lasca da pele e juntaram os polegares jurando que nunca iam ficar separadas por muito tempo

aí aqui está você

balançando e chutando as pernas nuas para pegar um ventinho no calor pegajoso, a camisola grudada na parte de baixo

a lua lança um brilho sombrio sobre a doce ceia e as seringueiras, as buganvílias e os jacarandás, as tamareiras

você está começando a ficar um pouco sonolenta, mas ainda tem um turbilhão de sentimentos novos e antigos que não sossegam e

todo mundo na ilha inteira tá dormindo exceto você e aqueles grilos e rãs barulhentos que nunca se calam à noite

você olha pro céu de diamante, que se estende ao longe rumo ao infinito

você se pergunta se vai sentir saudade dele quando viajar e então se corrige: você tá levando o céu junto pra Inglaterra, Docinho, o céu não vai tá em nenhum lugar que você não teja você nunca saiu da ilha antes a não ser pras viagens pra Barbuda ali perto, e aí não conta, e raras vezes você saiu da cidade de St. John's, só conhece uma circunferência de alguns quilômetros em volta dela, a sua pequena ilha no meio do Mar do Caribe

é assustador porque o mundo de repente parece tão grande, com todos os seus bilhões de pessoas à solta

e você vai embora sem a mami também, que não vai deixar o papi, não importa quanto você e o Barry implorem que ela vá junto

você começa a se balançar mais devagar, mais suave, um embalo rítmico, como as canções de ninar que a mami cantava quando você era pequena

logo você vai flutuar de volta pro seu marido, que vai esticar os braços compridos e fortes, todo sonolento, e vai puxar você pra ele — quente e seguro

sra. Barrington Walker, você não é apenas uma mulher respeitosamente casada, não consegue acreditar que há pouco quase perdeu *aquilo*

mas ele não colocou dentro, só se esfregou em cima de você

perguntando se você tava bem, então ele estremeceu, rolou e se virou, se enroscando em posição fetal, as costas grandes, fortes e viris brilhando contra o lençol de algodão branco

você queria traçar as saliências da espinha dorsal dele com o dedo

lamber o suor na parte de trás do pescoço e sentir o gosto dele, deslizar as mãos sobre o peito dele e ver se os dedos se encontram do outro lado

fazer com que ele coloque dentro em vez de ser tão atencioso e não forçar, porque você tá pronta

mas na verdade, sra. Walker, a pergunta que você tem que fazer é é permitido a uma esposa tocar o marido quando der na telha ou ela deve esperar e só reagir devidamente quando ele a tocar primeiro?

você vai perguntar isso à Sociedade das Jovens — a Merty vai saber responder

uma coisa é óbvia: o Barry é um cavalheiro de verdade, ao contrário de alguns dos rapazes destas bandas, que não são capazes de manter a coisa dentro das calças e as mãos longe das partes íntimas das garotas

anos atrás a Merty fez pela primeira vez com um diplomata norte-americano que chegou nela do lado de fora da catedral depois da missa e lhe deu um dólar americano de verdade

e desde então ela ganhou vários dólares dessa forma, mandando você guardar segredo, a Drusilla já fez com o Maxie, o namorado mais velho, a Candaisy quase fez, mas não até o fim

o Barry estava sempre brincando de dar soquinhos e provocando, e quando vocês dançavam ficavam bem próximos fisicamente, mas ele nunca te importunou *dessa* forma, nem uma única vez, nem mesmo beijo de língua

o Hubert deu umas boas apalpadas já que vocês ficaram de namorico por sete meses, e ele era um otário que usava óculos e gaguejava

coitado do Hubert, chorando na praia na frente de todo mundo quando você terminou com ele, mas também você ficou tão irritada e envergonhada que deixou cair na areia o sorvete de casquinha que ele tinha acabado de te dar e foi embora sem se despedir

você concorda com o Barry, que diz que o Hubert é o James Stewart, mas *Barry* é o Rock Hudson

sem vencedor, certo?

o balanço para e você desliza, sim, desliza como um cisne no lago no chão de madeira com os pés descalços você anda pelo corredor e sobe a escada de madeira, os pés descalços evitando as partes que rangem

lá está ele, dormindo com o rosto voltado pra porta, você entra sorrateira e se senta de pernas cruzadas no assoalho de madeira duro com sua camisola nova de adulta, curta e cheia de babados e sedutora pra exibir os seios de *mulher casada*

você segura os seios, altos e bem pesados, como dois sacos de água flutuantes, e se pergunta quando ele vai tocar neles

você quer que ele sinta como são empinados, porque aos dezesseis anos eles ainda não começaram a murchar, se bem que mami (a *fatalista*) garantiu que isso vai acontecer em breve, porque tem muito peso neles e antes que você perceba eles estão caindo e balançando em vez de saltitar

ela disse que pode acontecer amanhã mesmo ou na próxima semana

qual será a sensação de ter o Barry segurando eles por trás?

é melhor ele se apressar, só isso

a boca dele tá um pouco aberta.

você quer fechá-la, porque insetos podem entrar

você quase acaricia a bochecha dele, mas e se ele acordar e perguntar que que cê tá fazendo?

o olho esquerdo dele treme, o que mostra que tá sonhando com o que deve estar em primeiro lugar na mente dele agora que é um homem recém-casado

sim, tá sonhando com você, senhora

você anda na ponta dos pés em torno da cama e desliza pro lado dele, com cuidado pra não tocar nele

você fecha os olhos e transmite pra parte de trás da cabeça dele aquilo que planeja sonhar hoje à noite

você vai toda telepática pra cima dele, você vai fazer com que ele sonhe aquilo que você tá sonhando

você tem poderes *mágicos*

... uma verdadeira casinha de sapê em "Dales" com vacas gordas mugindo ao redor das colinas verdes, não o gado magricela que tem por aqui

o seu *marido* vestindo uma camisa, gravata, suspensórios e fumando um cachimbo sob o sol do jardim, sentado numa espreguiçadeira listrada fazendo as palavras cruzadas do *Times*

os filhos brincando de esconde-esconde no pomar de maçãs e peras com a cachorra Lassie

correndo ao redor latindo alegre e

você na cozinha embelezando o rosto com um retoque no batom, um avental limpo de listras vermelhas e brancas por cima da saia-lápis preta bem, bem apertada

e nos seus pés saltos gigantescos que te dão o andar sedutor da Marilyn Monroe, embora você esteja assando *scones* prontinhos pra receber o verdadeiro creme Devonshire com a geleia de ameixas frescas que você acabou de fazer e

você vai servir com chá inglês de verdade em porcelana chinesa, tudo colocado na mesa do jardim no pátio com pavimentação em mosaico bem em frente ao gramado

e você tem um jardim ornamental e canteiros margeando os caminhos e tordos, sim, tordos de peito vermelho gorjeando nas árvores

e em algum lugar além dos vales e colinas e longe... longe... muito longe... o cuco dos manguezais e os papa-figos amarelos pousam agora mesmo no parapeito da sua janela

o papa-moscas de cauda bifurcada voeja ao redor das roseiras

o beija-flor está flutuando em torno das tulipas laranja, e lá, bem lá adiante, voa um íbis marrom no céu muito inglês

você vê uma iguana correndo pelo gramado, e uma lagartixa se lança repentinamente pelo papel de parede rosado da sua cozinha, e um crocodilo enfia a cabeça na cozinha vindo do jardim e você olha pra lagoa com nenúfares e vê um jabuti-piranga e uma tartaruga-de-couro emergir com cartolas e cantando *you goin' rock, rock, rock around the clock*

e você se senta pra tomar o chá com uma família de flamingos roxos, e ah, ah, ah, fogo queimando brilhante no chá com creme da noite

justo quando acha que não dormiu nem um instantinho com toda essa atividade acontecendo, você acorda e sente a plena explosão do sol da manhã entrando pelas janelas escancaradas e caindo no seu rosto

e aquela bruxa Loreene está batendo na porta como se fosse quebrar ela, te chamando pro café da manhã

e quando você abre os olhos espessos, pesados, grudentos e se vira, vê que o Barry já deve ter levantado, porque ele já foi

sim, Carmel, ele já foi, desceu pra tomar o café da manhã sem te acordar e esperar por você, para que vocês pudessem ir pro primeiro café da manhã juntos como marido e mulher

3. A arte de ser normal
Domingo, 2 de maio de 2010

Enquanto o sono é o Grande Conquistador de uma Mente Atormentada, a Guinness é o Grande Tranquilizador de uma Alma Destroçada... e Deus sabe que preciso dela pro café da manhã hoje cedo, depois de outra rodada no ringue com a Carmel na noite passada.

Eu e o Morris estamos na mesa grande de jantar, que pode acomodar confortavelmente oito pessoas, na minha cozinha espaçosa com pé-direito vitoriano alto e uma janela imponente semelhante à de uma igreja, que dá pro meu extenso jardim embelezado por árvores, que se estende por mais de vinte metros enfeitados com flores.

Estou instalado na cabeceira da mesa na minha cadeira de antiquário esculpida, com estofamento de tapeçaria, que a minha filha mais nova, Maxine, comprou pro meu quinquagésimo aniversário daquele restaurador de móveis na Bradbury Street, em 1986. O Henrique VIII poderia ter acomodado seu rabo real numa parecida com essa.

41

No geral o Morris aparece cerca de uma hora antes do almoço de domingo. Não que ele alguma vez seja convidado. Não precisa.

"Cê tá bem, chefe?", ele disse quando abri a porta.

"Cê tá bem, chefe?", respondi, voltando pra cozinha.

A Carmel já se mandou pra Igreja dos Santos Vivos quando eu desadormeço. Ela no geral tem o bom senso de não começar a bombardear Pearl Harbor no dia seguinte ao da noite anterior, porque sabe muito bem a que isso vai levar — à radiação atômica da minha língua.

Ela e eu temos que nos sentar e conversar como dois adultos sem acionar as armadilhas explosivas um do outro.

O problema é — chegamos a um beco sem saída décadas atrás.

A solução pra esse problema é a dissolução do meu casamento.

Decidi assim que me levantei que chega uma hora em que o aborrecimento e a enganação são demais, mesmo pra um homem de grande perseverança como eu.

Quero passar os anos que me restam com o Morris.

Anos atrás eu não estava preparado pra abandonar minhas garotas, exceto pela única vez em que o mundo do Morris desmoronou sobre a Odette... a esposa dele.

Ele a conheceu na Inglaterra antes de eu chegar. Disse que não achava que eu conseguiria chegar até aqui, e ele não podia ser um antilhano e não começar uma família — *homi tem di fazê o qui homi tem di fazê*. A verdade é que nós dois estávamos desesperados pra ser algo diferente do que a gente era.

Aí ele teve o atrevimento de ficar chateado quando apareci na Inglaterra com uma esposa.

Mas logo depois da minha chegada recomeçamos de onde a gente tinha parado na nossa terra. Não demorou muito. Da primeira vez que ficamos meia hora sozinhos no apartamento dele enquanto a Odette estava fora, retomamos o curso das coisas.

Até 1989, quando a merda bateu no ventilador. A Odette tinha ido pro País de Gales num dos retiros da igreja. Como sempre, tiramos algum *proveito*, o mesmo proveito que temos tirado desde os catorze anos. Só que daquela vez ela viajou de volta pra Londres um dia antes, entrou em casa em silêncio naquela noite, sem querer perturbar o marido adormecido, subiu as escadas e pegou o Morris e eu experimentando uma posição do *Kama Sutra*.

Depois disso adveio a Mãe de Todo o Palavrório.

O Morris não podia deixar a Odette solta naquele estado histérico, então teve que subornar ela. Primeiro com a casa e depois, como isso não calava a boca da mulher, o carro, e aí finalmente todas as economias deles.

A situação ficou feia durante alguns meses, enquanto o divórcio estava sendo resolvido. E se a Odette levasse a cabo a vingança derradeira e abrisse a boca pra todo mundo, incluindo a Carmel? Eu e o Morris estávamos cabreiros, esperando ser excomungados por todos que a gente conhecia, incluindo nossos filhos.

Mas a Odette não era mulher disso. Acho que ainda estava apaixonada pelo Morris. Disse que ele foi o único homem com quem ela dormiu. O mesmo no caso da Carmel: sou o único homem com quem ela dormiu.

A Odette voltou pra Antígua e construiu um hotel-spa, se tornou uma mulher rica por lá. Manteve a palavra também, porque os filhos do Morris, Clarence e Laurence, nunca trataram o pai diferente.

Assim que o Morris começou a se recuperar do drama do divórcio, ele teve ideias grandes demais para o minúsculo apartamento alugado para o qual se mudou depois que a Odette levou toda a grana dele.

Era fim de tarde.

A fumaça espiralava do lado de fora da janela aberta do sótão e se dissolvia no céu.

O teto estava manchado de milhares de cigarros, a porta do guarda-roupa tinha um espelho corroído que fazia a cara de um homem parecer manchada, o tapete estava enfeitado com uma galáxia de estrelas douradas imundas.

"A gente tá na meia-idade agora, Barry", Morris disse, deitado nos meus braços fumando um Marlboro Light.

"Numa meia-idade *juvenil*", respondi.

"O que eu quero sugerir é", continuou Morris, de súbito estranhamente imóvel, "por que a gente não compartilha uma crise de meia-idade e vai morar juntos?"

Eu não disse nada, tirei o cigarro dos dedos dele com destreza e dei uma tragada profunda.

"Podemos ir pro outro lado de Londres, talvez? Arranjar um lugar pra gente. Em algum lugar anônimo, como Shepherd's Bush ou até mesmo Hammersmith."

O tom do Morris era casual, como se ele não quisesse me assustar, como se o que estava sugerindo fosse *très ordinaire*.

"Isso é uma bomba voadora que você está soltando, Morris."

Ele virou a cabeça pra mim.

Estendi a mão.

Ele me passou a bituca.

"Suas filhas cresceram. Você não tem motivo pra ficar. Não é assim?"

"Morar com você?"

"Sua audição está correta, Barry."

"Agora?"

"Não nos próximos cinco minutos, mas talvez nos próximos cinco meses."

Ficamos lá deitados.

Inalei profunda e lentamente, direcionando a fumaça da chama pelas narinas.

Olhei pela janela aberta. As árvores de outono perdendo as folhas.

"Morris", respondi devagar, "não sei se consigo saltar pro grande abismo da alienação social com você."

Tinha estado sob intensa pressão lá na minha terra. Um jovenzinho que pode ter qualquer garota não demonstra interesse por nenhuma delas? Eu tinha vinte e quatro anos quando me casei com a Carmel, e para alguns já estava quase passando da idade. Não paravam de falar disso, e eu estava com medo de que fosse acabar diante de um juiz por alguma acusação forjada de atentado ao pudor, ou deitado numa mesa de operação com uma barra de madeira entre os dentes e volts elétricos destruindo partes do meu cérebro pra sempre; ou no manicômio entupido de remédios que iam terminar por enlouquecer um homem são.

A Carmel era perfeita: jovem, divertida, ingênua, intensamente apaixonada.

"Você esqueceu o que aconteceu com o Horace Johnson?", eu disse pro Morris, apagando o cigarro no cinzeiro de vidro enorme no meu colo. "O professor mais popular da nossa escola morava sozinho, não tinha namorada, não socializava e foi acusado de apalpar um cara no mercado. Lembra do dia em que ele se enforcou no manicômio?"

Todos nós pensamos que a Inglaterra ia ser uma utopia.

Este país tem mais de cinquenta milhões de cidadãos, enquanto nós não temos nem cinquenta mil em toda a Antígua e Barbuda. As pessoas podem se perder aqui, ser anônimas, levar a vida delas de forma tranquila. Nesta cidade você pode viver na mesma rua que seus vizinhos por oitenta anos e nem dizer bom-dia, a menos que haja uma guerra e você seja forçado a compartilhar um abrigo antiaéreo. Lá na minha terra todo mundo ficava de olho em tudo e em todos.

Acendi outro cigarro.

"Essa é a Londres dos anos 80, Barry", o Morris disse, se sentando e me encarando. "Não é a St. John's dos anos 50. Por que a gente tá agindo de forma tão retrógrada? Isso *não é* ilegal. A *gente não* é ilegal. Ninguém vai prender a gente. Qualquer merda que a gente faça só é da nossa conta, e todos os outros podem manter o nariz tacanho deles fora disso."

Ele pôs a mão no meu pulso. Não notei que ele estava tremendo.

"A gente tá lidando com merda pesada, Morris. Cê tá me pedindo pra virar a minha vida de cabeça pra baixo. Não sei se aguento o tranco."

Pra ser honesto, eu não sabia o que dizer ou pensar. Era um homem que tinha palavras pra todas as ocasiões, exceto essa.

"Não me decepcione. Dependo de você."

E com isso ele saltou da cama num único movimento, como o dançarino que poderia ter sido com aquele corpo ondulante e flexível.

Ele começou a se vestir enquanto eu ficava olhando.

Me convenci a ir adiante com aquilo. Por que é que não posso morar com o Morris em vez de me esgueirar como um ladrão? Podia fazer isso. Podia ser corajoso. O propósito de uma crise de meia-idade é começar a viver a vida que você deseja e não tolerar a vida que você tem.

Era uma tarde de domingo, no início dos anos 90, eu e Carmel estávamos sentados à mesa da cozinha, tomando chá de rosa-mosqueta naquelas xícaras de vidro marrom que ainda temos. Era estranho, porque depois de alguns anos ignorando a igreja, se arrumando e socializando com os amigos do trabalho, a Carmel voltou à natureza anterior e começou a tratar a igreja como uma segunda casa. Como resultado ela estava de mau humor fazia meses, mas nessa tarde estava cheia da santidade pós-igreja do Bom Deus, cantarolando um hino, batendo de leve na mesa enquanto lia a Bíblia, mergulhando biscoito de chocolate na xícara, um sinal claro de que estava recebendo estímulos de felicidade do açúcar.

Comecei a falar, hesitante, com muito cuidado, mesclando as palavras pronunciadas com suavidade com "pode ser", "talvez", "quem sabe", "separação temporária", e "não tem dado certo pra gente faz muito tempo, querida".

Eu devia ter despejado isso tudo direto, sem me preocupar em falar cheio de dedos, porque a Carmel saltou da cadeira, voou até a gaveta dos talheres, puxou uma faca de carne e a *empunhou*.

"Cêsqueceu o que me prometeu, hein? Vai retirar as palavras que disse, hein? Acha que eu te aturei todos esses anos pra cê vir agora e me largar? O casamento é pra vida toda, seu safado, alegria ou tristeza, riqueza ou pobreza, saúde ou doença, vida ou *morte*."

Os sutis poderes de persuasão da patroa deram bom resultado. Foi a primeira manifestação dela de violência doméstica. Ontem foi a segunda.

Quando recusei a oferta do Morris, ele caiu numa melancolia arrasadora que durou meses. Não retornava as minhas ligações, não atendia a porta, e uma vez passou direto por mim na rua. Quando voltou a si, demorou cerca de um ano pra realmente me tratar com ternura de novo.

Por fim, ele se mudou da quitinete que estava alugando para um apartamento apertado de um quarto da Associação de Moradores Ujima em Stamford Hill — com o tráfego trovejando dia e noite. A gente deixou o lugar apresentável. Nada de papel de parede florido, tapete florido, flores artificiais e *décor* de patos voando que tanto a Carmel quanto a Odette julgavam o auge da sofisticação, mas paredes brancas, plantas verdes, pisos de madeira, móveis de pinho.

Diversas vezes me ofereci pra comprar um lugar maior pra ele, entregar a escritura e tudo o mais.

Mas esse homem é teimoso, *que-mal-di-ção*.

"Não, obrigado, sr. Walker. Sou perfeitamente capaz de me manter por conta própria."

Olho pro Morris agora, mais de duas décadas depois, neste ano do Nosso Senhor de 2010, sentado à mesa bebendo chocolate quente e lendo aquela porcaria de tabloide que ele examina tão atentamente que até parece ser o suplemento literário do *Times*.

A gente combina.

Sempre combinamos. Vou fazer a ele a oferta de uma vida toda, e então vou contar pra esposa.

"Morris, sabe… Por que cê não ocupa sua massa cinzenta com uma coisa mais relevante? Aqui, leia um pouco de Shakespeare, como você disse que ia fazer."

Deslizo pra ele o meu exemplar dos *Sonetos* do Shakespeare. Ele desliza de volta sem tirar os olhos do tabloide. "Agora não, Barry."

E começa a beber o chocolate quente daquele jeito gulp-gulp dele, baixando a cabeça até a caneca e sugando, como um cavalo num cocho. O Morris está vivendo sozinho há muito tempo. Precisa de alguém que lembre a ele de vez em quando como se comportar em sociedade. A higiene pessoal dele, porém, ainda é boa. Graças a Deus ele nunca tem aquele cheiro nojento dos velhos que vivem sozinhos. Todo Natal eu compro pra ele o Acqua Di Parma Colonia *eau de cologne*. Deixa ele cheirando docinho o ano todo.

"Morris, cê tá fazendo barulho pra beber de novo. O que aconteceu com as suas boas maneiras?"

"E você tá respirando com muita frequência e forte demais."

"Morris, é falta de educação, não é civilizado e, com toda a franqueza, é irritante."

"Não me faz dizer o que é irritante em você, porque vou ficar aqui o dia todo. Você é muito crítico pra começar. Quando é que a Carmel volta? Tô morrendo de fome."

"Cê vê o quanto me escuta? O tanto de respeito que eu recebo?"

"Por que é que eu tenho que respeitar você? É mais que respeito que tenho por você. Tá ficando ganancioso agora?"

"Sempre tive um apetite insaciável, você sabe muito bem..."

"Não se iluda, velhote. Sua virilidade em geral é dependente do Viagra hoje em dia."

Ele ergue os olhos da porcaria do tabloide e me dá um dos seus sorrisos encantadores-apaziguadores. O idiota ainda consegue usar a magia dele.

Eu e ele poderíamos nos dar bem sob o mesmo teto. Como a gente sempre se deu. Irritar um ao outro, e depois descontrair de novo.

Quero abordar o meu plano com ele, mas, assim que me preparo pra isso, ele volta a ler e perco a coragem. Começo a pensar em como esta casa tem sido o meu lar desde 1963. Meus pés estão cimentados nos alicerces dela. O problema é que os da Carmel também. A Amada Esposa não vai desistir, e por direito eu devo entregar a casa para a parte prejudicada. Mas sair daqui vai ser como me desmontar e remontar em algum lugar estranho e frio. Casas não se transformam em lares de imediato. Precisam de anos de uma vida vivida pra se sentir confortável.

Temos três andares: um sótão, três quartos, duas grandes salas de recepção (sala de estar e estar íntimo), banheiros, lavabos — sempre muito limpos, arejados e purificados com um pot-pourri cheiroso. Como também uma extensão de garagem grande o bastante para abrigar o meu Ford Mustang 1993, o Jaguar

Sovereign 1984 e o Buick cupê conversível 1970, que passou anos enferrujando no pátio sob uma cobertura até que os resmungos da Carmel me atingiram e limpei a garagem pra abrir espaço pra ele.

A Carmel repassa a casa de cima a baixo nos sábados à tarde depois que faz as compras. Ela é a Líder do Mundo Limpo, travando a própria guerra pessoal contra o terror da sujeira. Chega a esvaziar os armários do banheiro e da cozinha toda semana e os desinfeta, como se estivesse de volta a Antígua, onde era necessário se precaver contra os bichos tropicais nojentos. Aquela mulher é uma lunática com o aspirador de pó também. Tenho de passar rápido ou ela vai bater a maldita coisa nas minhas pernas. Assim que ouço o inconfundível rugido de batalha, sei que é melhor dar o fora. Vou passar a tarde com o Faruk e o Morris e quem mais pintar no Bodrum, o café turco que fica na esquina.

A rua é igualmente agradável e tranquila nos dias de hoje. Dois meses atrás, um montão de agitadores se mudou pra casa em frente. Começaram a organizar festas nas noites de sábado e a cobrar uma taxa de entrada, como as *blues parties* dos anos 70. Sistemas de som do tamanho do Estádio de Wembley explodiam hip-hop até as primeiras horas de domingo. Rapaz, a gente sofreu sob a tirania meia-bomba dos graves ribombantes. Toda vez que eu tentava dormir era como se estivesse vibrando numa daquelas cadeiras de massagem reclináveis que eu e o Morris experimentamos de graça no quarto piso da Selfridges.

Pro meu espanto, alguém incendiou o lugar enquanto eles estavam fora uma noite, há quinze dias. Os rapazinhos de azul fizeram as investigações, mas não encontraram nada. Acho que foi o Giap, o velho da casa ao lado. A casa dele está cheia de parafernália militar, e ele fala como se ainda estivesse plantando armadilhas nas selvas do Vietnã. Boa sorte pra ele. Eu não sou dedo-duro.

Desde então os finais de semana voltaram ao que deveriam ser, silenciosos e agradáveis, exceto pelo barulho distante de um cortador de grama ou dos guinchos de crianças pequenas brincando nos quintais dos fundos.

É com isso que estou acostumado.

É isso que conheço.

Isso faz eu me sentir seguro.

Mesmo assim vou abandonar isso?

Sim, vou ser corajoso o suficiente para fazer isso, certo?

O cheiro do curry de carne de cabra, arroz e ervilhas no leite de coco cozinhando lentamente no fogão, me fazendo salivar. Uma panela grande que vai durar a semana toda. Ninguém consegue superar os dotes culinários da Carmel. Vou sentir falta deles com toda certeza.

Uma vez, quando a gente estava comendo pacificamente, eu disse, "Esta comida, minha querida, é sublime. Cozinhar é o que você foi designada a fazer na terra. Por que não abrir um restaurante?".

A patroa estava lendo a Bíblia. Ela espiou por cima dos óculos bifocais de diretora e disparou um olhar que mostrou minha cabeça decepada sendo empalada no topo de um poste de iluminação na Dalston Junction.

Supersensível...

Ela já fez o macarrão com queijo, só precisa esquentar. A salada de repolho está esfriando na geladeira, tudo crocante com maçãs e cenouras para suavizar os condimentos do guisado. E quando voltar da igreja, ela provavelmente vai fritar algumas bananas do jeito que eu gosto: douradas, crocantes, ligeiramente queimadas nas bordas, mas macias e suculentas por dentro.

Observo o Morris. Ele percebe.

Vai em frente, Morris. Me pergunta o que tá rolando, cara.

"Em que você tá pensando?", ele diz, sem sequer se preocupar em tirar os olhos do tabloide, ativando poderes de telepatia aprimorados por sessenta anos de vínculo estreito com a sua cara-metade.

"Eu e a Carmel."

"Ela te deu trabalho ontem à noite... ou melhor, hoje de manhã?"

"Ela sempre me dá trabalho. Aquela mulher tem uma língua afiada osso duro de roer, sem dúvida."

"Você dá trabalho pra ela também, não se esqueça."

"Sim, mas ela me dá mais trabalho do que eu dou pra ela."

"Tente dizer isso pra ela."

Não posso dizer pra ele que a Carmel me deu um tapa e ficou por isso mesmo. Não se pode dizer a outro homem que você foi vítima de violência doméstica ou que tem medo de acordar um dia desses amarrado na cama com o pé decepado como naquele filme *Louca obsessão*.

"De que lado você tá, Morris?"

"Meu lado. É o único lado que não me decepciona. Então, o que tá acontecendo, Barry?"

Ele para de ler, se senta direito e finalmente presta a devida atenção.

Cê quê trepá agora?

"Morris, já não consigo lidar com toda essa merdice conjugal. Chega um momento em que a máscara tem que cair e a farsa tem que parar."

Fala mais claro, Barry, seu cretinaum.

"Você escolheu a vida que tem, lembra? Então não vá reclamar agora e esperar solidariedade", diz ele, um tantinho triunfante.

"Não aguento mais, Morris. Olha, decidi deixar a Carmel. Sério. Decidi hoje de manhã, e você vai ficar feliz em saber que finalmente concordo com a sua ideia da gente juntar os trapos."

Percebo que estou tendo um gostinho de como ele se sentiu todos aqueles anos atrás. Não sou dado a inquietações, mas é inquietação o que estou sentindo, e *vulnerabilidade*, como um daqueles *emotivos* irritantes.

Mas em vez de alegria e gratidão preenchendo o rosto do Morris com a notícia de que finalmente concordo com a maneira de pensar dele, a exasperação e o aborrecimento o obscurecem.

Ele perde a paciência.

"*Minha* ideia? Você está se referindo à última vez que tivemos essa conversa, que foi no dia 14 de setembro de 1989 por volta das quatro da tarde, pra ser mais exato? Fiquei muito mal depois que eu e a Odette nos divorciamos, e você foi um covarde, Barry. Esperei anos você mudar de ideia enquanto eu tava..."

Morris acaricia o cavanhaque invisível que costumava deixar crescer no queixo.

"Tava o quê?"

"Totalmente por conta própria."

"Você tem se sentido solitário? A gente se vê praticamente todos os dias."

Morris estremece. "Prefiro a palavra *independente*. Quem se importa? Agora já me acostumei com isso."

Ele assume a sua expressão de copo-meio-vazio.

Essa não é a resposta que eu esperava. O que ele tá pensando? Só porque estou vivendo com a Carmel não quer dizer que também não esteja solitário como o diabo.

"Você devia ter falado comigo."

"Não adianta falar se não vai mudar nada."

"Bem, agora eu tô de saco cheio da Carmel, oficialmente. Não quero mais viver a vida nessa inquietação diária. Há muitos anos eu tomei a decisão errada. Agora vou tomar a certa."

"Você está admitindo, finalmente?"

O semblante dele vai de meio vazio para um quarto vazio, e, portanto, matematicamente falando, três quartos cheio.

Mantenho a pressão. "A gente vai ter setenta e cinco no ano que vem, Morris. Dá pra acreditar nisso? O que cê me diz da gente passar a quarta parte do nosso ciclo juntos... sendo *discretos*? Assim como aqueles casais de quem você sempre fala, daquela porcaria de tabloide que você lê. Aqueles viúvos velhos que se conhecem num bingo e se casam. Ou aquele sujeito irlandês que redescobriu o amor de infância que não via desde 1935. Ele tinha noventa e dois, ela tinha noventa e um, e eles finalmente trocaram alianças no ano passado. Você que me contou."

Qual é, Morris. Se animaí, pareça feliz, meu chapa.

"Você acha que temos mais vinte e cinco anos nesta terra?", Morris diz, franzindo o cenho. "É aquela sua palhaçada de pensamento positivo de novo? Estamos a meio metro do matadouro, meu amigo."

"Vou estar por aí pelo menos mais vinte anos, então pode deixar de negatividade. O que sempre digo a você? Copo meio cheio, amigão."

"O que significa que também tá meio vazio, certo? Ou não entendo as leis da química e da física? Idade pode ser relativa, mas, em relação a qualquer pessoa com menos de setenta anos, nós estamos mais próximos da morte que da vida."

Ele está certo: a verdade inevitável é que não é fácil se aproximar da sua nona década. Você olha pra trás com saudade do tempo em que a força do seu mijo podia deslocar tijolos numa parede a dois metros de distância.

Você se lembra do tempo em que o seu corpo se movia tão rápido quanto a sua mente, e não parecia que as suas pernas eram de concreto quando você tentava correr.

Você se lembra do tempo em que tinha cabelo na cabeça.

Hoje em dia você tem um pouco de azia e acha que está tendo um ataque cardíaco.

A linha de chegada ficou bem mais próxima.

A menos que você seja um dos sortudos, a maratona vai ter chegado ao fim em breve.

Mas não vou dizer nada disso pro Morris. Isso só vai deixar ele mais pessimista que antes. Para ele, sou o maior representante da síndrome de Poliana.

"Quanto à discrição", continua ele, "não vai ter fofoca, Barry. Você acha que as pessoas vão ficar cochichando, *Ah, olha aqueles dois garanhões com tesão indo transar entre quatro paredes?* Não, meu chapa. Eles vão ficar dizendo, *Ah, olha aqueles dois cavalheiros idosos fofos fazendo companhia um pro outro e esvaziando os penicos um do outro.*"

Talvez esse seja o jeito do Morris dizer sim.

"O que resume tudo nos dias de hoje, não é, Morris? O objetivo de deixar a Carmel é ir morar com você. Prefiro aturar as suas briguinhas e risadinhas todos os dias a aturar as críticas da Carmel."

"Que... *encantador.*"

"E a gente pode contratar *pessoal*: uma cozinheira, empregada doméstica, jardineiro; caso contrário, tudo vai ser um fracasso."

"Caso você não tenha notado, a minha casa tá impecável. Está vendo, Barry, um de nós é uma verdadeira deusa doméstica e o outro é uma verdadeira vadia doméstica."

"Sim, sim, sim", digo, balançando a mão pra ele, reconfortado com a possibilidade de liberdade. "Imagina só. A gente pode morar em qualquer lugar, é só escolher. Que tal Miami? Ouvi dizer que aquele lugar está cheio de bichonas. Talvez a gente possa viver num bangalô luxuoso na Flórida com irrigadores no gramado e mordomos seminus servindo o nosso aperitivo ao entardecer."

Morris, que estava erguendo os pés da frente da cadeira, baixa de volta com tanta força que poderia ter machucado o cóccix.

"Isso não é brincadeira, Barry", ele diz, a voz endurecendo. "Não vou deixar você ficar de palhaçada comigo. Estou acostumado a viver sozinho. Não é como se eu estivesse sofrendo escondido todos esses anos porque vinte anos atrás fui cruelmente rejeitado pelo meu amante, o mesmo que agora faz promessas que não pode cumprir."

"Morris, tô falando sério", protesto, estendendo a mão pra segurar o braço dele.

Só que ele se fechou por completo. Alguma redução de danos é necessária, e, justo quando penso no que dizer pra destrancá-lo de novo, ele bate na mesa como se o punho fosse um martelo. "Não, prefiro que as coisas continuem como estão nesse estágio final. Você não vai me enrolar, Barry. Eu não vou aceitar isso. Não, não, não, não, não."

Condenação e chateação. Vou mostrar pra ele, sim, vou mostrar pra ele que não sou impulsivo, nem inconstante, covarde ou fraco. Vou mostrar pra ele com ações. Assim que o almoço de domingo acabar, vou ter uma palavrinha com a Carmel e dizer que estou me divorciando dela... antes que eu amarele.

Sim, vou fazer isso.

Como a fênix se elevando das cinzas do meu casamento, vou abrir as asas e renascer.

4. A arte do almoço de domingo
Domingo, 2 de maio de 2010

Ouço vozes na porta. A Carmel não está sozinha.

Quantas vezes eu disse pra não voltar com cinco mil da missa?

Vejo as comadres se empilhando, pois temos uma cortina de contas multicoloridas dos anos 70 no batente onde devia ser a porta da cozinha. Carmel é da opinião de que tudo o que você adquire deve durar pra sempre — roupas, sapatos, roupas de cama, tapetes, toalhas, móveis, *marido*.

As comadres estão exaltadas depois de um serviço religioso de três horas, em que ficaram falando em línguas. Muitas luas atrás, quando a Carmel afinal conseguiu convencer o marido a ir pra Igreja pentecostal pra qual ela entrou depois de ter deixado a batista que ambos frequentávamos nos anos 60 (antes que eu percebesse que não precisava entrar em nenhuma igreja para dar uma palavrinha com Deus), escutei com muita atenção esse linguajar estranho. Estavam orando pra acabar com o sofrimento, a pobreza e as guerras? Pra ajudar os aleijados a andar, os surdos a ouvir, os cegos a ver? Nem perto disso. Estavam orando por um "carro novo", "cruzeiro de férias", "geladeira-freezer de porta dupla com filtro de água externo" e... "Só uma última coisa, querido Deus, uma transformação do sótão num loft".

Em segundos, eis a Carga da Brigada Fuleira no meu corredor, e elas colonizam a minha cozinha: dona Merty, dona Drusilla, dona Asseleitha, dona Candaisy.

Conheço todas elas desde que eram jovens, porque a gente vivia apostando corrida nos ginásios em St. John's, onde todos sabiam da vida de todo mundo.

A Merty e a Carmel são unha e carne há mais de sessenta anos, desde que a Merty se mudou com a tia para a casa ao lado da casa da Carmel na Tanner Street depois que a mãe da Merty, a Eunette, imigrou pros Estados Unidos e se estabeleceu no Bronx, onde formou uma segunda família. Ela mandava dinheiro, mas nunca mandou buscar a Merty como prometido.

A mãe da Drusilla, dona Ella, era uma negociante que navegava até St. Croix e St. Thomaz pra comprar roupas íntimas e bijuterias pra revender lá em Antígua. O pai dela, o sr. O'Neal, colhia algodão na fazenda Hermitage, onde morava. *Tá só a um passo da escravidão, e é onde você vai acabar com toda certeza*, meu pai costumava me ameaçar sempre que eu tentava me esquivar do dever de casa.

O O'Neal teve dezessete filhos com cinco mulheres.

Ele devia se sentir muito homem.

A única forma que tinha.

Drusilla foi abençoada com um cabelo bonito, pele vermelha e aqueles apêndices exagerados com os quais os homens em países quentes desejam fazer coisas. Logo o maior trapaceiro da ilha, Maxie Johnson, jogou sua lábia e levou ela pro jardim suntuoso dele. Quando a Drusilla tinha três fedelhos com menos de três anos, o Maxie foi encarcerado em outra ilha, a Rikers — cortesia do Departamento de Correção da Cidade de Nova York.

A doçura começou a azedar antes mesmo que ela completasse vinte anos.

A mãe da Candaisy, a sra. Ferguson, era a costureira que copiava as últimas modas da Europa para as mulheres inglesas. O pai dela trabalhou com açúcar em Cuba durante sete anos pra comprar um lote de terra nos Ovals e voltou pra começar o trabalho como supervisor na Fábrica de Açúcar de Antígua. O Ferguson teve cinco meninos, mas amava a única filha, a Adorável Srta. Candaisy.

A Asseleitha morava numa cabana na costa remota de Barbuda com o pai pescador e viúvo, dois irmãos mais velhos e duas irmãs mais novas. Não havia mais que algumas centenas de pessoas em toda a ilha e a maioria delas estava longe, em Codrington. Ela veio pra St. John's aos doze anos, depois que o bebê que ela teve foi mandado pra Nova York pra ser criado por uma tia. A Asseleitha foi acolhida pela mãe da Candaisy, uma parente distante — e acabou ficando com sete fedelhos numa casa de dois quartos.

As coisas eram assim: as mulheres criavam os filhos umas das outras e ninguém esperava nenhum agradecimento. Não era nada de mais. Era normal no nosso mundo.

Todas as cinco comadres foram pra escola primária da srta. Davis, até mesmo a Asseleitha, que era a mais velha, mas tinha que tirar o atraso, porque o pai não a levava para a escola.

A Merty está usando um vestido azul-escuro abotoado até o pescoço, quase, mas não totalmente, a sufocando (*in-fe-liz-men-te*), um cardigã azul, meia-calça cinza, sapatos pretos de amarrar.

O traje de igreja da Drusilla consiste num vestido roxo, sapatos brancos, assim como o chapéu molenga do tamanho de um guarda-sol aberto, que pode acertar os desatentos no olho.

A dona Candaisy está com um vestido de bolinhas marrom e colocou a "peruca de igreja" dela, com cachinhos castanho-avermelhados que lembram um pouco os da Shirley Temple.

Quanto à Asseleitha, aquela mulher é tão magra que a frente e as costas são intercambiáveis, e a boina verde deve ter sido transplantada pro crânio dela, porque nunca a vi sem.

A Carmel está com seu uniforme de igreja, a saia plissada azul e a blusa branca. Ela não diz nenhuma versão de olá ou até logo pra mim nos últimos tempos, mas sei que ainda está chateada. Nenhuma das comadres repara em mim quando entra. A Carmel está falando mal de mim há tanto tempo que elas me acham um ovo podre. Todas vão me odiar ainda mais quando eu largar a patroa.

Ela acena de um jeito meio grosso pro Morris antes de organizar as bebidas geladas e despejar o óleo na frigideira para as *três* bananas que agora têm que ser divididas entre *sete*.

Enquanto isso a Drusilla está exercitando seu fervor eclesiástico andando de um lado pro outro nos fundos da cozinha, praticamente balançando a bolsa preta, que tem uma Bíblia do tamanho de um tijolo pra fora, como um estilingue nos Highland Games.

Eu devia estar com um capacete de motocicleta, caso ela a arremesse pro outro lado da cozinha.

A Merty é o Don Corleone da máfia da igreja, e, se ela pudesse, já teria contratado alguém pra me matar há décadas.

Ela se senta na extremidade oposta da mesa, balas de canhão impiedosas em posição de combate.

"Você viu a neta da Annie agora há pouco? A Tanesha?", pergunta, com as mãos na barriga.

Lá vamos nós…

"Quem disse pra ela que uma minissaia era um traje adequado pra Casa de Adoração de Deus? Culpa dessas cantoras famosas nojentas, como aquela tal de Gaga, que usa só uma fita amarela cobrindo as partes íntimas. O quessas vadias que não prestam deviam se lembrar é…" Ela olha pro teto. "Deus… nunca… dorme…"

Dona Merty, toda vez que você abre a boca eu lembro por que o seu ex, o Clement, cavou um túnel debaixo do muro da casa de vocês e escapou no primeiro trem que passou, muitas décadas atrás. Você acabou de passar três horas numa igreja que devia pregar o amor, a bondade, o perdão e a iluminação espiritual, e como que volta vomitando mordacidade?

Era pior quando o pastor George liderava a Igreja dos Pecadores Vivos na década de 70. Quase todas agiam como adolescentes apaixonadas perto dele. Eu e o Morris as chamávamos de as Noivas do Irmão George. Nenhuma questionava como que esse Membro do Clero tava dirigindo um Bentley sedã novinho em folha por aí.

O pastor visitava os paroquianos mais bajuladores à noite, era recebido com as melhores refeições e as melhores bebidas. Vantagens do trabalho, ele uma vez me disse com uma piscadela, quando abri a porta e quase cambaleei com a força do vendaval do perfume dele. Diversas vezes a Carmel voltou da igreja vomitando coisas como "Ah, o pastor George fez um excelente sermão hoje de manhã, Barry. Tudo a ver com mulherengos, homolibertínicos e depravados morais".

Ela erguia a sobrancelha e me dava um dos olhares prolongados dela, eu poderia escrever um ensaio de duas mil palavras sobre eles: interpretação, história, contexto, intenção, *insinuação*.

Eu dizia pro Morris, "Creio que o Pastor Desprezível porventura está em negação". Até que surgiu um artigo na *Hackney Gazette* contando que alguns garotos de programa andavam chantageando ele — e tinha evidências fotográficas. Pouco depois, o pastor desapareceu com o dinheiro da igreja.

Tento não mencionar o nome dele com *muita* frequência na frente da Carmel, sobretudo quando ela está segurando uma panela de ferro.

Ela coloca a comida na mesa e todos nós a circundamos, passando tigelas, talheres, condimentos e pratos. Presto atenção em quem está pegando mais que a sua parte justa. A Merty, *par exemple*, se serve de cinco grandes fatias de banana quando, estatisticamente, cada um de nós devia pegar três.

O Morris também percebe, e trocamos olhares sugerindo que ela é uma cuzona gananciosa.

Ele geralmente se senta quieto quando há uma invasão das Pecadoras Vivas, e, porque não é um homem de posses, elas o ignoram.

As comadres elogiam a Carmel por suas habilidades culinárias.

"Está muito gostoso, Carmel", a Candaisy diz. Ao contrário da Merty e da Drusilla, a Candaisy não tem uma palavra ruim a dizer a respeito de ninguém. Tudo isso a torna mais agradável, mas também insuportavelmente chata. Se você tá procurando uma discussão com ela, vai acabar brigando consigo mesmo.

"Sim, mãe. Tá uma delícia", concorda a Drusilla.

A campainha toca, e meu coração salta. Esse lote deve ser o dos soldados de infantaria, e a cavalaria está chegando agora — a segunda onda, ainda mais moralistona, que se dispersa depois da missa para bajular o mais recente homem dos sonhos delas, o pastor Wilkinson, que é tão hipócrita quanto o antecessor.

Estou com sorte. É minha filha mais velha, Donna, e o menino dela, Daniel, que eu mal vejo de um ano pro outro hoje em dia. A Donna parece bem incomodada pelo lugar estar fervilhando de comadres.

Com o cabelo puxado pra trás e a roupa esportiva preta brilhante, ela se parece mais com a garota do caixa da Tesco de folga do trabalho que com uma instrutora de serviço social na Tower Hamlets. Ela diz oi-oi-oi pra todo mundo, excluindo o único homem no cômodo que lhe deu a *vida*. A Carmel já deve ter ido pegar o telefone na primeira hora do dia.

A Donna não precisa de muita desculpa pra me tratar com frieza mesmo. Ela sempre ficou do lado da mãe no campo de batalha sangrento da animosidade. Normalmente sinto a desaprovação dela assim que entro no recinto. Ela acha que não tenho sentimentos. E quando eu deixar a mãe dela, ela vai me desprezar ainda mais.

O Daniel vem cumprimentar o avô com um aperto no ombro. Este é o menino que eu levava ao Museu de História Natural pra ver os dinossauros, e ao Aquário de Londres pra ver os golfinhos. Então ele perdeu o interesse nos passeios com o vovô. Melhor assim. Há um período entre os terríveis dois anos e os terríveis doze anos em que as crianças são boa companhia — depois disso é melhor trancá-las no porão e passar as refeições delas pelo buraco do carvão até que saiam de casa.

Olha só pra ele agora, um gigante de dezesseis anos. Será que vai ficar do meu lado?

Desde o início era óbvio que o pai do Daniel, Frankie, não ia dar suporte financeiro, então entrei em cena e banquei a educação dele. Desde os onze anos este rapaz nunca esteve em uma turma com mais do que doze alunos. É claro que ele está voando no tapete mágico da educação particular até o Paraíso de Oxbridge. A Donna decretou que ele vai estudar o que eles chamam de FCPE:* Falcatrua, Ciência Pernóstica e Economutreta.

No que lhe diz respeito, aquele rapaz é o Obama Mark II.

Ele só tem permissão pra sair nas noites de sábado e sem namoradas até terminar a escola.

Ela brinca que é uma ditadora benevolente.

Eu brinco que ela devia esquecer a porcaria da "benevolência".

"Pega leve, Donna. Dá um pouco de liberdade pro Daniel."

"Pai, o meu filho *não* vai se tornar estatística."

E este é o problema: muitos dos nossos filhos se tornam. Não

---

* Boa parte dos filhos da elite britânica tem graduação em PPE em Oxford, ou *philosophy, politics* e *economics*. (N. T.)

63

tem forma fácil de ser mãe solteira de um rapaz em crescimento, é verdade.

O Daniel busca duas cadeiras dobráveis no armário debaixo da escada. Vem e se senta perto do vô dele.

Isso dá nove pro almoço: a Merty me encarando; a Carmel, a Candaisy e o Morris à minha direita; a Asseleitha e a Drusilla à minha esquerda; a Grande Chefe e o Jovem Chefe lado a lado. Não vai ter sobra de guisado pra mim esta semana.

Saboreio um suculento pedaço de cabra e o acompanho com um gole do Grande Tranquilizante suave e restaurador.

"Espero que ainda tenha um pouco de comida", diz a Donna, examinando as tigelas na mesa. A Donna é uma vaca preguiçosa. A vida inteira comeu as refeições da mãe, mas nunca retribui. Come comida chinesa e McMerda. A minha filha é definitivamente uma queimadora de sutiã de segunda geração.

"Mãe, tem vinho?"

Você quer vinho? Por que não trouxe?

A Carmel balança a cabeça e retoma a conversa revelando o que a Tryphena, uma das conhecidas delas, *confidenciou* antes da missa: que a filha mais velha, Melissa, tem miomas. Hoje em dia a Melissa é clínica geral. Todos nós sabemos porque a Tryphena tem metido isso em todas as conversas nos últimos vinte anos. Não só clínica geral, mas também *sócia majoritária* no Distrito *Real* de Kensington e Chelsea, como se isso colocasse a Melissa, e por extensão a Tryphena, numa linha sucessória direta do trono.

"Sério? De que tamanho são?", Drusilla pergunta, mal conseguindo esconder a empolgação.

A melhor notícia é uma má notícia pra mídia e pra donà Drusilla LaFayette.

"Estão dentro do revestimento do útero, por isso não podem ser extraídos facilmente. Como a Melissa está menstruando três semanas por mês, parece que ela tem que fazer uma histe-rectomia."

Excelente essa sua conversa pro almoço de domingo, querida, enquanto todos nós estamos comendo tendões fibrosos de cabra.

"Ela tem cria?"

"Não, Drusilla, não tem."

"Bem, assim que tirar o útero, não vai ter mesmo", Drusilla sentencia, ajustando o guarda-sol na cabeça pra dar ênfase.

A Drusilla devia se inscrever pra ingressar na Mensa... sin-ceramente.

"Olha, essas mulheres arrumaram isso pra si mesmas", ela continua, agitando a faca e o garfo no ar. "Não dá pra enganar a natureza. A mulher tem que ter bebê por volta dos vinte e cinco anos no máximo. Assim eles saltam pra fora feito bolas de golfe."

A Merty, que não gosta de ser ofuscada, olha com severida-de pra Drusilla. "Você está falando bobagem, Drusilla. Mulhe-res de cinquenta anos podem ter filhos hoje em dia."

Adorável... Estou testemunhando um golpe *d'étits* aqui nes-ta própria mesa.

Sim, senhoras, saiam no tapa.

Embora a Drusilla esteja acostumada a ser silenciada pela Merty, hoje ela está determinada a ganhar a discussão.

"Sim, podem ter, mas aí a cria sai com duas cabeças e dez pernas, né? De qualquer jeito, como a gente sabe que a Melissa não fez um aborto? É assim que as mulheres com uma carreira seguem em frente. Fazem bebê, matam bebê, fazem bebê, ma-tam bebê, faz be..."

A Merty passa por cima dela. "Sim, mas tem uma pessoa que sabe tudo." Ela aponta pra cima. "Talvez Ele esteja punindo ela."

Olho pra Carmel e vejo que ela está quase tendo um ataque.

Nunca entendi por que minha esposa tão inteligente (ape-sar dos defeitos) permanece leal a essas mulheres.

A Carmel foi uma feminista de florescimento tardio: primeira geração de queimadoras de sutiã. Não literalmente, graças a Deus, porque os seios da minha esposa sempre foram sustentados por engenhocas arquitetônicas resistentes. Ambos encorajamos as nossas garotas a estudar e ter uma carreira. A própria Carmel estudou meio período. Se formou em administração de empresas e conseguiu um emprego em habitação na prefeitura de Hackney. Se tornou estranhamente politizada durante alguns anos, tagarelando a respeito da greve dos mineiros, do desarmamento nuclear e até mesmo do IRA. Culpei o trabalho em uma prefeitura da esquerda biruta. Mas, como todas as aberrações, o período político dela passou.

Na altura em que se aposentou, a patroa era gerente de habitação sênior, com duas mil propriedades sob sua jurisdição em Hackney.

A Merty está entrando em ação agora; joga a carta que tem na manga.

"E outra coisa, ouvi de uma fonte segura que a Melissa é uma daquelas mulheres que se deitam com mulheres."

Sim, vá-em-frente, Merty. Todos os caminhos dessa sua mente *suja* levam de volta ao sexo.

"Sim, acho que ouvi isso também … hum…", a Drusilla diz, sem muita convicção, olhando nervosa pra Merty, mas determinada a continuar a aposta pelo poder. "O que eu sempre digo é: se a mulher tivesse sido feita pra se deitar com outra mulher, Deus ia ter dado pênis pra ela."

O problema dela é que, quando a boca fala, não pede permissão ao cérebro primeiro.

"Se a Melissa é uma dessas figuras lésbicas", ela acrescenta, levando o assunto adiante, "é uma abominação. Não diz em Romanos que se o homem se deita com homem como se deita com mulher, ele com certeza vai ser condenado à morte? A mesma coisa vale pra esse negócio de mulher-mulher, e até mesmo aquele papa todo-poderoso lá no Vaticano concorda comigo nisso aí."

Dona Drusilla podia ser uma oradora profissional com certeza, uma estadista articulada, com o poder de influenciar milhões com seu domínio da insinuante arte da persuasão.

Enquanto isso, nem a Drusilla nem a Merty notaram a Donna rangendo os dentes de trás. Do mesmo jeito que fazia sempre que eu a repreendia quando ela era criança.

Ela abre a boca.

Mal posso esperar pra ouvir o que vai sair dali.

Ao contrário da mãe, minha filha é corajosa o suficiente pra mergulhar sem paraquedas.

Conhece a Bíblia também, porque a Carmel arrastou a garota pra igreja todos os sábados e domingos durante a maior parte da infância dela.

"Com todo respeito. Com *todo respeito*, Drusilla, Merty." Ela soa como o presidente da Câmara dos Comuns. (Desde que começou a treinar assistentes sociais, piorou.) "Deus também disse que comer crustáceos, como camarão e lagosta, é uma abominação. E o Levítico tem todo aquele absurdo de que não devemos usar tecidos trançados com dois tipos de fios, e que se você amaldiçoar os seus pais você vai ser condenado à morte, e que a escravidão é bacana."

Donna Walker está se apresentando pra audiência, pra cidade, pro país, pro *mundo*.

"Olhe aqui, nós não aceitamos tais escrituras, certo? Não é uma loucura basear as nossas opiniões em argumentos escritos no Levítico três mil e quinhentos anos atrás?"

Obrigado, Donna, por resgatar a dignidade do seu pai, embora você não saiba disso.

Silêncio abençoado.

Silêncio carregado.

A Merty e a Drusilla olham pra comida como se fosse excremento exalando vapor.

A Carmel está mexendo na aliança de casamento como se nunca a tivesse visto antes.

O Morris tá rindo por dentro, mas tá conseguindo esconder isso do mundo, menos de mim.

A gente vai fazer a autópsia mais tarde, *grande momento*.

A Candaisy está hipnotizada pelo céu lá fora.

Asseleitha está de cabeça baixa, como se estivesse orando.

Olho de soslaio pro Daniel, que está enviando mensagens de texto por baixo da mesa.

Donna continua: "Quem se importa com o que a Melissa é ou não é? É assunto dela. São Marcos disse que devemos amar a todos como Cristo amou, incondicionalmente e sem discriminação. Minha bússola moral é baseada em várias crenças espirituais sincretizadas com os valores fundamentais dos ensinamentos de Cristo, as partes que fazem sentido para mim, pelo menos".

Sincretizadas... Bússola moral.

Donna herdou o meu gene superlexical. Minhas duas filhas herdaram. Não estou dizendo que ela alguma vez me deu o crédito por isso.

Quanto às chamadas "crenças espirituais" dela, a Carmel me disse anos atrás que a Donna é uma "adoradora da deusa" secreta, mas me avisou pra não revelar que eu sabia ou a Donna ia ficar furiosa.

"E quanto a algumas dessas músicas ultrajantes que estão por aí? Buju Banton, Beenie Man e o resto, com as letras homofóbicas e machistas deles?"

Sim, Donna, vá-em-frente. Pra ela, todas as doenças sociais nos conduzem à repercussão da música perniciosa na juventude de hoje.

"Quando ouço esse garoto... esse *meu garoto* ouvindo aquele lixo, eu perco a cabeça. Perco mesmo. Pior, são as crianças da classe média que compram essas coisas, os que querem parecer maloqueiros na escola dele, os filhos de médicos, banqueiros e advogados. *São eles* a má influência."

Ela balança a cabeça, e o Daniel ergue os olhos de repente enquanto põe o celular às escondidas no bolso.

"Me deixa fora disso, mãe."

"Bom, eu não vou tolerar isso."

"Posso ouvir o que eu gosto."

"Não sob meus cuidados, você não pode", a Donna dispara, balançando a mão e derrubando o copo de groselha Ribena, que fica ali, se esparramando um tanto metaforicamente na toalha de mesa de algodão branco.

A Merty e a Drusilla, até então repreendidas, se animam com essa discussão.

"Então, Donna", a Merty se aproveita do momento, "se o Daniel fosse um *deles*, um homem afeminado, você ia ficar feliz com isso?" Ela imita: "Mãe, gostaria que você conhecesse o meu namorado. Ele se chama Giles Smythe".

Drusilla explode numa gargalhada. Nesse instante o Daniel suspira, arrasta a cadeira pra trás e parece pronto pra sair do cômodo, mas algo o detém. Quero dizer à Donna pra não responder: ela está manipulando você, tentando assegurar a posição dela como mandachuva. Mas, ah, céus, a Donna murcha na cadeira. Consigo ouvir o ar assoviando ao sair dela.

O que aconteceu com a minha filha fodona? Campeã dos direitos humanos e do politicamente correto?

O problema é que a Donna foi criada pra respeitar as tias, os *anciãos*, em especial a Merty, a melhor e a mais influente amiga da mãe. De algum jeito a Merty a reduziu à sensação de ser uma criança de oito anos de novo.

"Não tenho ideia se o Daniel é 'um deles' como você diz. Se ele é… isso é só da conta… dele."

Ela não respondeu à pergunta.

"Sim, mas, Donna… você ia gostar? Você ia aprovar? Você ia contar pros seus amigos e ia ficar pulando pela casa cantando?"

"Claro que eu não ia ficar saltando de alegria, mas, como eu disse, isso ia ser da conta dele. É bem provável que isso fosse… uma fase. Todos os adolescentes passam por *fases*."

A Donna certamente passou, mas não vou trazer isso à tona agora.

"Você não ia gostar, então?" O Grande Inquisidor atira de volta, cotovelos na mesa, rosto radiativo.

A Merty é o produto de uma vida inteira de dificuldades, desde que a mãezinha a deixou. Todas as outras pessoas têm que pagar.

"A questão é que as pessoas devem ser livres pra se expressar como quiserem."

"Então me diz, Donna, você ia preferir que ele levasse uma garota pra casa, não um garoto? Honestamente?"

A Donna começa a limpar o suco derramado com um guardanapo, mas ela está só espalhando mais em círculos pela mesa. "Sim, claro, qualquer mãe ia preferir… Eu quero netos."

"Você poderia ter netos de qualquer forma, então não é desculpa. Isso significa que você não ia gostar?"

A Merty mantém os olhos treinados na Donna.

Minha filha parece indefesa, paralisada.

Mas não posso me envolver. Como poderia?

A Carmel normalmente interviria a favor da filha favorita, embora não goste de enfrentar a Merty, mas ela está mais quieta que o normal; deve estar pensando no pai moribundo.

"Olha só pra ele…" A Merty é incapaz de controlar o pior lado dela. "Ele poderia se tornar um homem afeminado. Toda essa tagarelice-esquisitice dele e a educação privada que todo mundo sabe que é um terreno fértil para sodomitas."

Meu neto já aguentou o suficiente. Ele fica de pé e, na pronúncia correta que me custou uma fortuna em mensalidades escolares, grita: "Já chega, cansei dessa porra. Pare de falar a meu respeito como se eu não estivesse aqui. Mãe, vou esperar lá fora".

E se foi.

É esse o garotinho que costumava me multar em dez centavos por dizer palavrões sob ameaça de me denunciar pra Donna?

Uma voz entra na conversa. "Olha só como você aborreceu esse jovem rapaz."

Sou eu falando?

"Você devia se envergonhar... insinuando coisas. Acha que isso fez ele se sentir como? E a minha filha não precisa se justificar pra ninguém nesta sala."

Acabei de chegar num cavalo branco brandindo um sabre de ponta dourada.

A Merty pisca lentamente e vira o rosto pra longe de mim, como se a cabeça dela estivesse encaixada num rolamento de esferas e pudesse fazer uma rotação de 360 graus.

Donna me oferece uma careta agradecida. O papai se redimiu. (Não dura muito tempo.) Ela se levanta, pega a bolsa, tira as chaves do carro, vai embora.

As duas Górgonas lá sentadas.

Empolgadas. Triunfantes. Expurgadas.

A Candaisy, que de qualquer modo raramente dá um pio, mantém os olhos distantes de todos.

A Asseleitha está exibindo sua expressão preferida de incômodo, fazendo um bico que parece amarrado por um fio invisível.

A cambada toda devia dar o fora da minha casa.

A Carmel começa a barulhar com os pratos.

Depois de tal melodrama, é hora de todos se acalmarem.

Isso é quando a Asseleitha decide contribuir. Por que a Carmel mantém a companhia dessas malucas está além da minha compreensão.

"Aqueles homossexuais estão sofrendo com razão", ela diz. "Deus nos salvou para nos tornar santos, sr. Walker, não felizes."

Eis o que eu de fato acredito que aconteceu com a Asseleitha: alguém cortou o topo da cabeça dela, removeu os miolos, colocou no liquidificador e apertou o botão. Depois que estava tudo misturado, despejaram a massa de volta através do couro cabeludo e costuraram tudo.

Talvez seja por isso que ela nunca tira aquela boina velha *narcisística*.

Vendo que a Guinness atingiu um ponto de saturação, eu me atiro. "Do que diabos você tá falando, Asseleitha? Todos têm direito à felicidade. Por que não cuida da sua vida em relação ao que as pessoas fazem?"

Todo mundo congela, exceto a Carmel, que começa a fazer tanto barulho na pia que é como se o bombardeiro Lancaster acabasse de atingir o alvo — uma fábrica de louças de porcelana em Dresden.

Posso sentir que o Morris quer que eu cale a boca.

"Por que você tá defendendo eles?" A Merty está pronta pra pegar no meu pé agora.

Graças a Deus a Asseleitha vem em meu socorro com o fluxo de consciência descarrilhado dela. "Os homossexuais estão sofrendo porque o sofrimento faz parte da salvação deles. O Senhor diz que eles devem tomar porrada pra que possam ser melhores."

Deeeels. Elas acham que o Daniel tem gênio forte? Está nos genes dele. Vou mostrar a elas o que é gênio forte. Sou um leão, e o que é que um leão faz?

Fico de pé e soco a palma da mão. "Alguém vai te dar porrada um dia desses, sua mulher maluca."

Há um engasgo de horror coletivo e pantomímico, como se eu fosse o tipo de monstro que realmente bate numa mulher.

"Agradeço a Deus por sua vida", a Asseleitha responde, se levanta e sai da cozinha, como se todas as articulações dela tivessem sido parafusadas juntas.

Agora a Candaisy, que comia sem fazer barulho e nem perder os modos, fala pela primeira vez.

A Candaisy pode não ser uma das senta-e-resmunga, mas é o tipo de pessoa que senta-e-escuta-as-resmungonas. Segundo a Carmel, ela está saindo com um POP (Propriedade de Outra Pessoa) — um homem casado cinco anos mais novo.

A Candaisy fala com a voz leve, ofegante e meio infantil das mulheres que não querem crescer.

"Eu pessoalmente... pessoalmente... acho..." Ela vai sumindo de forma tímida.

Certo, srta. Candaisy, me diz como uma pessoa pode achar qualquer merda se não for *pessoalmente*?

"Pessoalmente acho que devemos cuidar da nossa vida, e eles, da deles. Não é culpa deles se eles são..."

Rapaz, ela é corajosa, indo contra Hitler e Himmler.

"Você tá certa", a Carmel diz com gentileza, colocando a mão no braço dela numa solidariedade fraterna. "Não é culpa deles se são doentes, mas é culpa deles quando se permitem agir de acordo com a doença. Devemos orar para que a alma deles seja salva. Agora o que *eu* rechaço, o que *realmente, realmente* rechaço..."

Ela olha pro marido descaradamente.

"... é o tipo de homem casado que mete o negócio dele em qualquer boceta velha fedida, venérea e larga que já teve mais bigulins na cama do que dentes na boca. Esse tipo de homem devia ser açoitado publicamente na praça da cidade."

Nisso a garfada de macarrão com queijo da Merty, que tinha começado a jornada no prato dela, não consegue chegar até a boca.

Vou até a geladeira e pego outra Guinness, batendo a porta, imaginando uma certa cabeça presa nela.

Um dia em breve eu vou estar livre de tudo isso.

Então, de repente, é tudo confusão e agitação e *Tenho que ir, Carmel querida e obrigada pelo almoço, Carmel querida.*

"Vou rezar pelo seu pai, Carmel", a Merty diz, abraçando ela.

"Que ele ainda viva muitos mais anos", a Drusilla acrescenta, apertando o ombro dela.

Ela ficou maluca? O homem tem quase *cem.*

"O *Charles* tá à minha espera", a Drusilla diz, sem necessidade, um comentário triunfante pra Merty, que não tem ninguém esperando por ela.

O Charles é um cara jamaicano de noventa anos que anda cortejando ela. A Carmel me disse que ele é dono de três casas...

A Candaisy é a única que me dá atenção oferecendo um sorriso de empatia quando sai, como se estivesse se desassociando das outras três, como se conhecesse o tormento dentro da minha alma, o sofrimento que tenho que suportar, e a qualquer momento que eu quiser descarregar... ela fosse estar pronta pra ouvir.

Ah, já entendi, é assim que você pega as POP, Candaisy?

Ah, Barry, que maldade, seu velho sacana. Ela é legal.

Pode haver três de nós remanescentes neste cômodo, mas ainda sinto a presença das outras comadres como se não tivessem ido embora, tipo... *Chernobyl.*

O Morris está telepaticamente me dizendo pra fazer o que eu disse que ia fazer.

Pode ser a minha chance de falar com a Carmel, mas é sensato fazer isso quando nós dois estamos tão exaltados? De qualquer forma, depois de quatro ou cinco ou seis litros de Guinness, estou me sentindo um pouco zonzo. Conversas sobre o fim do casamento devem ser conduzidas quando se está completamente sóbrio e longe da gaveta de facas da cozinha.

Vou falar com ela amanhã. A manhã de segunda-feira é tão boa quanto a tarde de domingo. Antes de ela ir pra Antígua, porque quem sabe quanto tempo ela vai ficar fora? Isso faz sentido — ou será que não? Dou meu aceno de cabeça pra cima e pra frente pro Morris, mas a Carmel percebe. "Barrington, você não vai a lugar nenhum... Morris?"

O Morris salta tão rápido que quase cai. Vai devagar, homem. Fica frio. Não deixa ela mandar em você.

Mexo os lábios dizendo que vou ver ele amanhã, e ele se levanta. *Exeunt.*

O melodrama não acabou.

A Carmel limpa as mãos num pano de prato e se senta na cadeira que a Merty acabou de desocupar.

"Bar-ring-ton", começa ela, devagar, de forma deliberada, como se estivesse lutando pra se controlar, como se eu fosse o filho teimoso que vai ficar de castigo por um mês depois da *resimenda*. "Cê sabe quessas são mia'samiga, mia'samiga de longa data, de verdade, fiéis, não quero saber de você ameaçando elas. Depois de todo esse tempo você nem conhece elas direito, porque nunca se preocupou em descobrir quem elas são lá no fundo. Você trata elas feito monstros, mas elas são pessoas humanas reais com sentimentos humanos reais, que tiveram uma vida tão dura que você jamais ia entender, porque te falta decência humana, sensibilidade, compaixão, empatia em todos os sentidos e bons modos além do mais."

Tento me defender como sempre, mas tudo o que me sai é um som rouco que felizmente quase não dá para ouvir.

"O seu problema é que você não vai à igreja pra receber instrução religiosa e é por isso que você não tem moral. Gostaria de lembrar o que eu disse hoje de manhã quando você veio se enfiando no meu quarto pela milionésima vez que nem um gambá. As coisas vão mudar nesta casa, ouviu? Eu vou ver o meu pai e quando eu voltar a gente vai ter um novo sistema e você vai se emendar."

Sim, minha querida, as coisas vão mudar para além da sua compreensão atual e dos seus sonhos mais loucos. Cê vai ter seu novo sistema sim, pode deixar.

"Chega de voltar de madrugada e de não dar as caras ou eu vou fazer da sua vida um inferno", ela diz. "Você andou pela sombra por muito tempo, Barrington, e agora eu vou arrastar você pra luz."

Então ela faz o sinal da cruz, baixa a cabeça e começa a rezar pela minha alma.

5. Canção do desespero
1970

Carmel, o que você tá fazendo às onze da manhã de uma quarta-feira comungando com o seu lado negro, deitada no sofá da sala de estar, ainda com a camisola da maternidade

as pesadas cortinas de tecido adamascado fechadas mas deixando entrar uma fatia fria da luz inglesa, enquanto você olha os arabescos do teto com a luminária florida que você comprou da Debenhams na liquidação há dois anos como se

você não tivesse nada melhor pra fazer com o seu tempo e não fosse a mãe da Donna, que só tem dez anos e precisa de você?

sim, ela precisa de você pra tirar a cabecinha sonolenta da cama de manhã — pra arrumar ela pra escola *e* levar até lá

porque é isso que as mães devem fazer

quer você queira ou não

e você deve se lavar também, sabe disso

quer você queira ou não

vai esperar até que a sujeira no seu corpo tenha que ser raspada com uma espátula?

ou acha que não tá com um fedor horrível e não precisa do banho de espuma que o Barry prepara pra você todas as noites em vã esperança?

escuta aqui, Carmel

por que é que você não vai lá pra cima agora mesmo e esfrega essa sua carcaça-pós-bebê-flácida-e-imunda e deixa essa sujeira pra trás?

quer você queira ou não

e a Maxine?

cê é desprezível, senhora

a criança pode sufocar até a morte a qualquer minuto, ela tá respirando tão mal que não pôde nem sair de casa desde que voltou com Barry da UTI do Hospital Hackney, onde ficou entubada por duas semanas inteiras

mas quando o Barry enfia aquela *súcuba* nos seus braços, berrando pelas suas tetas e torcendo os dedos com avidez, querendo sugar sua energia vital, você fica doida pra jogar ela de volta no berço de madeira cor-de-rosa que balança comprado na Randalls em Stamford Hill

nem consegue esquecer quando ele foi até a loja da esquina e você *deixou ela cair* e

quando ele voltou e viu o hematoma escuro começando a se formar

ele olhou pra você como se você fosse a Myra Hindley

e não deixou você sozinha com ela desde então, mas graças a Deus

ela não morreu porque os crânios dos bebês são tão frágeis, graças a Deus

ele não chamou aquelas assistentes sociais enxeridas que nenhum de vocês suporta se intrometendo na intimidade de vocês e graças a Deus

o Barry é o homem que você sempre achou que ele podia

ser, neste exato momento na cozinha alimentando a Maxine com leite de vaca de uma mamadeira, enquanto você tem uma carroça abarrotada de leite nos peitos, que podia alimentar um berçário cheio de bebês

que tipo de *monstro* pode não alimentar a própria filha?

como se você tivesse alguma outra coisa pra fazer?

considerando que

a Merty tá arrumando a casa depois que o Barry disse pra ela que você não saía da cama há dias, e ele estava preocupado como na vez em que a Donna nasceu e você perdeu a cabeça, e olha que

o Barry chama a Merty de *comandante de campo* pelas costas, mas pelo menos os dois tão se comunicando estes dias

e a Merty organizou uma lista de tarefas com a Sociedade das Senhoras de Antígua pra ajudar

então a Candaisy limpa sua casa todo sábado à tarde, mesmo com os três andares que ela leva quatro horas pra terminar porque é muito meticulosa, também pudera, agora é auxiliar de enfermagem no Hospital Hackney

embora você realmente não se importe mais se os pisos estão cheios de roupas *imundas*, ou o vaso sanitário entupido de merda, ou a banheira com uma borda de craca humana

e então a Candaisy vai pra casa e começa tudo de novo, limpando o apartamento popular de dois quartos em que está morando com a filha, Paulette, e Robert (das Bahamas), que ainda não quer se casar com ela

que diz que ama a Candaisy, mas todos acham que ela merece coisa melhor que um homem que gasta a maior parte do salário nas casas de apostas nas noites de sexta-feira, e graças a Deus

a Asseleitha vai a pé até Dalston fazer compras pra você no Ridley Road Market aos sábados (ela agora é cozinheira na cantina da equipe da BBC em Strand, então só pode pagar por aquele conjugado encardido alugado perto de Clapton Pond, com paredes úmidas e mofadas)

e ela volta carregada de sacolas e cozinha uma panela enorme de guisado e uma panela enorme de arroz pra durar a semana inteira, já que você é preguiçosa demais pra cozinhar e, se não fosse isso, você e a Donna teriam que contar com as habilidades culinárias do Barry, que basicamente consistem em... batata muito cozida, palitos de peixe gordurentos, feijão morno e sanduíches de grumos de geleia encaroçada

e então de segunda a sexta-feira a Merty pega a Donna às 8h30 em ponto pra levar pra Escola William Patten com seu próprio bando de meninos (de idades entre quatro e dez anos) se arrastando atrás dela na neve enlameada, porque a Merty tem cinco fedelhos, e o Clement

que é um bom homem, embora dê pra ver ele se contorcendo quando ela chama ele de sr. Merty em público, mas pelo menos ele não passa as noites fora de casa e toda sexta deixa seu envelope de pagamento marrom fechado da British Rail na mesa da cozinha e

com o salário dele e do trabalho dela limpando casa de pessoas ricas em Hampstead

eles *finalmente* têm entrada pra uma hipoteca, e

pensar que você ficava com inveja porque ela tem *cinco* fedelhos e você queria mais, mas o Barry não tem muito do que chamam na *Woman's Own* de "desejo sexual", então a sua menstruação veio regularmente por dez anos depois da Donna nascer

e agora você tem a segunda criança que disse que queria, mas age como se não quisesse

ficou louca?

qual é o seu problema? graças a Deus

o turno da limpeza noturna da Drusilla no prédio de escritórios em Bishopsgate começa às 19h (doze horas depois do primeiro turno dela, que vai das sete às dez), então ela pode buscar a Donna na escola à tarde junto com os quatro fedelhos dela (três do Maxie Johnson, que foi morto a tiros em Miami — todos ouviram as fofocas de Antígua —, e um fedelho daquele Lewis que chegou e partiu) e então ela leva todos os *dez* fedelhos de volta pro quintal dela (os cinco da Merty, os quatro dela própria e a sua Donna) e faz chá pra todos eles sem se queixar nem uma única vez

de você jogada aí feito uma condessa na sua sala de estar imensa olhando pro seu jardim imenso, enquanto é ela que tá lá numa casa popular minúscula que foi considerada imprópria pra morar

e a Drusilla é que tá lá lavando e trançando o cabelo da Donna, e passando Dax para não deixar ficar todo seco e embaraçado, e mesmo assim as crianças inglesas na escola ainda ficam chamando Donna *Mulata* no parquinho

e pensar que você dizia *todo dia* pra Donna que ela era uma garotinha linda, até chegar a esse ponto em que você chegou

cê foi pra outro lugar

e não voltou ainda

e agora ela tá se tornando a *Filhinha do Papai*

Papai, que a coloca pra dormir e a escuta lendo o livro favorito dela, *Sapatilhas de balé* da Noel Streatfeild, pela centésima vez

que tirou uma licença do trabalho na Ford

que agora está em casa o tempo todo, quando antes ele estava fora o tempo todo

tanto é assim que

num sábado de inverno, no escuro, de madrugada, você deixou pra trás sua cama, a bolsa de água quente e uma Donna adormecida, desceu até o corredor gelado e vestiu o sobretudo marrom gigantesco por cima da camisola de poliéster grossa, as botas pretas de inverno da Clarks sem nenhuma meia, o chapéu de lã marrom sobre o cabelo despenteado e as luvas de lã azul nos dedos que congelavam depressa

e você rumou até a propriedade mais recente dele, que ele *supostamente* estava decorando com o Morris, na Palatine Road, e bateu na aldrava com cabeça de leão

e quando os dois atenderam, *finalmente*, macacões azuis respingados de tinta e pincéis nas mãos, você invadiu a casa e deu uma olhada, mas não havia prostitutas em vários estados de nudez em parte alguma e assim

cê debandou e

se sentiu tão *ichúpida*

mas você não deixou pra lá

ele tá aprontando *alguma*

mas como você pode reclamar quando todos tinham tanta inveja de você, especialmente

quando comprou aquele sofá de couro branco caro da Debenhams que vai durar uma eternidade, porque você cobriu ele com plástico e controla quem senta nele e quem puser os pés no seu sofá tá *morto*, *sim*, *tá morto*, com plástico ou sem plástico, com meia ou sem meia

e você está construindo a sua bela coleção de enfeites também

e então o Exército das Senhoras de Antígua marchou pra dentro da sua casa uma semana atrás direto pra sua sala de estar e se sentou enfileirado no sofá: a Merty com a gabardine cinza e chapéu azul; a Drusilla com a capa de chuva impermeável e chapéu de chuva beges; a Asseleitha com o casaco preto e boina nova verde; e a Candaisy com o casaco de pele de raposa de segunda mão que o Robert comprou pra ela quando ganhou no jogo

e você olhou pra elas, sentada bem reta na sua poltrona com sua camisola de grávida azul com botões e manchas de comida no peito, tentando parecer normal

e elas disseram

Carmel, querida, você tem que enfrentar isso, da mesma forma
que a gente sempre teve que enfrentar, a vida continua não importa
o que você esteja sentindo, não importa se você tá chorando e tem
vontade de morrer
    se apruma, Carmel, se apruma e cuida da sua família e volta
pra igreja pra receber um pouco da cura sagrada do Bom Deus
    mas você não pode, não é?, porque você é uma gorda digna
de pena
    até esqueceu o aniversário da Donna ontem, né?
    quando é tarefa *sua* lembrar, não do Barry, mas, quando ele
encontrou ela chorando no travesseiro, no quarto que ele tinha
pintado todo de cor-de-rosa com estênceis de flor
    ele deu uma ligada pra Merty, que veio na hora tomar con-
ta da Maxine
    enquanto o Barry levava a Donna pra um jantar de aniversá-
rio com peixe e fritas e uma garrafa de coca-cola e sorvete de mo-
rango de sobremesa no Fruto do Mar, na Kingsland High Street
    e quando ela chegou em casa tão feliz e correu até você, o
que você fez?
    cê enxotou ela. *Vaca*
    e o Barry abraçou ela e só olhou pra você com olhos tristes,
porque você tá destroçando tanto o lar da família, e ele disse
    que vai fazer uma ligação de emergência pro médico pra te
levar antes que você machuque de verdade alguém, mas você
cala a boca dele com
    só por cima do meu cadáver
    e ele soube exatamente o que você quis dizer, porque da
última vez, dez anos atrás, quando a Donna tinha um mês, ele
encontrou você chorando na banheira com uma faca, mas você
era tão patética que nem deixou cicatrizes nos pulsos
    os comprimidos funcionaram daquela vez, mas fizeram vo-
cê ficar um zumbi

uma dona de casa zumbi que não conseguia usar o cérebro com que nasceu

e por que você largou a escola tão jovem, sua cretina idioooooota?

mas que trabalho você consegue sem qualificações?

você tem vinte e seis anos agora, Carmel

já praticamente uma aposentada por idade.

dez anos se passaram tão rápido

cê tá arruinada, garota

c ê   t á   a r r u i n a d a

de jeito nenhum você vai deixar um médico cutucar dentro da sua cabeça

porque, o que quer que esteja acontecendo lá, nada vai poder consertar

jamais.

6. A arte dos relacionamentos
Segunda, 3 de maio de 2010

É o dia seguinte ao que chamo de Show de Horrores do Domingo e ao que o Morris chama de Pesadelo na Cazenove Road, e a esposa está neste exato momento cruzando o planeta em disparada numa geringonça de metal em forma de condor a caminho de Antígua. Obediente, levei ela até o aeroporto de Gatwick no meu Jaguar Sovereign 1984, às cinco da manhã.

Tivemos uma conversa muito sensata na minha cabeça enquanto a gente abria caminho por Londres naquele horário nebuloso. Encontrei as palavras perfeitas pra convencer ela da gente se divorciar, e ela não teve escolha a não ser aceitar meu *fait* consumado.

Só que, na luz sóbria da manhã, percebi que meu senso de oportunidade estava completamente errado. Como podia pedir o divórcio quando ela estava prestes a embarcar num avião pra ficar ao lado do pai moribundo depois de um afastamento de trinta anos?

A gente mal se falou.

"Pra qual terminal cê vai?"

"Sul."

"Com qual companhia aérea cê vai?"

"Virgin."

"Quanto tempo vai ficar fora?"

Nenhuma resposta. Ótimo. Então quanto tempo vou ter que esperar?

Depois, no check-in, a Carmel se virou, olhou pra mim e perguntou, "O que aconteceu com a gente, Barry?", como se a gente estivesse numa daquelas comédias românticas que ela gosta de ver e que de vez em quando sou obrigado a aturar.

Quis dizer que a gente nunca devia ter se casado.

"Foi a vida que aconteceu, Carmel."

Fiquei olhando ela atravessar o portão de embarque usando um daqueles cardigãs sem forma que vão até o joelho, mancando com aquele problema no quadril, ou nas costas, ou onde quer que seja, os pés naqueles sapatos que parecem ortopédicos, que as mulheres usam quando não tão mais interessadas em tentar impressionar os homens. Grande Equívoco. É tentando impressionar a gente que elas se mantêm na linha. Ela tá ficando curvada também, porque nunca seguiu o conselho que dei às nossas filhas, para se sentar direito e andar com a cabeça erguida.

Não consigo acreditar que essa é a garota doce que conheci lá em Antígua. O que é que aconteceu com ela? Acho que a Inglaterra a destruiu, a fez mudar pra pior. Ela era uma pessoa feliz, sim, lépida e faceira, como a gente costumava dizer, e bonita também. Agora olha pra ela, a personificação da desgraça.

Mas era essa garota que fazia passinhos de dança em qualquer lugar, com os sapatinhos clique-claqueando, olhando em volta feito bailarina, parando numa pose calculada pra cativar todo mundo com sua beleza, sempre lindamente trajada naqueles vestidos floridos salpicados de cores intensas que as mulheres usavam nos anos 50, a silhueta de violão marcada por uma faixa larga roxa.

As mulheres têm aquele breve período entre os dezesseis e vinte e um anos em que são naturalmente coradas e belas, para quem gosta desse tipo de coisa. Depois disso, é só ladeira abaixo sem descanso até a cova.

Os homens, por outro lado, amadurecem bem.

Samuel L. Jackson, Sean Connery, George Clooney, Morgan Freeman, BJW.

Mas, ah, céus, a Carmel era uma jovem adorável. E tinha orgulho de levar ela pros bailes depois que o Morris foi embora. Ela era uma dançarina brilhante. A gente ensaiava por horas no quintal da minha mãe.

Vejo ela agora — girando a saia favorita de cetim púrpura como um dervixe rodopiante, mexendo os quadris fluida como a água, chutando aquelas perninhas bem torneadas, esticando a ponta dos pés graciosos naquelas meias soquetes brancas que as meninas adoravam usar, deixando que eu a erguesse e a arremessasse no ar, o corpinho retesado, e aí a pegasse de volta, e de algum jeito ela colocaria as pernas em volta do meu pescoço e subiria pra dar uma pirueta por cima da minha cabeça e depois uma cambalhota pra trás como se fosse feita de borracha, e eu ia girar e ela ia se inclinar para a frente, e eu rolaria pelas suas costas e ela ia saltar para o meu colo, cheia de aerodinâmica, tão ligeira e suave como uma andorinha em voo, e nós dois sem parar de saltar e sacudir e balançar aos braços ao ritmo de "Rock Around the Clock", e ela estaria mostrando a calcinha americana com babados e bolinhas para todos os rapazes em St. John's.

É claro que a gente nunca fez nada *naquele* departamento. A Carmel pode ter dançado como um dínamo, mas era pura, mesmo depois da noite de núpcias.

Quanto a mim, estava sempre tentando espantar os pensamentos relacionados ao Morris, que me trocou pela Inglaterra. Antes dele partir, a gente costumava ir a bailes juntos, imóveis e sérios nas nossas camisas brancas de manga curta e gravatas pretas, debruçados no bar que quase sempre era uma mesa de cavalete frágil — *cercados*. As garotas podiam amar o Morris, o campeão júnior de boxe de Antígua, mas elas estavam sob o *domínio* do Príncipe de Antígua, exagerando o balanço dos quadris quando me viam. Eu e o Morris nos divertíamos em segredo sabendo que os dois estavam comprometidos.

Ou a gente se sentava no escuro nas rochas no cais, curtindo a música longe da pista de dança e dos adolescentes rodopiando--girando e pisoteando as tábuas do chão, enquanto dividíamos um charuto que economizamos a semana inteira pra comprar.

Mas a gente não podia ficar sentado lá a noite toda. Tinha que participar ou as pessoas iam querer saber o que tava rolando.

Mais tarde, ele e eu íamos caminhar quilômetros até a praia de Fort James e procurar o nosso esconderijo, sempre atentos aos sons caso alguém nos descobrisse e destruísse nossa vida.

A gente pegava uma garrafa de plástico com bebida alcoólica caseira e se deitava na areia, contando as constelações, ouvindo o barulho das ondas quebrando, bebendo na noite.

Eu conhecia a Carmel desde pequeno, via ela e as futuras comadres sentadas nos degraus da varanda do pai dela no casarão da Tanner Street, comendo biscoitos de manteiga de amendoim, bengalinhas de menta, fatias de abacaxi. À medida que ficavam mais velhas e mais ousadas, a Merty corria pra estrada e me oferecia uma provinha do seu melaço de cana derramado sobre um pedaço de gelo.

Ela era a líder do grupo já naquela época.

"A gente né doce o suficiente pra você?", ela berrava, empinando os peitinhos que desabrochavam e correndo pela rua atrás de mim.

Quando eu trabalhava pro pai da Carmel, a srta. Carmel tava sempre por perto, flertando.

À tardinha o sr. Francis Miller, famoso herdeiro das lojas Venda Antecipada, se sentava na varanda estofando a cadeira de vime enorme, com um terno risca de giz de "homem de negócios", colete, relógio com corrente de ouro pendendo de um bolso, o nó da gravata bem apertado, o colarinho abotoado de ambos os lados e o suor escorrendo pela cabeça calva sarapintada.

Um exemplar de *As obras completas de William Shakespeare* quase sempre aberto no colo.

"Em ódio vivam,/ E muito, parasitas sorridentes,/ Matadores gentis, lobos afáveis,/ Tolos famintos, moscas de comida,/ Dobra-joelhos, bolhas, cata-ventos!"

"De onde veio isso, Barry? Me diga qual a proveniência."

Mas que maldita 'orra quer dizer proveniência?

Agi como se estivesse prestes a responder.

"*Timon de Atenas*, é claro", ele disse pelo nariz.

O sr. Miller adorava lançar citações de Shakespeare pra cada homem que encontrava, inclusive eu, e como uma bola a gente tinha que pegar sem deixar cair, sabendo que todos nós tínhamos dedos de manteiga.

Aquele homem era um bufão, além de um brutamontes, mas também era o meu chefe.

Hoje eu tenho o meu Shakespeare, mas não uso ele pra me autopromover.

Quando pedi a mão da filha dele, ele ficou encantado, porque, como a maioria dos bufões, não tinha ideia do que eu realmente pensava dele.

Assim que a gente se casou, imigramos pra Inglaterra, a Carmel engravidou da Donna e perdeu a cabeça daquela primeira vez.

Vendo ela desaparecer na sala de embarque hoje cedo, desejei que tivesse me deixado ir anos atrás.

Se alguém pede a liberdade, você tem que dar; caso contrário você se torna o carcereiro.

Assim que estiver de volta aqui em terra firme, vou entregar os documentos pra ela, mas quanto tempo vou ter que esperar eu ainda não sei.

No exato momento em que cheguei em casa do aeroporto, Maxine estava no telefone.

"Pai, você e eu vamos conversar — *hoje à tarde.*"

Silêncio.

"*Sozinhos.*"

Este é o problema de ter uma esposa e duas filhas.

Liguei pro Morris assim que desliguei o telefone e depois pegamos o ônibus e o metrô pra Piccadilly Circus.

"Morris", eu disse, antes que ele pudesse tocar no assunto primeiro, "eu não consegui contar pra ela, dada a situação atual, o pai dela morrendo e tudo o mais. Como posso jogar um problema em cima de uma aflição?"

"Você tá certo, Barry, eu tava pensando a mesma coisa ontem à noite. A gente se deixou levar pela sua mudança de opinião e não tava pensando direito. Isso significa só que você tem que manter a determinação, certo? Assim que ela voltar, cê faz o que tiver que fazer."

"Sem dúvida. Não se preocupe, Morris, tô pronto pra briga."

"Não brinca comigo, Barry, ou você pode me perder."

"Nem vem, homem, cê não tá falando sério."

"Não tô?"

No metrô lotado praticamente todos os passageiros estavam mexendo no celular. Como as coisas entre nós ainda estavam um pouco estranhas, decidi embarcar num tópico de conversa mutuamente inofensivo.

"Olha pra eles. Todos os pacientes mostram sinais de loucura celularística…"

O Morris não respondeu.

"Provavelmente jogando jogos de computador infantis", acrescentei.

"Ou ouvindo música celularística", ele finalmente respondeu, esquadrinhando o vagão de ponta a ponta. Também fiz uma varredura rápida e metade dos pacientes usava fones de ouvido, os olhos vidrados.

"Zumbis", eu disse, sentindo que a gente estava conseguindo endireitar as coisas.

"E eles têm sintomas de abstinência também, Barry, se não tiverem a dose deles. Eu li sobre isso."

"É o início do fim da comunicação propriamente dita pra raça humana. Você se lembra como na nossa terra a gente cantava em grupo, à noite?"

"Todo mundo era cantor naquela época, Barry. Quando você me ouviu cantar pela última vez?"

"Não consigo me lembrar e, pra ser honesto, não posso dizer que sinto falta dos seus tons melodiosos, queridinho."

"Ah, cala a boca, cara."

"Fiquei tão chocado quando cheguei aqui e percebi que os ingleses viam televisão todas as noites por horas sem falar uns com os outros."

"Mas essa nova geração é pior, Barry. Todos trancados dentro de si mesmos. É como se a gente estivesse num filme de ficção científica e eles são os robôs que a gente acabou de clonar."

"Ah, admirável mundo novo, que tem nele tais habitantes", proclamei, emocionado e revirando os olhos como aquele exagerado do Laurence Olivier, que todos têm em tão alta conta.

O Morris começou a rir, o que foi um alívio. Eu me sinto tão mal quando ele fica indiferente comigo.

Tenho divertido o carolinha desde que me sentei atrás dele na aula de álgebra do sr. Torrington quando a gente tinha onze anos. Esguichei água na nuca dele e disse que era meu xixi. Toda a fila de trás caiu na gargalhada. Ele quase chorou feito uma garotinha até que admiti que estava brincando. Ele entendeu a piada e não parou de me seguir depois disso.

Eu não conseguia me ver livre dele.

Ainda não consigo...

"Aquele romance não era tão ruim, Barry. Lembra que você me deu pra ler? Embora eu seja da opinião de que *1984* é melhor."

"Uma das minhas pequenas vitórias, sr. De la Roux. Fazer com que você lesse ficção. Lembra do tempo em que as pessoas se sentavam no metrô lendo bons livros?"

"Nem todo mundo é um leitor de livros como você. Um jornal serve."

"Não aquela porcaria de tabloides que você lê, Morris. Cheios de conversa fiada, sensacionalismo, frases de efeito e nudismo."

"Por que você está sempre fazendo uma pregação? Eu leio livros, livros de história e aquelas biografias gigantescas que meus filhos me dão no Natal."

"Biografias também são só fofocas glorificadas. Romances, poesias e peças são os grandes investigadores da psique humana. Nada supera. E como verdadeiro aficionado de literatura, estou entre os dez por cento do respeitável público britânico. Já te falei do meu caso de amor com o sr. Shakespeare?"

"Já, umas mil vezes."

"Lembra que falei pra você da dra. Fleur Goldsmith da minha aula d'*A megera domada* em Birkbeck no ano passado? A primeira vez que entrei naquela sala de aula ela me deu um sorriso tão acolhedor, enquanto os outros olharam pra mim meio intrigados, como se eu talvez tivesse que ser redirecionado pra Estudos do Carnaval ou algo do tipo."

"Não... sério? Por que será?"

Eu o ignoro.

"Conheço mesmo essa peça, Barry. E o filme com a Elizabeth Taylor nos anos 60. O que que aconteceu com ela?, eu me pergunto."

"A dra. Goldsmith é uma intelectual de temperamento explosivo da mais alta distinção, gentil também, porque nunca foi condescendente com ninguém, mas logo descobri que, como o único homem numa classe cheia de queimadoras de sutiã que pensavam que Petrúquio era um porco chauvinista, eu tinha que me levantar em defesa do meu *gênero*. Deram a ele uma megera temperamental para encarar, só isso. Eu sentia empatia por ele, na verdade."

"Não vai dizer que..."

"As senhoras logo se interessaram por mim, especialmente a Sally e a Margaret, duas médicas aposentadas que sem dúvida ficaram caidinhas por mim. Não fiquei surpreso, especialmente depois que saímos numa excursão para assistir A *megera domada* no National Theatre. Conheci os maridos delas."

O Morris dá uma risadinha e põe a mão na boca como uma criança travessa.

"Morris, tô melhor que a maioria da minha idade, não é?"

"Ah, sim, você é realmente de arrasar quarteirão, um George Clooney ou Brad Pitt."

"Um membro arrojado e certificado da classe alfa. Um raciocinador e um pensador *notável*? Essas pessoas aqui embaixo estão se transformando depressa em epsílons, se voluntariando."

"Eu também sou alfa, então você pode descer do seu pedestal."

"Sim, mas existe o alfa e o alfa *plus*."

"Sabe do que eu gosto em você, Barry? Cê é consistente. Me admira que não precise de um colar cervical pra segurar a cabeça."

"O colar cervical não vai fazer isso, meu chapa. Meu cérebro é tão grande que a minha cabeça precisa de andaimes especiais."

"Então o andaime de madeira não vai ser forte o suficiente."

"Claro que não — aço."

"Reforçado."

"Na verdade, adamante sólido, como descrito por Virgílio na *Eneida*, Livro 6. Um termo genérico pra uma substância superdura. *Adamante*. Palavra bonita. Eu pesquisei, como convém a um homem com a minha insaciável curiosidade intelectual."

"Barry."

"O quê?"

"Vai ficar com o lábio inchado se não calar a boca."

Nesse momento o trem diminuiu a velocidade na estação Piccadilly Circus, e nós dois, cavalheiros aposentados do Caribe, desembarcamos.

Ao avançarmos pela Bond Street atraímos olhares curiosos, até mesmo, me atrevo a dizer, de admiração. Eu e o Morris vestindo os ternos clássicos dos anos 50 que o Levinsky costura pra gente e os brogues *quintessencialmente* ingleses feitos à mão que compro na Foster & Son na Jermyn Street. Eu e meu chapa não podemos subir a Bond Street parecendo um par de mendigos.

À medida que o sol fica mais quente, tiro meu casaco e o atiro por cima do ombro. O verão está no ar e me pego ansiando que os dias sombrios do inverno desapareçam.

Entramos no Café Zanza: painéis de madeira escura, piso de parquê, iluminação suave, mesinhas redondas, flores e, acentuando o ambiente suave, a voz melíflua da Ella Fitzgerald acariciando sem nenhum esforço as notas de "I've Got You under My Skin".

Aquela mulher não precisava de nenhum auto-tune pra cantar ao vivo.

Nos aproximamos de um balcão com tantos bolos açucarados à vista que dava diabetes só de olhar. O Morris sorri pra barista acabada, com cabelo oleoso penteado pra trás e um talho como boca. "Olá, minha querida."

Ela não se dá ao trabalho de sorrir de volta, muito menos de cumprimentar ele, como se a gente não pertencesse a esse lugar.

Gárgula.

Lanço um olhar feio pra ela, só que ela não nota e não posso continuar fazendo cara feia pra sempre. O Morris, por outro lado, é cavalheiro demais e tenta mais uma vez, falando no tom suave e compreensivo que usa com o agressivo, o ancião, o mentalmente instável e, com frequência, com o amante dele.

Às vezes acho que o Morris é bom demais para o próprio bem.

"Como você está hoje? Se sentindo bem? Se sentindo mais ou menos? Sentindo que a vida podia ser um pouco melhor?"

A gárgula não pode deixar de reagir ao encanto dele. Ela responde toda melancólica, "Apenas cansada, senhor. Estava na balada ontem à noite e estou pagando o preço hoje. Sabe como é."

"Sempre há um preço a pagar, não é?", ele diz, encorajando-a. "Também tive um ou dois dias assim na minha vida."

Quem você tá enganando, Morris? Isso é um eufemismo de tal magnitude que cai firmemente na categoria de falsidade. Sua vida inteira tem sido uma longa ressaca.

Ela assente, sorrindo cansada, agradecida.

"Então, o que vai querer, senhor?"

"Vou querer uma xícara refrescante de chá de hortelã." O Morris se vira e toca o meu cotovelo. "Barry, o que vai querer?"

"Legal, me dá uma coca com limão e gelo. Vou achar uma mesa."

Tenho que deixar o meu amigo ter sua dignidade. O homem precisa pôr a mão no bolso pra se sentir bem.

Meus olhos de falcão veem o único lugar disponível, nos fundos, num canto. Uma mesa, três cadeiras confortáveis de couro vermelho. Então vejo a concorrência. Duas senhoras se aproximando de forma desajeitada pela direita, se equilibrando nos saltos altos, bandejas e sacolas de compras estufadas. Minhas habilidades de sobrevivência entram em ação, me movo como uma pantera pela sala e me lanço num assento assim que elas chegam, tentando não demonstrar a dor nas minhas articulações artríticas. Nessas situações é melhor não fazer contato visual, então direciono minha atenção pra um cartaz na parede — que insinua que o sorridente fundador italiano desta rede de cafés praticamente escolheu a dedo todos os grãos de café usados nos milhares de cafeterias dele em todo o mundo.

As mulheres cambaleiam pra longe. *Adios. Arrivederci. Auf Wiedersehen*, senhoras, ou seja qual for a língua que vocês falam, porque dá pra ver que são turistas.

Da minha posição estratégica observo o *beau monde* da Bond Street. Principalmente jovens, principalmente do sexo feminino, e metade usa saias tão curtas e saltos tão altos que parecem prostitutas. Cada uma delas com um celular na mesa ou na mão.

O Morris vem flanando com as bebidas.

Agora… a menos que eu *também* esteja sofrendo de demência, ele não pediu uma xícara de chá de hortelã há pouco no balcão? Então como é que o meu chapa comprou pra si um copo alto de chocolate quente recheado com marshmallows cor-de-rosa, com uma espiral de creme fresco batido, que forma uma *espuma* vitrificada e salpicada de canela em pó e *três* lascas de chocolate?

Ele estaciona o traseiro ao lado do meu, nenhum sinal de vergonha varrendo o rosto.

"Morris, considerando que você está descendo uma ladeira escorregadia, põe um pouco de rum nisso. Um rum com teor alcoólico superior a cinquenta por cento: vai explodir suas bolas."

Ele precisa relaxar, eu preciso relaxar, e nós dois precisamos saborear a perspectiva da nossa nova vida a dois.

Mas ele não responde.

Tiro o cantil prateado do bolso interno do casaco e o agito na frente dele. "Qualé, não seja tão chato. Um pouco é melhor que nada, né? Mais cedo ou mais tarde você vai sucumbir, então é melhor se poupar desse incômodo."

Por um momento o Morris tenta agir como se estivesse ofendido, como se pudesse ser julgado culpado de tal fraqueza, mas, quando começo a derramar o elixir dourado na mistura, ele não tenta me impedir.

À medida que desce, há um inequívoco som efervescente. Quando despejo aquilo na minha coca, há um chiado.

Nós dois tomamos nossos respectivos goles, e quando o meu acerta o alvo relaxa os nervos ainda um tanto à flor da pele depois da traumatização dos últimos dois dias.

"Não tem nada que o rum não consiga melhorar", digo, sentindo o peito aquecer. "É garantido que acaba com o estresse."

O Morris fecha os olhos enquanto mergulha uma colher comprida na bebida e pega um pouco de creme embebido em rum.

"Se sentindo melhor?"

"Muito melhor, obrigado, sr. Walker. A sobriedade é como uma perda. Você lembra todos os bons momentos que teve com um copo de alguma coisa. Momentos tão bons."

Sim, e a gente tem momentos ainda melhores pela frente, se eu jogar minhas cartas direito.

A gente se vira pra ficar de frente um pro outro, os dois exibindo o sorriso ligeiramente idiota e desfocado daqueles que começam a ficar embriagados.

Tudo bem agora, Morris. Você e eu tamos sempre numa boa onda, né?

Há muito tempo que a gente tá ondeando.

Ergo os olhos pra ver a Maxine abrindo caminho toda modelete na nossa direção, cabelo preto raspado de um lado com uma coisa longa e esticada tipo uma franja caindo do outro, óculos de sol descomunais, camiseta branca minúscula, o que eles chamam de jeans skinny (que só fazem jus ao nome se você for um varapau feito a Maxine) e sapatos de salto alto fluorescentes, do tipo normalmente visto em dançarinas eróticas, acredito eu.

Todos apresentamos nossas versões cuidadosamente selecionadas de nós mesmos pro mundo.

Ela vive num ritmo intenso; o pai dela vive no dele. Que ela só não sabe ainda qual é.

Maxine me nota e apaga um lampejo de irritação ao ver que não estou sozinho. Ela vai direto pro Morris, tira os óculos escuros e beija ele nas duas bochechas, como uma daquelas divas-muah-muah, coisa que ela é, na verdade. "A stylist das estrelas."

"Que *agradável* ver você, tio Morris. Depois de *séculos*. Estou tão feliz por você ter vindo também."

A maneira como essa garota dominou o uso que os ingleses fazem da ironia é ex-tra-or-di-ná-ria. Eu podia escrever um ensaio de duas mil palavras a respeito disto: ficção, falsificação, fabricação, fantasia. Não é que ela não goste do Morris. Ah, não, ela ama o padrinho; é que ela não estava planejando um *tête-à-trois*.

"Maxie. Como cê vai?", o Morris pergunta.

O que a madame cara de pau faz a seguir? Ela se senta na frente dele e me dá um daqueles sorrisos de ingleses de classe média que consistem em espichar bem os lábios e nada mais.

"Que tal um beijo no seu pai?"

O pai que precisa do afeto da filha agora mais do que nunca.

Minha voz de baixo profundo explode como um canhão no meio da aglomeração agitada e cacarejante. "Que tal mostrar um pouco de respeito pelo seu pai?"

Asas se acomodam, plumagens se agitam, depois flutuam, a sala silencia.

Maxine me lança um olhar pétreo, o que é bastante assustador se você não a conhece, porque ela tem uma boa quantidade de tinta de guerra preta em volta dos olhos. Minhas duas filhas conseguem fazer aquela cara séria que nossas mulheres desenvolvem pra se proteger, não importa quão molengas se sintam por dentro. Carmel também. Toda vez que você vê ela na rua, ela parece pronta pra socar alguém.

A Maxine morde a isca. "Estou *tão* chateada com você, pai."

A novela acaba de começar no Café Zanza da Bond Street. As orelhas estão erguidas, esperando essa *scenette* dramática chegar ao clímax.

"Maxie", o Morris intervém. Ele está segurando uma das lascas de chocolate nos lábios, a última de uma família de três a ser decapitada. "Você está se diminuindo. Trate o seu pai com respeito, hein?"

Sim, Morris. Segue em frente. *Diz pra ela.*

Ela fica envergonhada, murmura "Desculpe" pro Morris, em seguida começa a remexer na bolsa chique da Gucci que não é uma falsificação do Ridley Road Market, mas a verdadeira, paga pelo Senhor Agiota do Cartão de Crédito.

O que digo pra ela? *Não seja nem um devedor nem um credor.* Esse é o problema com a paternidade. Você tem toda essa conversa fiada, psicotreta e experimentalismo que deseja transmitir pros filhos, mas eles reagem como se você estivesse insultando eles.

Ainda por cima, o suposto "desculpe" é dirigido ao Morris, e ele tá pensando a mesma coisa, porque aquele pedaço de chocolate não se move da posição de extrema-unção.

"Esperaí um minuto", ela diz, ciente de que eu e o Morris estamos calmamente esperando que ela exponha qualquer questão que esteja planejando expor. "Acabei de me dar conta de que estou morrendo de fome e tenho que engolir alguma coisa nos próximos minutos ou vou desmaiar. Não vai demorar muito. Prometo. Então podemos dialogar."

Di-a-lo-gar.

"Deixa eu pegar algo pra você comer", o Morris oferece, se levantando. "Um sanduíche?"

Não seja bobo, homem. Você não sabe que a Maxine trata o trigo como veneno? Alérgica, aparentemente, depois de uma vida inteira comendo pão.

"Não, não precisa, tio Morris. Já comprei uma coisa. Talvez um pouco de água, por favor?"

Água, água, água. Que obsessão é essa por água hoje em dia? Venho de um dos países mais quentes do mundo, e a maioria dos antiguanos nunca se importou muito em beber água. Alguém morreu de desidratação por lá?

Ela tira uma embalagem daquela bizarrice de sushi da bolsa — popular entre as anoréxicas. Rasga a tampa plástica com as garras pretas e tasca objetos supostamente comestíveis na boca. Eu me inclino e examino o conteúdo do "almoço" dela: quatro lascas de salmão cru em cima de um borrão de arroz do tamanho de um polegar, algumas folhas de alface, cerca de vinte troços que parecem um feijão com cauda e lembram embriões humanos, fios de cenoura ralada, semente de passarinho, algumas fatias de gengibre em conserva e uma substância folhosa escura e nojenta que na minha opinião não deveria ter saído no mar.

Maxine passa fome desde que tinha quinze anos, quando alguém disse que ela podia virar modelo, o que ela conseguiu, mas só durante as férias escolares, porque nenhuma filha minha ia escapar de tirar notas altas. Quando terminou a escola, ela parou de se parecer com uma girafa esquisita e ganhou curvas como uma mulher normal, que foi quando a agência a descartou. Juro que não vi essa garota comer uma refeição decente desde então.

Ela precisa de uma refeição saudável de guisado de pata de vaca, bolinhos, inhame, macarrão com queijo, espinafre frito, vagem e um pedaço de pão fermentado. O tipo de comida que era motivo de conflito entre ela e a Carmel quando ela era criança.

Pelo menos ela superou aquela ideia adolescente de jantar requintado: uma taça de vinho branco e um pacote de salgadinhos de queijo e cebola.

Me dou conta de que talvez nunca mais me sente para uma refeição com a minha esposa e filhas de novo. Nosso frágil núcleo familiar está prestes a explodir. Como pai, qual o preço que vou ter que pagar? Não tenho dúvida alguma de que do ponto de vista da patroa e da Donna, vou passar de encarregado da família pra finado na família.

Finalmente a madame está pronta pra *di-a-lo-gar*.

"É o seguinte", começa ela, girando aquele topete-franja comprido dela, "provavelmente é melhor se a gente tiver essa conversa *sozinhos*... Tio Morris, não vai demorar muito."

O Morris começa a se mexer, mas está à espera do meu consentimento.

"Morris", digo, batendo no joelho dele, "fica."

Ele torna a se acomodar.

Ela não tem escolha a não ser *di-a-lo-gar* nos nossos termos.

Essa guerra de vontades dura trinta segundos antes dela se jogar.

"Você realmente aborreceu a mamãe. Ela não aguenta mais as suas... malandragens. Digo, voltando pra casa bêbado no meio da noite, em vez de ir pra cama numa hora razoável com uma caneca de leite maltado... ou alguma coisa mais forte... *tanto faz*."

"Maxine", respondo, cortando essa empáfia deplorável pela raiz, "você adora o fato de eu não agir como um velho caipira com um pé na cova, então não me vem com essa bobagem de leite maltado. E você já encheu a cara em boteco comigo e o

Morris várias vezes, então nem mesmo *você* acredita no que tá dizendo. Me escuta bem: é verdade, sou um pecador e um bebedor, e, como o porteiro diz a Macbeth, 'Fé, senhor, estávamos na farra pro segundo *peru*'." O Morris engasga quase a ponto de cuspir a bebida.

"Pai, você é totalmente incorrigível", ela diz, conseguindo segurar uma risada. Sempre posso vencer a rodada com a Maxine.

"Sim, minha querida. Sabe do que mais? Seu pai ainda tem a sua *joie de vivre* e vai continuar assim."

"Tudo tem limite. Estou totalmente perplexa com o seu comportamento."

Perplexa...

"O que você não parece entender é que só porque a mamãe aguenta isso, não significa que ela não esteja arrasada. Sabe..."

"Já chega, Maxine." Levanto a mão. "A sua mãe devia sair mais, o que ia impedir ela de ficar obcecada com os meus assuntos e de tentar violar o meu direito humano básico à liberdade e a uma vida social (Artigo 15a). Olha só pra ela: igreja-lojas-médicos-funerais. Lembro que nos anos 80 ela costumava socializar com as colegas de trabalho da prefeitura. Aquela Joan, a Mumtaz e a outra que até veio jantar uma ou duas vezes. Mulheres simpáticas. A Carmel tinha muito que dizer naquela época, porque ocupava a cabeça com o trabalho, assim não vivia com a cara metida na Bíblia e querendo meter a minha também. Ela até se preocupava com a aparência e ficou elegante por um tempo. Uma pena que não durou.

"Cê sabe quantos milhares de vezes eu ouvi o Jim Reeves cantar 'Welcome to My World' na sala de estar à noite? Ela teve sorte de eu não ter quebrado aquele '78 velho cheio de chiado em mil pedacinhos. Eu ia ficar aliviado se ela tivesse uma vida social. Ela e a Merty deviam se embonecar e ir dançar calipso. Contanto que eu não esteja presente."

Faço uma careta. Morris também.

"Maxine, como um dos caras disse no *Rei Lear*, 'Estou velho demais pra aprender'."

"O que é lamentável, já que a mamãe não é velha demais pra ficar magoada." A voz dela se eleva perigosamente perto dos altos níveis de decibel de novo. "Quanto à sua grosseria com a Asseleitha…"

Naquele momento o celular dela começa a fazer a dança de são Vito na mesa.

"Um segundo. Foi maaaaaal", ela murmura, já atendendo a ligação.

Eu poderia estar no meu leito de morte e ainda ouvir, *Desculpe, pai, preciso mesmo atender essa chamada. Prende esse suspiro, tá?*

Deslizo pro Morris uma nota de cinco pra buscar mais duas cocas, que eu encharco com um pouco mais de rum forte.

"Desculpe", Maxine diz quando termina. "Onde eu estava? Tá… Claro, as amigas da mamãe podem ser tacanhas, mas não tem sido fácil pra elas. Na verdade… Eu admiro elas. Admiro… sinceramente."

Ela desvia o olhar, sem nenhuma firmeza.

"Mamãe acha que você é, bem, você é um… misógino."

Não faz muito tempo que você estava lançando vômito de bebê em cima de mim.

"Com base em quê eu sou um misógino? Diga, faz favor?"

Me lembro de limpar o seu cocô verde e mole como se fosse ontem.

"Em como você trata as amigas dela."

Limpando o ranho do seu nariz, lágrimas dos olhos.

"Não gosto delas. Pelo menos de três delas não."

Ensinando você a andar, te pegando quando você caía.

"Ainda assim você deve se esforçar pra ser legal."

Você chupou dedo até os nove anos.

"Segurei minha língua por mais de meio século", finalmente respondo.

De zero aos doze anos eu era o seu Deus.

"O seu problema é que você não entende as mulheres, pai. Você pertence à geração antiguana pós-vitoriana e pré-feminista que não formou amizades platônicas fortes com o sexo oposto."

Como ela sabe? Ela só esteve em Antígua duas vezes na vida. A última quando tinha doze anos. Ela não está interessada no lugar. E eu nasci mais de trinta anos *depois* da era vitoriana, na verdade.

"Maxine, querida, quantos *compañeros* homens a sua mãe tem?"

Nenhuma resposta.

"Quantos amigos homens a Donna tem?"

Os sinais externos de agitação interna estão começando a aparecer.

"Então não me venha com essa conversa fiada, certo. A maioria dos homens também não tem amigas íntimas."

Eu podia falar da Philomena, mas não preciso me justificar pra ela. Irlandesa fantástica, secretária na Ford, grande personalidade, excelente senso de humor, disse que se relacionava com pessoas não brancas por causa do que passou quando veio pra Inglaterra, sem conseguir trabalho ou moradia. Todos gostávamos dela *como amiga.* Às vezes ela se juntava a nós no Union Bar na vizinhança pra um drinque ou dois depois do trabalho. Da única vez em que mencionei isso pra Carmel, vi fogo saindo pelas narinas e presas despontando da boca.

Evidentemente, eu sabia que não deveria contar pra patroa que mantinha amizade com a Philomena até os dias de hoje. Desde que me aposentei, eu a visito cerca de duas vezes por ano na casa dela em Walthamstow. Bebemos um bule de chá com um dos bolos caseiros maravilhosos dela e colocamos as fofocas dos *alumni* da Ford em dia, já que ela ainda está em contato com metade da velha força de trabalho.

De qualquer forma, como posso não gostar das mulheres, Maxine, quando sempre mantive você tão perto do meu coração? Tomo uma golada do meu remédio líquido de rum-e-coca. Só quero curtir a minha filha. Ela devia parar de ser a Mensageira da Dor da mãe. Não combina com ela.

"Maxine, vamos esclarecer uma coisa. Você não é minha babá. A Asseleitha mereceu um cala a boca, e as outras estavam falando tanta atrocidade que poderiam se engasgar com o próprio veneno."

"Você está perto *assim* de perder ela."

Nem preciso olhar pro Morris pra saber que compartilhamos a ironia.

Ele solta a tosse imperceptível que tem sido usada desde tempos imemoriais pra fazer uma observação discreta e não verbalizada.

Mas, sério, a Maxine acha mesmo que pode comprar briga com o pai e ganhar?

"Não tenho que me justificar pra você, pode ir telefonar pra sua mãe, dever cumprido, você já falou comigo."

Maxine não sabe o que dizer, então faço a transição da parte desagradável do nosso encontro pra algo mais condizente com o nosso relacionamento quase sempre fantástico que eu não ia suportar perder.

"Me conta o que você tem feito, minha adorável filha?"

O Morris está escorregando na cadeira. Parou de molhar o bico por tempo suficiente pra perder certa resistência.

Perguntar à Maxine como ela está sempre funciona, porque, de qualquer maneira, ela sempre transforma as conversas em estradas circulares que conduzem de volta pra si mesma.

"Caramba, por onde eu começo?", ela diz, depois de uma pausa honrosa.

Joga aquele topete-franja desproporcional pra trás e atira as longas pernas sobre o braço da cadeira, deixando balançar aqueles sapatos de salto alto fluorescentes.

"Comece com um pouco de rum. Quer?"

Agito minha garrafa de bolso na frente dela como se estivesse balançando um pêndulo hipnotizador.

"Você é *tão* péssimo. Pensei que podia sentir o cheiro de álcool. Ainda está de dia... Vai em frente, então, só um nadinha. É muito calórico... Eu realmente não deveria."

Ela toma um gole elegante e irradia amor filial pra mim.

Com todo o desempenho dela de indignação, a gente se dá bem demais pra ela me privar da paternidade e me banir pro exílio.

Não dá pra dizer o mesmo da irmã dela.

Despejo um pouco no copo de água vazio (é claro) dela.

"Tem outra coisa que pensei em falar com você, já que estamos aqui", ela diz com uma certa astúcia.

"Diga o que quer, minha querida."

"Você *sabe* que é uma selva lá fora no mundo da moda, pai. Uma *selva*."

"Você já me disse várias vezes."

"Só fiz produção pra duas fotos no mês passado, uma delas logo em Skegness, e de uns vestidos *nojentos* de aniagem pra uma linha horrível de *moda-ecológica-pra-salvar-o-planeta*. E estou endividada até as orelhas, porque circular por aí com a turma da moda pode muito bem não sair nada barato, a menos que você namore um oligarca russo, coisa que, nem me lembre, eu não faço. Tudo o que atraio hoje em dia são cretinos arrogantes *com* dinheiro e fracassados feiosos *sem* dinheiro. E se eu não me enturmar, o trabalho seca *completamente*."

Rapaz, ela está ficando irritada rapidinho. Esse é o problema quando sua dieta consiste em algas marinhas, cenoura ralada e ar fresco. Nada pra absorver o néctar dos deuses, especialmente quando ele tem sessenta e cinco por cento de álcool.

Estou feliz porque a Maxine nunca usou drogas, principalmente andando nesse *meio* viciado da moda. Ela me prometeu que nunca ia nem experimentar quando deu o sermão "O usuário ocasional de maconha de hoje é o viciado em crack de amanhã" nos quinze anos dela.

"Depois de quase vinte anos no negócio, a *Senhorita Grande Experiência* ainda está ciscando por aí à procura de trabalho, enquanto essas herdeirinhas perambulam como parte da equipe por uma semana e um mês depois partem para uma sessão paga nas Maldivas com o Testino ou o Rankin. E eu realmente vou estar velha demais em breve. Na verdade, *já estou* velha demais. Já tenho vinte e nove anos há onze anos."

Abasteço de novo o copo da Maxine. Deve estar ficando com sede com todo esse falatório.

"Quando saí da Saint Martins pensei que o mundo ia cair aos meus pés, porque meus professores disseram que eu era uma estrela em ascensão. 'Trajes femininos pentecostais caribenhos em uma manhã de domingo em Hackney' me pôs no topo. Agora olha pra mim, uma *stylist*. Às vezes sinto vontade de acabar com tudo, *de verdade*."

"Morris, talvez a gente possa aconselhar a minha filha quanto às opções?", sugiro, arrastando a cadeira pra trás, esticando as pernas, tirando as mãos da nuca. "Veneno? Afogamento? Asfixia? Que dizeis vós?"

O Morris começa a se recompor na cadeira de novo, enquanto a Maxine estende a mão pra bolsa Gucci como se fosse sair furiosa ou acertar minha pessoa.

"Não ligue pro seu pai", ele diz. "Nós dois sabemos que ele acha que *é* engraçado. Meu conselho é fazer aquilo que cê ama; caso contrário chega na minha idade nadando num mar de arrependimentos. Eu era brilhante em matemática na escola, então estudei em uma universidade porque meus pais estavam determinados a ter um filho matemático. Mas eu odiava, não conseguia me adaptar à vida universitária na Inglaterra, então desisti e ainda acabei como contador por toda a minha vida profissional."

Morris bebe outro gole de rum com coca.

"Alguém sabe alguma coisa sobre uma vida desperdiçada? Eu sei. Outros bolsistas homens da minha geração acabaram no governo como grandes vencedores, líderes. Veja o Arthur Lewis lá de Santa Lucia, ganhou o Prêmio Nobel de Economia. O que isso faz de mim?"

"Morris", interrompo pra impedir que ele salte da Tower Bridge à meia-noite pro rio Tâmisa gelado, "corta essa, cara. Seja positivo, como eu sempre digo a você."

"Sim, não se deixa abater, tio Morris", concorda Maxine, abandonando de forma *milagrosa* as próprias preocupações.

"*Sou* um fracassado e um desajustado", ele insiste. "Eu deveria ter me matriculado na Universidade Aberta quando as crianças saíram de casa e me tornado professor de história, talvez para a formação de adultos. Ao contrário do seu pai, que é uma espécie de diletante, eu ia ter me concentrado num assunto do jeito certo, com paixão."

"Calma, homem", provoco o Morris, dando um tapão na cabeça dele. "Não sou nenhum diletante. Sou o que chamam de polímata."

"Você ainda é jovem, Maxie", ele diz, me ignorando. "Assim que chega aos cinquenta, começa a sentir saudade dos quarenta. Quando você chegar aos setenta anos, vai pensar que as pessoas na casa dos cinquenta são praticamente adolescentes."

"Não me faça começar a falar disso", exclama Maxine, fechando o círculo da conversa com habilidade. "Me sinto assim em relação às pessoas na casa dos vinte anos, pirralhada metida e *diabólica*. E ainda não estou *na* casa dos quarenta, tio Morris. *Acabei* de fazer quarenta."

Ela tira as pernas do braço da cadeira e me deslumbro com a flexibilidade, tipo uma corda torcida e molhada balançando de um lado pro outro. Fui alguma vez tão flexível assim, tão descuidado em relação ao jeito como movia o meu corpo?

Ela se senta pra frente, abraçando os joelhos.

"*Papai*, queria saber se você podia me ajudar com uma coisinha?"

A Maxine ficou toda menininha. Eu e o Morris concordamos que, se ela tivesse um bebê, ia parar de se comportar como um.

Vá direto ao assunto, minha querida, que, te conhecendo, é provavelmente aquele em que você aborda o seu pai, Zeus, rei dos deuses, com a sua tigelinha de esmola.

Ela exala um suspiro alto pela boca, condizente com as aulas de ioga que frequenta naquele Centro Paz, Amor e Calça Boca de Sino, em Notting Hill, que é popular entre as celebridades e seus bajuladores. Ela chama isso de fazer contatos. Ah, sim, *fazer contatos*, o mais recente papo furado que, suponho, envolve divas presunçosas se arrumando, se embebedando e enchendo o bucho de canapés, que elas então têm o descaramento de chamar de trabalho.

Ela salta para o mergulho. "Olha, tenho brincado com algumas ideias de moda, porque concordo com o Morris: é agora ou nunca. Tenho que realizar meus sonhos ou *realmente* vou me matar."

Ela solta outra *expiração iogue*.

"Certo... er... sabe... meu projeto pode soar um pouco fora do comum, um pouco estranho, um pouco mais que esquisito, mas sejam pacientes comigo, rapazes, pensei em algo extraordinário."

A gente *tá* sendo paciente com você, minha querida. Mas olha como cê tá nervosa. Sabe que seu pai pode rugir, mas ele não morde.

"Tá... em anexo, a ideia para a minha primeira coleção de moda, que é... esperem só... rufar de tambores... uma exploração criativa da relação entre o mundo da moda, os mantimentos, a mobília, os manos e as manas e os membros da família. Queria adicionar filosofia à minha lista, mas não se escreve com M, *óbviiiio*."

Ela abre bem os braços num gesto espalhafatoso dos espetáculos, mas deixa eles caírem quando o Morris cai na gargalhada sem o menor pudor.

"*Não* ria, tio Morris."

"Não estou rindo."

"Morris, se com-por-te. Maxine, vainfrente. *Eu tô* ouvindo."

"Eu também, Maxie. Desculpe. Você sabe que sou um filisteu." Mas ele encolhe os ombros num gesto de me ame ou me deixe.

Ela balança a cabeça como se ele estivesse *além* de qualquer ajuda possível. "Como eu tava dizendo, o plano é sintetizar esses cinco elementos constituintes em uma única vestimenta para mostrar sua interconexão; para mostrar como tudo tá relacionado."

Ela começa a mexer na Gucci de novo enquanto o Morris revira os olhos pra mim como se ela estivesse *pra lá* de pirada. Ela pega uma pasta de tapeçaria autêntica que claramente não é da W. H. Smith & Sons e tira croquis em um papel de desenho sofisticado, que acaricia ternamente com os dedos elegantes de garras fluorescentes.

"Vocês são os primeiros humanos na Terra a ver isso."

Resisto a fazer uma sátira sobre outros planetas e galáxias e me inclino por cima da mesa pra ver o trabalho dela de perto, parecendo atencioso, sério, respeitoso.

"Certo, vamos lá então." Maxine aponta pro desenho principal, um vestido de noite.

"Não é lindo? E olha, a saia vai ser feita de tiras de couro que podem ser desconstruídas e virar um banquinho. Sim, sério... Hastes de metal escondidas dentro das costuras se materializam e, abracadabra, vira um banquinho funcional onde você pode realmente se sentar enquanto está totalmente vestida para o baile. Que tal?"

Que baile? Ninguém vai a bailes hoje em dia, exceto os estudantes, e eles não podem pagar por nenhuma *haute* custando os olhos da cara.

"E além disso esses botões, rendas e babados aqui vão ser comestíveis. Pois é, você ouviu direito. Eles vão ser feitos de doces, algodão-doce, pipoca, glacê, fruta cristalizada. Então as minhas modelos vão andar pela passarela comendo pedaços das roupas que estão vestindo. *Totalmente* incrível, não?"

A gente assente, numa aprovação submissa.

"O material do corpete em V vai ser uma colagem de fotos dos manos, manas e membros da família, e a bolsa de mão vai ser impressa com citações amorosas de cartas, mensagens de texto, e-mails. Basicamente, minha ideia é que os mantimentos, os membros da família e os manos e manas mais próximos dão sustento do mesmo jeito, junto com a ideia de que as pessoas *vestem* seus entes queridos, vivos ou mortos, quando saem, ou até mesmo podem se sentar neles? Trazendo um novo significado para a ideia de comunidade e apoio familiar? Estão vendo aonde quero chegar? Muito profundo, eu sei."

Eu e o Morris fazemos sons e declarações apreciativos. O conceito dela é um amontoado de bobagens, mas a gente não vai dizer isso pra ela. Só que os modelos são realmente arrojados e deslumbrantes, padrões geométricos e monocromáticos contrabalançados com cores intensas e ricas. Tinha me esquecido de como ela é uma boa artista.

"Além do mais e mais além, como você diria, pai, cada peça de roupa vai ser feita *sob medida*, já que são vendidas como *haute couture* — feitas a partir de imagens e citações pessoais do cliente. O material comestível vai ser substituído por material comum, claro. Mas as roupas também podem ser despidas até seu núcleo nevrálgico e vendidas em larga escala nas grandes avenidas. O corpete se torna um bustiê, a anágua se torna um vestidinho transparente."

A Maxine está tão impressionada com a própria inteligência que o sorriso dela se estende do Soho a Shoreditch, mostrando aqueles dentes que parecem ficar mais brancos a cada vez que a vejo — um lampejo ofuscante de Hollywood.

O Morris é o primeiro a falar.

"Você é talentosa, srta. Maxie. Apenas se certifique de que eu e o Barry vamos ter assentos na primeira fila no desfile de moda."

"Maxine", digo, dando um tapinha nos joelhos dela. "Sua imaginação é admirável."

"Caramba, *lisonjeada*." Ela tá quase pulando na cadeira. "A minha ideia é inovadora. Pura genialidade, de verdade."

O problema da bajulação é que algumas pessoas deixam isso subir à cabeça. Fiz essa descoberta quando as duas meninas eram pequenas. Poucos minutos depois de receberem elogios, elas viravam monstrinhos.

"De onde você tira suas ideias?", o Morris pergunta.

"Tudo o que posso dizer é que não tenho só momentos visionários. Tenho uma *vida* de ideias visionárias."

Ela se recosta na cadeira e olha pro teto como se fosse o Einstein.

"Eu acho que vem de você, Barry", o Morris se manifesta. "Olha pra você, cara. Tão obstinado, tão individualista, tão estiloso e o que algumas pessoas podem chamar de 'personalidade pitoresca', pelo menos quando estão sendo educadas. Maxie, você teve dezoito anos vendo sacarafeiaí todos os dias antes de conseguir escapar. Você absorveu a personalidade dele por osmose."

"Talvez ele seja uma influência então... se você coloca a questão dessa forma", a Maxine admite, nada satisfeita, como se não estivesse muito interessada em dividir os créditos. Ela começa a empacotar os desenhos como se estivesse pegando folhas de ouro da mesa. "Tenho várias outras ideias. Considere a distribuição desigual das tarefas domésticas no lar conjugal. Ah, de onde veio a inspiração pra isso?"

Não vou morder a isca.

"Tenho uma ideia pra um espartilho do século XIX feito de panos de prato e estruturado com talheres para dar rigidez, em vez de barbatanas de baleia. Sapatos masculinos que funcionam como uma pá e escova. Vou te dar um par de graça, pai."

Os dois implodem nuns balbucios de bêbado — coconspiradores *cúmplices*.

Ela se mexe, põe as mãos de um jeito afetado no colo, as pernas juntas, como uma dama.

"Eu... é como... hum... Vou simplesmente dizer, seja como for. Olha, quem não arrisca não petisca, certo?"

Não registro nenhuma expressão. Não vou tornar a coisa fácil pra ela.

"*Pai... zinho*, preciso de apoio pra colocar esse show na estrada."

Ela tá falando pras palmas das mãos estendidas, estudando as linhas como se o seu futuro estivesse definido no desenho.

"Nessa recessão, *em especial*, preciso mesmo de um anjo pra vir em meu socorro e você é o único que eu conheço."

Porque é filha do pai dela, ela não pode evitar de acrescentar, "Anjo torto".

Que fofo. Muito fofo. Mas o *pai... zinho* não é nenhum otário.

"Hum... e eu tô pensando em chamar de... Casa de Walker, o que acha? Uma espécie de homenagem a você?"

Duplamente fofo.

Maxine começa a mexer no celular. Ela sabe muito bem que precisa me dar o assim chamado "espaço". A única pessoa que me conhece melhor é o Morris.

Olho além dela, pro café, pra todas essas vítimas que seguem a moda, ronronando sobre as últimas compras caríssimas que vão ser coisa do passado no próximo mês.

Estão tocando outra autêntica *chanteuse* da velha guarda nos alto-falantes — a interpretação da Sarah Vaughan de "If You Could See Me Now"...

O que será que a patroa tá fazendo? Ela deve ter chegado lá. Nunca ficamos separados em trinta e dois anos, a última vez foi quando ela voltou pra casa com a Donna pro funeral da mãe dela e eu fiquei na Inglaterra pra cuidar da Maxine. Não vou a Antígua desde o funeral da minha mãe, em 1968. Quantos anos tem isso? É muito tempo pra um homem ficar afastado das raízes.

Se o Morris sente que a vida dele foi desperdiçada, a minha foi gasta na camuflagem: agente secreto BJW, há rumores de ter ido viver na clandestinidade por volta de 1950.

Nesse final de tarde de segunda-feira de maio, minha mente vagueia pralém do café, pra Bond Street. Por trezentos anos, uma das vias mais importantes, mais históricas e mais simbólicas de uma das maiores cidades do mundo, com as butiques luxuosas da Chanel, Prada, Versace, Armani, Burberry, Asprey, Louis Vuitton... Casa de Walker.

Piso de nogueira. Paredes em laca preta. Lustres de cristal.

Maxine, minha filha mais nova. Dez anos entre ela e a Donna, que tinha virado posse da Carmel, que queria a mais velha pra si. Quando ela nasceu cedo demais e doente demais, e a Carmel não tava bem da cabeça, com o que mais tarde a gente soube que era depressão pós-parto, a Maxine se tornou minha.

Eu não fumava, não bebia, não socializava, nem sequer sentia falta disso. Até tirei uma licença do trabalho. O Morris ajudou, as comadres ajudaram também, só que elas não eram as comadres casca-grossa naquela época, e sim mulheres jovens cheias de esperança, esperando coisa melhor da vida.

Nos primeiros dezoito meses, mantive a Maxine viva. Amarrei aquela coisinha frágil a mim com uma faixa de pano, como faziam as mulheres da minha terra. Eu nunca queria tirar ela dali, e, quando fazia isso, sentia espasmos de dor.

A Carmel dormia no leito conjugal; eu e a Maxine dormíamos num colchão no quarto das crianças.

Nos primeiros meses eu não dormi por causa do choro dela. Nos meses seguintes eu não dormi pra ver como ela tava quando não tava chorando.

Apesar da condição da Carmel, nunca estive mais feliz do que quando fui mãe substituta da Maxine.

Quem é que ia imaginar que ela ia crescer e se tornar esse polvo gigante jogando os braços por todo lado?

Ela também tem razão. É boa demais pra ser só uma stylist, mas eu nunca que ia dizer isso pra ela. Tô feliz que ela queira explorar seu verdadeiro valor. Vou lançar as bases pra ela se tornar uma criadora de arte, em vez de ficar só assessorando a criatividade dos outros.

"Maxine, vou ruminar essa ideia."

Ela está disfarçando, mas consigo interpretar tudo que passa pelo rosto da minha filha. Um filme em câmera lenta ia mostrar esperança, medo, nervosismo, súplica, a expectativa da frustração.

"Certo, certo… Vamos nos sentar, unir nossa mente brilhante, uma pro negócio, outra pra criatividade, e elaborar alguma logística."

A Maxine sabe que estou me aproximando de um sim, e o sorriso dela é de vitória silenciosa. Ela também sabe que é melhor não agarrar os meus braços e começar a me conduzir numa valsa em volta do salão por enquanto, apesar de eu não descartar isso dela.

O Morris adormeceu. Ele fica angelical dormindo. Não está roncando, embora, conhecendo ele, não duvido nada.

Com minha visão periférica excelente, vejo a Maxine me observar observando ele.

Eu e o Morris muitas vezes nos perguntamos se ela suspeita de alguma coisa... especialmente porque ela passa o tempo todo em bares gays com os amigos fashionistas, e depois fica se queixando que não consegue fisgar um cara.

Quanto aos caras héteros? Várias vezes ela veio chorando pra mim porque levou um fora. O último se chamava Rick, que trabalhava com computadores. Quando perguntei o que ele fez exatamente, ela exclamou, "Como vou saber? Não estou interessada em computadores".

Eu disse que o único jeito dela manter um homem é se mostrar interessada. Fazer perguntas e se lembrar das respostas. "Os homens gostam de mulheres que se interessam por eles, querida."

Ela não falou comigo por quase um mês.

O anterior a esse era um argentino "lindo de morrer" que não falava inglês. Ela disse que não precisava, pois se comunicavam através da linguagem do amor... e algo chamado Google Tradutor. Durou dez dias.

"Papai", ela diz, curvada sobre a mesa. "Se tiver qualquer coisa que você queira me contar... Você sabe que não sou a mamãe e o Esquadrão de Deus."

Senhor, por que é que ela tá me perguntando isso agora? Uma colônia de formigas começa a rastejar por todo o meu couro cabeludo, mas estou com muito medo de atacá-las e ela especular o porquê do meu desconforto. Isso é demais. *Qualquer coisa* engloba *todas as coisas*, e *uma série de coisas*, e *alguma coisa*, e, sim, ela precisa saber mais cedo ou mais tarde, mas não é fácil dar voz *ao amor que envergonha*.

"O que você quer saber, se eu roubei um banco?"

Ela balança a cabeça como se eu estivesse *tão fora de alcance*. Finge estudar o cartaz do fundador da franquia de cafés. Estive numa prisão de segurança máxima por tempo demais. *Mas ele, confidente de si mesmo,/ De sua alma é tão íntimo e ciumento,* No entanto, eu e o Morris vamos viver juntos. A gente vai mesmo fazer isso? Parece tão concreto, tão definitivo, tão corajoso, corajoso *demais...*

"Tem mais daquele rum?", ela pergunta, se virando, deixando pra lá.

"Acabou o estoque da Loja de Bebidas do Walker. Vamos procurar um pouco mais."

"Conheço o lugar ideal onde podemos conseguir os *melhores* mojitos de amora — no bar do Dorchester. Licor Chambord, rum branco, amoras frescas, hortelã fresca, açúcar mascavo. Vamos pegar um táxi."

Dorchester? Táxi? Quem vai pagar?

Ela saca um estojo de maquiagem laranja abarrotado e, com um espelho de mão dourado, aplica batom vermelho como se ela própria fosse uma obra de arte. A Maxine não consegue passar por um espelho sem dar uma olhada rápida.

"Tom Ford Perfect Blend para os lábios", ela diz, como se o pai dela de setenta e quatro anos tivesse o mais remoto interesse na meleca cosmética que ela põe na cara.

"O que você acha?"

Ela faz pose, as bochechas chupadas, beicinho nos lábios, como se eu fosse o David Bailey prestes a tirar uma foto. Em seguida ela se eleva em toda a ébria glória de um metro e oitenta montada nos saltos, cambaleia até o Morris e agarra os ombros dele. "Tio Morris, acorda."

Ele está com os olhos turvos.

Ela se joga no colo do Morris, pondo os braços em torno

dele. "O papai está pensando em bancar o meu empreendimento na moda. Não fique tão surpreso. No fundo, ele é muito querido."

No fundo do quê?

O Morris se levanta, talvez porque cinquenta quilos de ser humano tenham acabado de se atirar no colo dele e estão espremendo seu oxigênio.

"Sério?" Ele boceja. "Já era hora do seu pai fazer alguma coisa filantrópica com a fortuna dele."

"*Não* sou caso de caridade, tio Morris. Ele vai receber o dinheiro dele de volta. É um *investimento empresarial*. Vá em frente, interceda por mim, então."

Morris acena com a cabeça de forma atenciosa. "Barry, levando em conta que você não é um antigo faraó egípcio que vai ser enterrado com o cartão de crédito pra usar na vida após a morte, embora ande por aí se pavoneando como se fosse um deus (cof), você podia muito bem apoiar o empreendimento de moda da Maxie."

Não vou honrar a calúnia dele com uma réplica.

Tenho enviado dinheiro lá pra casa desde os anos 70. Muitos dos meus parentes foram vestidos e educados em colégios particulares e abrigados e enviados ao exterior graças à distribuição das minhas *posses-benesses*, como o Morris bem sabe. Também vou tratar de mandar o Daniel pra universidade, graduação e pós-graduação, e aquele garoto vai continuar se beneficiando da minha beneficência.

Não faz mal não, tô grogue com o rum e me sentindo totalmente *fantástico*, como diziam aqueles soldados negros que estavam lotados lá na minha ilha na minha juventude. Ah, Senhor, eles eram umas figuras. Atenciosos, bem-arrumados e com uma autoconfiança que a gente, súditos coloniais, não tinha e admirava. Depois que o Morris foi embora, eu me envolvi em algumas manobras militares com um ou dois ou três caras lindamente uniformizados, com a certeza de que nenhuma das partes ia lançar panfletos de propaganda a respeito do assunto.

Quando a gente tá indo embora, eu e o Morris temos que apoiar a Maxine.

Ela tá tagarelando alegremente como se tivesse sete anos de novo e eu tivesse acabado de levar ela pra ver *O fusca enamorado* ou *As muitas aventuras do Ursinho Pooh* pela centésima vez no Holloway Odeon. A gente dissecava o que tinha assistido quando pegava o ônibus pro Finsbury Park, encurtava caminho pela Blackstock Road e atravessava a Green Lanes para o Clissold Park. Quando ela se cansava, eu a colocava sobre os ombros.

Quando começou a escola secundária, ela já tinha passado por todos os museus em South Kensington. E no Unicorn Theatre na Leicester Square, no Jacksons Lane, no Tower Theatre mais à frente, no Sadler's Wells na estação Angel, na tenda do Bubble Theatre no Regent's Park — não tinha uma exibição infantil que ela não tivesse visto. Nesse sentido, introduzi um pouco da boemia de Hampstead na infância caribenha das minhas garotas em Hackney. Veja, por mais ocupado que estivesse, tentei dar as minhas tardes de sábado pra Maxine. Ela até frequentou aulas na Anna Scher por alguns verões. Essa garota remava no Serpentine, navegava pelo Tâmisa em cruzeiros turísticos da Charing Cross, ia aos festivais de verão espalhados por Londres, aos parques de diversões, ao circo, e fizemos até mesmo algumas viagens de um dia pro litoral: Margate, Bournemouth, Hastings, Brighton.

É verdade, eu adorava ela, em especial sua combinação de inocência e atrevimento. Crianças pequenas vão lhe dizer exatamente o que se passa na cabeça delas, sem os filtros dos adultos que transformam gente grande em gente dissimulada.

Mesmo quando ela fazia pirraça no meio da rua, eu não conseguia ficar irritado por muito tempo.

Por outro lado, as coisas nunca funcionaram bem entre a Maxine e a mãe dela. Eu era o amortecedor entre as duas. A Carmel ainda não entende nada que tenha a ver com arte e a única cultura que interessa a ela é aquela que ela dizima com alvejante.

Sempre fiz a Maxine sentir que as opiniões dela eram importantes. Nunca massacrei minha filha numa discussão. Eu sabia que o resto do mundo podia fazer isso com ela, mas eu não, o pai dela não.

É nesse momento que aquilo me atinge.

O mundo *fez* isso com ela.

Ele disse: "Você, minha querida, *não* é a estrela do nosso espetáculo".

Enquanto a porta do Café Zanza se fecha devagar às nossas costas, a Maxine ainda tá tagarelando sem parar.

"Amanhã vou jejuar com suco de vegetais espremidos na hora com espinafre, repolho, aipo, funcho e, sim, beterraba, por que não? Redução de danos. Os jovens de vinte anos não têm a menor ideia de como são sortudos. Bebida e drogas a noite toda e no dia seguinte se levantam com a pele viçosa e aveludada. Simplesmente *detesto* aqueles bandos de sebosos."

Enquanto esperamos um táxi vazio passar por nós (e eles param agora que eu e o Morris somos pensionistas idosos, porque parecemos ser o que sempre fomos: *inofensivos*), a Maxine ergue o olhar pra Bond Street com um brilho hollywoodiano de triunfo sobre a adversidade nos olhos.

"Deste mesmo local a Casa de Walker deve se espalhar por todo o mundo até a Quinta Avenida em Nova York, Champs--Élysées em Paris, Causeway Bay em Hong Kong, rua Ostozhenka em Moscou…"

"Kingsland High Road em Hackney", o Morris interrompe.

"Cassaboca!" Ela vai dar um tapa no braço dele, mas erra.

"Quando eu *realmente* chegar lá", diz ela, apontando um dedo desorientado pro Morris que quase acaba deformando uma das narinas dele, "vou me tornar uma filantropa. Amparar crianças famintas em todo o mundo, *et cetera*. Com certeza você não vai me ver usando diamantes de sangue escavados dos campos de matança da Serra Leoa ou do Congo. Ou pele de verdade. Vou ser uma multimilionária privilegiada com moral. Ei, acabei de inventar um trava-línguas, uma multimilionária privilegiada com…"

Nesse ponto ela oscila pra trás, saindo da calçada pra rua, e a agarro bem a tempo de evitar uma colisão com um ciclista que parece que não vai parar pra coisa alguma. Eu prendo um dos braços dela a mim; o Morris segura o outro.

"Papai, tio Morris, sinto que minha segunda vida está só começando. *Existe* esperança, *existe* um deus e ele se chama meu papai."

Sim, Maxine, algumas pessoas só têm uma vida e, se fizeram merda, já era, e algumas pessoas têm duas vidas acontecendo *simultaneamente*.

7. A arte da metamorfose
Sexta-feira, 7 de maio de 2010

É hora do almoço de uma sexta-feira de certa forma amena quando vou pela Cazenove Road encontrar o Morris na Cantina Caribenha, na Dalston Junction. Não vejo esse cara desde a Longa Noite dos Coquetéis *Caros* no Dorchester, onde o barman se recusou a nos servir mais bebidas e chamou os seguranças pra expulsar a gente do lugar.

É tudo culpa da Maxine. A qualquer lugar que eu a leve, ela dá seus showzinhos, dramatizando de forma exagerada as histórias fashionistas dela, com os braços girando e discursando sobre celebridades tidas como designers que, como ela tão eloquentemente coloca, "não sabem diferenciar *bandeaux* de corpete, confundem palas nas costas com um decote *bateaux* e provavelmente nunca ouviram falar de bolso embutido".

O Morris não fica para trás, encorajando, querendo saber mexericos dos bastidores.

O táxi deixou a madame em seu apartamento em Shoreditch, e ela foi vista pela última vez usando as fosforescências dela como lanterna pra destrancar a entrada do antigo prédio de armazéns onde mora.

Assim que o carro ejetou a mim e ao encrenqueiro número um na minha casa, a gente foi pra sala de estar pra tomar a saideira, e essa é a última coisa que lembro. Não sei como aconteceu, porque, enquanto o Morris estava paralítico, eu só estava pra lá de Marrakesh. Na hora que acordei na tarde de terça, com o pescoço dolorido por ter dormido metade numa poltrona e metade fora dela, ele já tinha fugido da cena do crime.

Desde então alegou uma ressaca de três dias e só agora me chamou pra almoçar, pra uma conversa. Desde quando eu e ele temos que *agendar* um papinho?

Bom, logo vou saber se a convocação dele é suspeita ou auspiciosa, mas também tenho algo em mente — estou repensando a minha segunda chance.

Assim que a gente estiver *in situ* no café, vamos devorar alguma comida caseira (tão boa quanto) na falta de quaisquer sobras deixadas pela minha esposa na geladeira ou no freezer, porque (tratamento justo) ela não teve tempo de preparar e congelar minhas refeições antes de partir, mas também porque não tenho (vergonhosamente) o tipo de filhas que telefonam pro *pobre* e *idoso* pai e dizem que vão pintar com um pouco de arroz e guisado porque sabem que ele precisa se alimentar depois de *cinco dias* sozinho.

Posso tá morto de fome quando a Carmel voltar.

O que aconteceu com o conceito de retribuição pros pais? A paternidade deveria ser um investimento, e minhas filhas tão deixando de pagar os dividendos. O problema é que uma delas não cozinha e a outra não come.

Enquanto ando pela Cazenove, me uno à dança dos cavalheiros hassídicos na hora do almoço de sexta-feira, se deslocando e cruzando em silêncio com os cavalheiros maometanos: os primeiros vestidos no estilo da Polônia do pré-guerra, com casacos pretos, barbas espessas e cachos longos pendurados por baixo dos chapéus pretos altos, percorrendo o caminho até a sinagoga; os últimos vestidos no estilo do Paquistão do século xx, com os solidéus brancos, longos coletes de algodão e *salwar kameezes*, também percorrendo o caminho pra casa de sustento espiritual deles, nesse caso a mesquita.

Todos cuidam da própria vida, o que é bom, porque este cavalheiro aqui do Caribe, vestido com um terno no estilo chique e elegante de sua juventude, também cuida da própria vida.

Não consigo lembrar quando foi a última vez que algo teve início, e quando acontece é porque os novinhos deixam a testosterona em ebulição levar a melhor.

Observo meus companheiros dançarinos, me perguntando, discretamente, como estou acostumado a fazer, quantos desses caras estão acalentando desejos secretos? Quantos deles são *habitués* do Cemitério de Abney Park no cruzamento logo adiante? Quantos estão levando uma vida dupla: agentes secretos K e Y?

Estatisticamente falando, alguns deles devem ser autênticas bichonas, certo?

No fim da rua passo pelo minimercado da Aditya, que era o Clube Casablanca nos anos 80. Ainda hoje tenho lembranças do que aconteceu nas primeiras horas de uma manhã de domingo.

A neve havia enfeitado a cidade a noite toda e eu tinha acabado de chegar de um baile de calipso em Tottenham. Tava bebendo uma xícara de leite quente misturado com conhaque quando ouvi uma pancada do lado de fora. Fui até a porta e vi que um carro havia batido no poste de iluminação em frente. Um Datsun azul. A parte da frente inteira amassada como a cara de um buldogue inglês. Sem demora, corri pra fora de chinelo e afundei os pés bem fundo nas minhas próprias pegadas. O motorista tinha sido baleado; tava caído pra trás, o rosto uma lambança de sangue. De que jeito ele conseguiu dirigir quarenta metros rua acima, como descobri mais tarde, tá além da minha compreensão, porque metade do couro cabeludo tava pendurada na parte de trás da cabeça, e quando cheguei ele tava, sem dúvida, morto.

Então reconheci. Um jamaicano chamado Delroy Simmons, eletricista local, que às vezes trabalhava pra mim.

Fiquei lá, na neve gelada, e congelei.

A história oficial era que ele tava numa confusão do lado de fora do Casablanca por causa de uma mulher e foi baleado pelos bandidos que frequentavam o lugar. Já nas ruas o que se dizia era que ele tava traindo a mulher com um "boiolão"; ela surpreendeu ele em *flagrante delicto*, e o irmão criminoso dela se vingou dele por envergonhar a família.

Não é à toa que não fui capaz de deixar a Carmel naquela época.

Quando eu e o Morris soubemos, a gente se encontrou no Lord Admiral e ficamos sentados afogando as emoções em cerveja a noite toda, contemplando em silêncio o mundo perigoso em que a gente vivia.

Ainda vive.

No ano passado teve um cara que foi espancado até a morte na Trafalgar Square por alguns jovens marginais. Um dos agressores era uma garota de dezessete anos.

Assim que chego no cruzamento da Cazenove com a Stamford Hill, sou lançado de volta aos dias de hoje pelos mal-humorados reis de quatro rodas da rua, buzinando furiosos para motociclistas temerários e ciclistas suicidas que costuram no meio deles como se não ligassem pra própria vida.

Viro à esquerda e depois à direita tomando a rota mais pitoresca e silenciosa pela Church Street, considerando que tô com disposição pra alguma perambulação contemplativa.

Enquanto minhas pernas puderem andar, vou andar.

Passo pelo Queen Elizabeth's Walk, onde ficam as minhas três primeiras propriedades pra alugar, compradas nos anos 60 antes da Grande Invasão das Divas.

Lembro do momento exato em que o Reino de Barrington foi concebido.

Uma noite depois do trabalho, eu e o Morris, a gente tava bebendo uma cerveja e fumando no Clissold Park, atrasando o retorno às nossas respectivas quintas até que os mamadores berrentos fossem colocados na cama. Tínhamos tirado a camisa suada, em parte por causa do calor, em parte porque a gente era um belo par de pavões vaidosos. Sim, mesmo naquela época. O Morris era um espécime perfeito de masculinidade, com o peito lustroso e o torso naturalmente bombado. Em momentos assim eu achava difícil manter as mãos longe dele em público, especialmente quando ao nosso redor machos e fêmeas da espécie estavam envolvidos em carícias e apalpadas exageradas na grama — de forma ostensiva e descarada, e *dentro da lei*.

Em algum momento me vi pela primeira vez prestando a devida atenção às três casas vitorianas decadentes no Walk, em frente ao nosso lugar. Janelas vandalizadas, telhados destruídos, jardins sendo reivindicados pelas florestas da *Ó Arcaica Inglaterra*. Eu disse pro Morris, "Olha como elas são enormes, chapa. Antigamente devem ter sido construídas pros ricos, e, pode anotar, um dia os ricos vão recolonizar elas. Com isso eu, Barrington Jedidiah Walker, prevejo a gentrificação de Stoke Newington".

Ou algo assim. Mesmo que eu não tenha dito *exatamente* essas palavras em voz alta pro Morris, elas tavam no meu pensamento.

Já tinha pensado em como podia deixar a minha marca neste país, desafiar as baixas expectativas que os *indigènes* tinham da gente, explorar uma economia que, comparada às nossas ilhas pobres-pobres, era um paraíso financeiro. Já tinha pensado em como os imigrantes sírios e libaneses lá na minha terra começaram os impérios de negócios deles a pé de porta em porta, só com uma mala, progredindo pra veículos, e antes que você pudesse dizer *ambição, desenvoltura e trabalho duro pra caramba*, eles tavam administrando as lojas em St. John's.

O sr. Miller era uma exceção à regra. Um antiguano local se saiu bem.

Eu também. Eu ia ser a exceção à regra.

Olhando praquelas casas deterioradas, percebi que tavam vazias fazia anos, o que significava que deviam ser baratas, certo? Então elaborei um plano pra comprar e alugar elas. Mas os bancos nunca emprestavam dinheiro pra gente naquela época. Assim que você ultrapassava o teto do seu contrato financeiro, o sorriso do gerente virava uma *geleira*. Não importava quanto sua proposta era viável, quanto suas finanças eram certinhas, quanto suas referências eram impecáveis e quanto você era bom de lábia.

Não sou homem dado a ressentimentos, mas saía daqueles bancos com a boca cheia de fel. Também não sou um animal político, mas, me diga, por obséquio, os lucros das plantações deste país não foram alimentados gota a gota pelo nosso trabalho por centenas de anos antes da alforria? Milhares dos nossos jovens não lutaram em duas guerras mundiais por esta terra? Nós os imigrantes não estamos pagando os nossos impostos e abrindo os nossos próprios caminhos como bons cidadãos deste país?

Não é de admirar que tantos de nós recorram ao Pardner System de empréstimos comunitários, que se tornou a única maneira de deixar a escravidão assalariada pra trás e ter nossas próprias casas. Todos tavam investindo e aguardando a sua vez pra receber um montante. Mas eu não tinha tempo pra isso. Era um homem numa missão, antes que outra pessoa tivesse a mesma ideia.

Demorou cerca de uma semana de uma bela de uma persuasão (no tempo em que isso *funcionava*), técnicas de lavagem cerebral e projeções financeiras pra convencer a Carmel de que o meu plano não ia levar ao banimento da nossa família pra uma casa de correção, e convencê-la a perguntar pro velhinho dela (que nessa época tava expandindo depressa o império Venda Antecipada em Montserrat, St. Kitts, Barbados, Jamaica) pra me adiantar o capital de giro.

Demorou muitos anos pra reembolsar ele, com os vinte por cento de juros que o sovina cobrou do próprio genro.

Não, siô, não devo nada praquele homem. Mais adiante, cada vez mais e mais, eu odiava ele por ter me financiado. Me sentia um miserável, um verdadeiro pé de chinelo branquelo.

Em seguida comprei mais casas caindo aos pedaços, reformei e aluguei. Como nunca sucumbi à pressão pra vender, a maioria desses tesouros vale agora trezentas vezes mais do que paguei por eles. Sim, grato, estou contando meus ducados.

Então, sempre que eles abrem outra delicatessen chique vendendo pedaços de bolo do tamanho de uma mordida por preços exorbitantes, ou sempre que abrem uma dessas butiques pra filhinhos de mamãe com vitrine sem preço, logo chega a hora de aumentar os meus aluguéis, *gradualmente*.

E a qualquer momento que este país começar a se nazificar e outro malditler chegar ao poder, posso me mudar pra um lugar seguro, *émigré* eu e os meus entes queridos. Os jovens não conhecem o discurso "Rios de sangue" do Enoch Powell e aquele movimento nos anos 70 pra mandar a gente de volta pro lugar de onde a gente veio, todo aquele ódio que tivemos que suportar da Frente Nacional. Não sou nenhum historiador, mas qualquer idiota que esteja vivo há bastante tempo é testemunha da história do que a população é capaz de fazer quando suficientemente incitada ao ódio por algum manipulador esperto.

O Morris me diz que sou um sujeito paranoico, ao que respondo, "Não, cara, sou *organizado*. Veja o que aconteceu na Alemanha em 1933: os judeus com dinheiro pra ir embora foram embora. Posso ser um cara que pensa de forma mais positiva, mas também sou realista. Eles querem começar alguma coisa? Vamos lá, então. Tô pronto. Tô indo embora".

Só que não quero, nem agora, nem nunca.

Como o Morris esperava que eu abandonasse a minha mansão naquela época, quando a Odette o deixou? Como ele esperava que eu me mudasse pra uma *terra firma* estranha em outra parte de Londres — pra viver como homem e homem? A gente ainda era dois garanhões puro-sangue naquela época e as pessoas teriam falado.

A verdade é que só vivi em três casas durante toda a minha vida: dos pais, alugada, da família.

Fui transplantado pra Stokey há mais de cinquenta anos e me tornei um nativo.

Aqui. É. Meu. Lar.

Mas demorou um pouco, porque quando a gente chegou aqui os moradores não nos conheciam, não nos entendiam e certamente não gostavam da nossa aparência. Tínhamos escolhido imigrar, então a gente esperava encontrar estrangeiros, ao passo que eles não escolheram deixar a pátria deles, mas de repente ela tava cheia de estrangeiros. Com a sabedoria da visão em retrospecto, vejo agora que eles ficaram confusos.

Mas alguns se portaram de maneira horrível — por muito tempo.

Alguns foram simpáticos também, em especial os *chapadaços*.

Nos anos 60 testemunhei a hippificação de Stoke Newington, bem quando eu tava me instalando. Ficava incrédulo com a maneira como esses radicais tavam se apoderando da liberdade deles quando eu não conseguia nem pensar em aproveitar a minha. Alguns desses viajandões ainda tão por aí hoje. A gente é tudo veterano agora. Eu e o meu grande amigo viajandão Bicho-Grilo (nascido Rupert) nos sentamos do lado de fora dos pubs no verão, deixamos o tempo passar, nos queixamos da geração mais nova (qualquer pessoa com menos de sessenta e cinco anos), e em geral acabamos falando de quem morreu há pouco tempo.

Bicho-Grilo era o dono da loja vegetariana na parte mais baixa de Stamford Hill e nunca entendi como ele se safou vendendo alpiste e ração de coelho pra consumo humano. Também dizia pra ele: "Isso é um golpe, cara. Cê vende ração barata pelo quádruplo do preço".

"É alimento pro cérebro", Bicho-Grilo disparava de volta. "Acho que cê tá precisando experimentar um pouco."

Eu e o Bicho-Grilo, a gente tava sempre brincando, o que era raro nos anos 70, quando muitos caras tavam andando por aí consumidos pela raiva, só esperando ser *ofendidos*. Ficar ofendido era muito popular naqueles tempos. Ah, sim, algumas pessoas fizeram carreira nisso.

Bicho-Grilo ainda ostenta um cavanhaque cinza ralo, um rabo de cavalo cinzento e oleoso brotando da cabeça careca e os coletes bordados dos anos 60 são agora de patchwork. Ainda digo pra ele que ele devia tocar banjo em feiras rurais nos charcos de Fens. Ele ainda me diz que dada minha aparência eu devia ser cafetão das prosti da King's Cross ou aonde quer que elas tenham ido.

Boadicea (nascida Margaret), a esposa dele por união estável de quarenta e cinco anos, ainda usa o que parecem ser vestidos de estepe mongóis do século XIV.

Eles costumavam deixar os pirralhos doidos e de cabelo comprido deles dispararem pra cima e pra baixo na Cazenove, atrapalhando todo mundo. O Bicho-Grilo disse que os filhos eram espíritos livres que iam mudar o mundo, ver uma nova era. Com o quê, comendo alpiste?

Eles se tornaram, respectivamente, inspetor fiscal, contador, advogado e policial.

Ele nunca superou a traição.

Uma vez, a gente tava sentado do lado de fora do George durante o tempo em que o Morris tava emburrado porque eu não ia deixar a Carmel e viver com ele. Devo ter parecido triste, porque o Bicho-Grilo me perguntou o que tava acontecendo. Eu sabia que podia confiar no meu bom amigo viajandão, que acreditava na liberdade como um princípio sólido, não como uma tendência passageira.

Mesmo assim, toda vez que eu ia abrir a boca, o medo batia as asas de morcego.

Bicho-Grilo estendeu a mão por cima da mesa e apertou a minha, disse que não me via com o Morris fazia algum tempo.

Minha visão periférica me dizia que os olhos dele tavam em cima de mim, mas os meus continuaram focados no tráfego da Church Street.

Foi um… *momento*.

O que eu fiz?

Puxei a mão.

O que ele fez?

Se levantou com calma, pôs o chapéu marroquino de feltro vermelho e flanou pela Church Street com os sapatos de Ali Babá, as calças de harém otomano esvoaçando.

Sempre que me lembro disso, ainda hoje, sinto muita vontade de pedir desculpas.

Barry, você agiu mal, camarada.

Alguns daqueles de dreads garbosos ainda circulam por aí também — Gad, Levi, Elijah — do rastafarianismo de Stoke Newington. Ainda usando aqueles gorros de lã enormes debaixo dos quais deve existir uma floresta primeva de dreadlocks grisalhos. Esses são os legítimos, pra quem aquela era uma religião de fato, e não o que os sociobaboseiros chamariam de "uma solução transitória de crise de identidade".

Saudações em nome do Altíssimo... eles dizem enquanto batemos os punhos.

Tenho cumprimentado alguns desses caras desde que estou na Inglaterra — desde que eles tinham cabelo curto e usavam ternos largos.

Socialistas, feministas e trabalhadores revolucionários também aterrissaram em Stoke Newington ao longo do tempo, e da mesma forma alguns dos nossos viraram políticos, porque tavam cansados de ser tratados como cidadãos de segunda classe e queriam descer o sarrafo "no sistema", como eles diziam. Todos os radicais costumavam fazer manifestações aos sábados pra Banir a Bomba, Queimar Sutiãs, Apoiar o IRA, Libertar Angela Davis. Depois houve a Aliança Antirracista, a Frente de Libertação Gay, o Direito ao Trabalho — marchando pela Balls Pond Road a caminho da Trafalgar Square; mulheres de cabelo curto, homens de cabelo comprido, nosso povo com cabelo redondo; jaquetas de trabalho, macacões, camisas africanas, coturnos de várias tonalidades; e assim por diante.

Toda essa transformação, transmutação, transculturação. Ah, sim, eu vi tudo chegar e partir.

Stoke Newington ficou lesbificada também, e algumas das nossas mulheres tavam em guerra contra a gente, os *porcos chauvinistas*. Engraçado isso, eu dizia pro Morris, porque sendo a gente os pais delas, isso faz delas leitoas, certo?

A viadização está aqui há muito tempo também, mas os caras sempre tiveram que ser mais discretos.

Eu bem sei, porque Barrington Walker costumava sentir fome, muita fome, *muita, muita* fome. Alguns podem dizer *insaciável*, visto que o Morris nunca foi menos que prestativo.

Tarde da noite, sempre que tinha vontade, dizia pra Carmel que eu ia sair pra uma caminhada leve, ou ir a um pub, ou o que quer que fosse, quando na verdade tava fazendo excursões ao Cemitério de Abney Park. Era como uma paisagem selvagem naquela época, com amoreiras, árvores e sebes que forneciam camuflagem pra todo tipo de negociações clandestinas.

Numa noite de 1977, por volta das dez horas, eu e alguém anônimo estávamos nos conhecendo, *discretamente*, no escuro, sem mais ninguém por perto, cuidando da nossa vida, quando uma gangue de jovens malandros veio pra cima da gente e atacou. Garotos grandes e fortes. Deviam estar rondando à procura da caça. Esportes sangrentos. *Covardes.* Eles deixaram o outro sujeito fugir quando me viram — um homem da geração dos pais deles.

"Boiola! Viado! Bicha! Desmunhecado!"

Antes que eu pudesse tentar me defender, acabei em posição fetal no chão, as mãos tentando proteger a cabeça de vários pares de botas, sendo que cada uma carregava o peso de uma bola de demolição de aço.

A qualquer instante eu esperava sentir a lâmina fria de uma faca cortando minha carne.

Em algum momento do processo, apaguei.

Quando recuperei a consciência, devo ter conseguido rastejar pra casa.

Disse pra Carmel que tinha sido assaltado. O Morris nunca soube nada além disso.

Durante muito tempo depois, toda vez que eu passava por algum *moleque* brutamontes com o pé escorado parecendo pronto pra arrumar confusão, eu atravessava a rua. O problema era que muitos dos amigos da Donna da Escola Clissold, garotos e garotas, costumavam vir às festas dela na nossa casa, antes que chegassem à idade do rala e rola e eu os detivesse.

E se alguns desses garotos tivesse se transformado numa má pessoa? E se eu tivesse sido reconhecido?

Era o mesmo tipo que intimidava qualquer garoto na minha terra que não fosse viril o suficiente, que usasse camisas muito brilhantes, que fosse um pouco delicado nas maneiras, que precisasse ser endireitado.

Até esse ponto eu tinha sido um pouco *desregrado*. Recuperei a razão depois disso e parei de brincar no meu próprio quintal.

Me filiei à Associação dos Andarilhos da Meia-Noite do Norte de Londres no setor do Hampstead Heath.

Caçar sexo era uma fissura que se tornou um vício que durou um bom tempo, devo dizer. E, embora o medo tenha se instalado depois do ataque, não me conteve em nada.

O verão de 1977 foi também o verão da Donna, que se voltou contra mim pra valer — se perdendo no meio do furor da rebeldia. Não contra a santa Carmel, claro, mas contra o homem que supostamente fazia a mãe dela sofrer. O homem que cometeu crimes piores que Papa Doc, Baby Doc e Pol Pot. Ela não conseguia ficar na minha companhia por cinco minutos sem sair pisando duro.

Então conheceu um garoto chamado Shumba no ponto de ônibus 73 na Albion Road. Shumba significava leão, ela nos disse, e ele era um rastafári inglês, acrescentou ela, um brilho malicioso nos olhos enquanto via a gente digerir essa informação particularmente desagradável.

Adianta a fita pro final da primeira semana de namorico, altura em que ela torceu o cabelo em rabos de rato, que prendeu com supercola. "Dreadlocks instantâneos", ela berrou, quan-

134

do perguntei sobre a substância gelatinosa que cobria a cabeça dela inteira.

No fim da segunda semana, começou a usar uma canga africana gigantesca, declarando que fazia parte da religião dela manter as pernas cobertas.

A terceira semana chegou e os rabos de rato desapareceram dentro de um lenço, o que não era nada mau.

Então ela me perguntou se esse sujeito Shumba podia visitá-la em casa, porque a ocupação dele em Stockwell estava superlotada. Sempre fui um cara liberal e, como sabia que minha filha mais velha me odiava e eu queria retomar a normalidade do relacionamento, concordei.

A expressão da Maxine quando aquele *cadáver embalsamado* entrou pela minha porta, saído direto de um filme de terror, sério. O cara tinha pupilas pretas vidradas em olhos azuis insanamente brilhantes, dreadlocks loiros sujos em tufos e um casaco que o soterrava e que havia sido usado pela última vez na Revolução Russa.

Ele entrou na nossa cozinha agradável, limpa... poluindo ela.

A Carmel começou a mexer em panelas que não precisavam ser mexidas, derramando curry de frango no chão, pondo a mesa como se estivesse lançando pedras no lago no Clissold Park.

A pequena Maxine não conseguia tirar os olhos daquele *monstro*, como ela o descreveu pra mim mais tarde.

Permaneci calmo e sem demora estendi a mão praquela criatura, que cheirava como se nunca tivesse ouvido falar em sabonete ou xampu e que parecia nunca ter usado uma lixa de unhas ou uma escova de dentes.

"Cumprimentos e saudações, sr. Walker", ele disse, envolvendo as duas mãos na minha. Ele se sentou sem ser convidado e abriu as longas pernas. Fiquei surpreso que não tenha posto as botas na mesa, parecia tão relaxado, como se fosse o dono da espelunca. Do casaco ele tirou um saco contendo uma lata enferrujada de tabaco e uma embalagem de seda Rizla; aí começou a enrolar, sem pedir permissão primeiro.

Mantive os lábios bem fechadinhos. Não ia dar uma desculpa pra minha filha sair pisando duro. Então recorri à coisa mais britânica possível e falei de como o verão tava transcorrendo de forma agradável até aqui, embora não tivesse tão quente quanto no ano passado, que foi sufocante pros padrões ingleses, mas não chegou nem perto do calor dos trópicos.

"Tá ligado que o Bob Marley tá morando em Londres, né?", ele perguntou, me interrompendo. "Meus parça e eu, nós não tá impressionado. Ele é um coco, escuro por fora e branco por dentro, que só agrada aos babilônios opressores que não entendem o reggae de verdade, o verdadeiro reggae *raiz*."

Eu queria bater nesse idiota e mandar ele dar o fora. Em vez disso estendi uma Guinness e comecei o meu interrogatório. Acontece que o pai dele, um lorde ou qualquer coisa assim, possuía três mil acres de Northumberland.

"Eu não ia conseguir lidar *caquilo*, cara", ele disse, enfiando inhame, banana verde, bolinhos e frango ao curry goela abaixo com a delicadeza de um porco num cocho.

"Sério?", respondi, me perguntando como diabos alguém *não* ia conseguir lidar com três mil acres.

"Nah, cara", ele disse. "Não arranco um tostão do véi. Num guento lidar com essa merda capitalista e hereditária já que eu é um rêêê-voouu-luuuh-cionnn-náááá-riiooooo…"

Nesse ponto percebi que aquele rapaz tava mais alto que uma pipa. Completamente zureta.

Minha filha até então mal-humorada, Donna, a Estúpida, se sentava humilde e silenciosa ao lado dele, olhando com adoração como se aquele imbiciu fosse Mahatma Gandhi.

No dia seguinte encurralei ela (antes que meus três minutos "pré-histéricos" se esgotassem). Descobri que o nome verdadeiro dele era Hugo, que frequentou a Eton e que ia herdar o título da família *e* a propriedade.

Eu brinquei, "Vai pra Gretna Green. Dá uma rapidinha. Forma uma família, eu vou encontrar um bom advogado pra te representar no processo de 'sevícia e pensão alimentícia'".

"De jeito nenhum, pai. O casamento é um veículo de opressão feminina", ela respondeu, explodindo. "Nem pensar que vou acabar como..."

Donna não tinha senso de humor na época, nem nunca conseguiu ter com o passar do tempo.

Eu esperava que os dreadlocks ficassem pra trás assim como o namorado.

Ela os cortou no dia em que ele a trocou por outra *mana* que era uma cozinheira melhor (não posso julgar).

Ela deixou aqueles rabos de ratos falecidos no chão do banheiro, enquanto se esganiçava descontroladamente no quarto.

"Vai embora! Eu te odeio!", ela gritou quando bati na porta pra oferecer ajuda paternal.

Depois disso, começou a trazer pra casa namorados que a mãe ia gostar. Na verdade, a Carmel gostou *de fato* de alguns deles. Ah, sim, ela sacudia a franja da peruca e flertava, o que fazia a Donna se contorcer.

Então um desses namorados traiu a Donna com a melhor amiga dela ou algo no estilo novelão adolescente, e ela se meteu em algo pesado, em sintonia com os novos tempos.

Apareceu pro café da manhã com o cabelo raspado feito um garoto, vestindo calça militar verde, um casaco enorme do exército — crivado com o que pareciam buracos de bala — e o que costumavam chamar de "coturnão".

Ih, rapaz.

A Carmel tentou protestar, mas coloquei o dedo diante dos lábios.

Não causar o impacto desejado deve ter irritado bastante a Donna. Ela engoliu algumas colheradas do mingau de fubá que a Carmel preparou pra ela, pendurou uma bolsa original de máscara de gás de cor cáqui no ombro (pro caso de uma Hiroshima II), afastou as contas da cortina multiculturalista da porta da cozinha e se arrastou pelo corredor.

Logo depois disso fiz um curso de um dia de "Introdução ao feminismo" no Centro de Educação para Adultos de Hackney, querendo entender melhor a minha filha mais velha. Ouvi respeitosamente a professora nos dando um sermão sobre a perpetuação do patriarcado e da opressão das mulheres, até que não consegui mais aguentar ser tratado como um saco de pancada.

"Perdão, *sssssssinhorita*", eu disse, me levantando. "Por favor, não foi o maior filósofo dos tempos antigos, o sr. Aristóteles, que declarou que a mulher é mulher em virtude de uma certa ausência de qualidades, que devemos considerar a natureza feminina como afligida por uma imperfeição natural?"

Bem, a classe inteira ficou em polvorosa com isso, em particular a professora, que disse que foi Simone de Beauvoir quem expôs exatamente esses tipos de atitudes ofensivas. Os dois homens fracotes da classe também participaram do ataque a um irmão. Saquei eles, bajulando as mulheres pra se meter nas calcinhas beges, práticas e gigantescas delas.

Seja como for, paguei com o meu dinheiro e não ia sair sem ter falado.

"O problema feminino é dobrado", continuei, me sobrepondo aos incontáveis insultos cacofônicos. "Primeiro, elas menstruam doze vezes por ano, ou, como gosto de dizer, 'malucuam', o que as incapacita física e psiquicamente. Em segundo lugar, elas são encarregadas de trazer uma nova vida, que da mesma forma as incapacita por nove meses e, posteriormente, por dezoito anos de maternidade. De qualquer forma, quem acha que as mulheres são oprimidas devia conhecer algumas das mulheres do mato lá da minha terra. Pode acreditar, se não fosse dar ruim pra elas, aquelas lá cortavam as bolas de um cara, arrancavam, picavam, marinavam, cozinhavam, serviam em uma travessa com arroz e ervilhas e apresentavam a conta pra ele."

A *sssssssinhorita* se recuperou o suficiente pra me banir da classe na mesma hora. Eu disse pra ela que ela tinha *vários probleminhas* quando fui embora, sugerindo que fosse atrás daquela tal de terapia inovadora pra lidar com eles.

A propósito, o que aconteceu com a ideia de liberdade de expressão na assim chamada democracia?

Não preciso dizer que a relação com Donna continuou a se deteriorar. Ela comprava roupas nessa Laurence Corner de excedentes do exército perto da estação Euston. Assim que chegava em casa, rasgava a roupa, só pra depois pregar tudo com alfinetes de segurança, sem dúvida influenciada por aqueles roqueiros punks. Os mesmíssimos que também desembarcaram em Stokey e que, *alguém* poderia dizer, se *alguém* estivesse escrevendo um ensaio sobre desconstrução para uma aula de estudos culturais, "transformaram o alfinete de segurança cotidiano na quintessência da moda subversiva".

Durante esse período sociopata da reta final da adolescência, a Donna foi a Princesa da Metamorfose. Um metamorfo saído do mito grego, juro. Um dia era uma garota temperamental, mas ainda assim feminina, toda de roupa florida; em seguida era rabo de rato e canga africana; aí se transformou rapidinho nessa personagem indigente veterana de guerra. O que tinha acontecido com a garota que só dois anos antes tinha implorado pra que eu a levasse naquela loja linda da Laura Ashley na Regent Street pro décimo quinto aniversário dela, onde escolheu vestidos esvoaçantes que mães, tias e avós aprovariam?

Então a trama ficou mais complicada.

Certa noite ela trouxe pra casa uma garota que levou pro quarto dela escada acima. Bom, a garota parecia mais um adolescente magricelo que uma garota. De manhã, a Donna desceu pra levar chá e torradas pra sua nova "amiga", que depois escapuliu sem passar pela cozinha pra cumprimentar o dono da casa.

Como ela não precisava de permissão pra trazer amigas pra casa, eu não pude dizer nada.

Nas semanas seguintes, tive vislumbres da amiga misteriosa, que sempre aparecia e desaparecia sem ser apresentada. Então sugeri pra Donna (de forma suave, sorridente, sem nenhum antagonismo) que a gente fosse apresentado a ela. A Carmel concordou. Dava pra perceber que ela não fazia a mínima ideia. A ingenuidade da Carmel é e era uma coisa absolutamente espantosa. A maior parte das coisas passa batida por aquela cabeça emperucada. (Melhor assim.)

Ainda assim, a Donna conseguiu se esquivar da apresentação aos pais.

Por fim peguei elas sentadas na escadinha da entrada numa noite quente de sábado quando tava voltando pra casa de uma farra com o Morris numa espelunca perto do parque London Fields. Elas tavam compartilhando um cigarro e uma lata de cerveja na porta de casa, vestindo coletes masculinos combinando e calções. Assim que apareci na entrada, a Donna deu um pulo e tentou arrastar a garota pra dentro, mas a amiga não quis saber disso.

"Olá, sr. Walker", ela disse, um pouco cautelosa, mas bastante agradável.

Me escorei na parede da varanda, ignorando a Donna, que empacotou os joelhos no peito e enterrou a cabeça neles.

Descobri que o nome da garota era Merle, trabalhava num suposto "coletivo feminista de materiais impressos" em Dalston, tinha dezoito anos, nasceu em Montserrat e... ela parou... e então revelou que era "lésbica com muito orgulho".

Donna ergueu a cabeça bruscamente, e os olhos dela quase saltaram daquela maneira hereditária e genealógica que foi transmitida através da linhagem materna. Fui pego de surpresa, mas a Merle manteve a atenção focada em mim com uma franqueza que estava preparada pra uma resposta negativa ou positiva.

Que garotinha corajosa.

"Merle", eu disse. "Por mim, tudo bem. Vocês fazem o que quiserem, porque não sou nenhum intolerante. Vocês, garotas, têm a minha bênção, mas não posso falar pela esposa", acrescentei, gesticulando em direção aos andares superiores da casa. Eu e a Merle compartilhamos uma gargalhada.

A Donna estava furiosa. Ela queria bater a cabeça numa parede de concreto, só pra descobrir que não havia parede nenhuma ali.

"Você é bem legal", a Merle disse, lançando pra Donna um olhar que dizia que eu não estava correspondendo exatamente à imagem de serial killer que ela esperava. "Gostaria de ter um pai assim. O meu me expulsou há um ano, quando me pegou com a minha ex. Tive que me mudar pra um albergue."

"A gente tem que amar e apoiar seus filhos, independente de qualquer coisa", respondi, me sentindo um pouco hipócrita: o Tipo de Pai Supercompreensivo. "E sua mãe?"

"Tá lá em Montserrat. Eles se divorciaram quando eu era jovem."

"Bem, no que me diz respeito, vocês, garotas, façam o que quiserem. Contanto que a minha filha esteja feliz, eu também estou."

Ficamos em silêncio, eu e ela bem à vontade, com muita naturalidade.

Naquela noite, naquela noite distante, com o céu-azul-
-profundo-de-uma-noite-de-verão-estrelada.

Com as lâmpadas da rua emitindo uma luz amarela difusa.

Naquela noite quente e adorável de verão, sem carros ace-
lerando ou rugindo, sem ônibus roncando ao longe, ou buzinas
tocando, e sem pessoas andando e falando, ou cachorros latindo,
ou aviões voando.

Naquela noite, naquela noite longínqua — no passado da
minha vida, com a Carmel e a Maxine dormindo em segurança
dentro da casa enorme que o Barrington Walker comprou pra
família dele.

Naquele momento, eu queria dizer àquela estranha, a essa
Merle, a essa garota da minúscula ilha de Montserrat, que eu
tinha *preferências similares*, mas não consegui ser um guerreiro
corajoso que nem ela.

Eu queria contar a ela sobre Morris.

Queria cantar o nome dele noite adentro.

O nome dele é Morris. Ele é o meu Morris e sempre foi o
meu Morris. Ele é um homem de bom coração, um homem
especial, um homem sensual, um homem que ama história, um
homem leal, um homem que aprecia uma boa piada, um homem de muitos estados de espírito, um homem que bebe, e um
homem com quem posso ser *totalmente* eu mesmo.

Sim, estava em plena doideira encharcada de Malibu com
coca-cola, uma doideira que podia levar ao fim da minha vida
como a conhecia até então. Mas estava no *limite*.

A Donna finalmente ia saber quem o pai dela era na realidade, por trás da fachada — o dissimulador, o impostor.

Era o momento certo. Era o lugar certo. Era a hora certa.
E talvez a minha filha me considerasse uma alma gêmea e parasse de me odiar, porque, apesar de não ser a minha favorita, ainda

assim a amava, a minha primeira filha. Eu ainda mataria por ela, minha primeira filha.

(Na verdade, olhando pra trás, não sei se teria mesmo matado por ela. Nós pais dizemos essas coisas e tenho certeza que isso se aplica quando eles são bebês inocentes, mas, assim que começam a responder com insolência, não tenho mais tanta certeza se a gente ia ser tão rápido em mergulhar nas corredeiras agitadas atrás deles. De vez em quando a gente poderia até se sentir tentado a dar um empurrãozinho.)

"Merle", eu disse, começando o discurso da minha vida, "vou te dizer uma coisa. Eu de fato admiro a sua coragem. A maioria das pessoas finge que é igual a todo mundo porque tem medo de reações negativas. Mas agora você, você permaneça fiel a quem você é, e poucos da nossa comunidade são corajosos o suficiente pra fazer isso. Porém", me detive. "Chega um momento em que até os maiores covardes precisam..."

Nesse momento a Donna me interrompeu.

"Não seja tão fodidamente condescendente e poupe a gente da palestrinha, pai. Não preciso da sua aprovação ou permissão. Tenho idade suficiente pra fazer o que quero. Quem você pensa que é, agindo como o grande patriarca? E outra coisa, eu não sou uma *garota*, eu sou uma mulher. Merle, vamos entrar. A gente precisa *conversar*."

Ela ergueu a pequena Merley pelos braços, mas a Merle conseguiu articular um compungido "Sinto muito" antes de ser levada pra dentro de casa.

Senhor, mas os filhos sabem ser os bostinhas mais cruéis, hein. Eles pensam que são os donos dos direitos autorais dos sentimentos humanos e que você não possui nenhum.

Fui deixado no escuro, no ar abafado, sob a luz da lua e com a perspectiva *do que é impossível alcançar*, esperando pelo amanhecer, vendo a fumaça em espiral dos cigarros que elas deixaram pra trás.

Essa foi a primeira e a última vez que tive a mínima vontade de dar com a língua nos dentes a respeito de quem eu realmente era.

Logo depois a Merle largou a minha filha, o que não foi uma grande surpresa. Na verdade, se eu fosse uma conselheira sentimental, teria aconselhado ela a fazer isso. Quando dei por mim, a Donna voltou a se feminizar e trouxe um namorado pra casa. Graças a Deus não confidenciei nada pra ela naquela noite, porque com certeza aquilo ia ter sido relatado *verbatim* pra mãe dela assim que as duas estivessem inseparáveis de novo.

Do jeito que era, me acostumei a entrar numa sala e a conversa morrer.

Ia ter perdido a pequena Maxine e tudo o mais, e se a Carmel fosse atrás de vingança, a minha reputação também.

Basta de piroca na rota de Hackney. Eu podia muito bem ter usado um cartaz dizendo HOMOSSEXUAL. A Donna nunca se desculpou. Ela nem se lembra disso. Alguns anos atrás ela deu uma bronca no Daniel por ter sido grosso com ela e disse que jamais teria falado com os pais daquela forma. Que os pais dela não deixariam barato.

Cerca de um ano depois topei com a Merle sentada na calçada em frente àquela livraria radical, a Centerprise, na Kingsland High Street, mendigando. Levei ela pro café pra dar um pouco daquela ração radical pra vacas que eles gostavam de servir lá. Descobri que ela era sem-teto, não tinha dinheiro, ninguém a quem recorrer, nenhum lugar pra ir.

A pequena Merley já não conseguia mais ajudar a si própria.

Naquela mesma tarde a transferi pra uma quitinete que tinha acabado de colocar pra alugar, na Lordship Lane. Abasteci a geladeira, separei algum dinheiro pra ela e a levei até o Departamento de Trabalho e Pensões pra solicitar o seguro-desemprego. Nunca contei pra ninguém, nem mesmo pro Morris.

Ela ficou lá onze anos pagando um aluguel a preço de banana, retomou o ensino que largou quando o pai a expulsou de casa, fez uma licenciatura nos chamados Estudos Feministas (eu nunca disse nada) e agora leciona na Universidade Metropolitana de Londres.

Ela só se mudou quando conheceu a Hennie de Amsterdam, dezenove anos atrás, e compraram juntas um apartamento na De Beauvoir Square.

Vejo as duas de tempos em tempos quando aparecem no mercado na Ridley Road pra comprar pão, salgadinhos e pasteizinhos jamaicanos na Tom's Bakery — a melhor padaria de Londres. Exceto que hoje em dia a Pequena Merley é a Mama Merley, ativamente matronal, usando saias e maquiagem e tudo. São duas mulheres gordinhas e felizes no seu auge, e elas sempre me deixam de bom humor quando eu as cumprimento com "Olá, Merley de Montserrat; olá, Hennie da Holanda".

Sempre que não tô com o Morris, a Merle pergunta por ele. Ninguém precisa explicitar nada.

A Maxine também passou por uma versão mais branda e não psicótica da fase de amargorecimento da Donna, e consegui aprender (anos depois do fato, reconheço) que era a natureza da adolescência e a não levar pro lado pessoal. Mas, no momento que descobri que, pra se tornarem eles mesmos, os filhos precisam se desligar dos pais, eu já tava magoado.

A Carmel foi deixada um tanto de fora porque ela "bancou a vítima".

A Donna, em especial, guardava toda a excrementice pro pai dela — que levou na cabeça um balde de merda.

Isso é o que acontece quando setenta e cinco por cento da sua vida tá no passado. Cada passo pra frente desencadeia um passo pra trás. Todas essas memórias me assombrando, mas elas também me ajudaram a amadurecer, aqui, em Hackney.

* * *

Meu devaneio itinerante me levou das ruas tranquilas de Stokey a Newington Green e acabo no meio da Kingsland High Street, com a turba barulhenta e o tráfego me lançando no presente.

O pessoal acena pra mim através da multidão, do mesmo jeito que faziam quando Noé partiu pra navegar com dois de tudo.

Eles acham que me conhecem:

Marido da Carmel.

Pai da Donna e da Maxine.

Avô do Daniel.

Montador de motores aposentado.

Homem de posses.

Homem de estilo.

Transa com homens... Como vou viver com isso?

E se eu morar com o Morris, o povo vai sacar.

Isso é o que ficou se revolvendo dentro de mim a semana toda enquanto tive sozinho. Pensar que o que tô prestes a fazer é como escalar o Kilimanjaro sem roupas, grampos, cordas, picareta e sinalizador SOS.

Talvez as coisas devam continuar como tão.

A Cantina Caribenha tem paredes totalmente amarelas, palmeiras de salão trífidas, cartazes-clichê de praias douradas com mares verde-azulados. O Morris tá encolhido na mesa de madeira do canto, que fica de frente pra janela. Não devia se sentar desse jeito desleixado; isso o envelhece. Ele devia ter me visto, distinto, de ombros largos, abrindo caminho através do populacho de Dalston.

"Cê tá bem, chefe?"

"Cê tá bem, chefe?"

O Morris tá sempre esperando por mim. É a sina dele. Ele

acha melhor chegar meia hora adiantado do que dez minutos atrasado. Muito nobre, mas prefiro chegar meia hora atrasado que dez minutos adiantado. Percebo de longe que ele tá descontente. Basta eu colocar os olhos nele para sacar seu humor. Quando se conhece alguém há tanto tempo, a gente lê a linguagem corporal da pessoa. Mesma coisa no telefone: assim que ele fala, às vezes na fração de segundo antes de me cumprimentar, eu já sei o estado de espírito dele.

Ele tá usando o chapéu de tweed do Zé do Boné, embora esteja dentro de um restaurante, mas hoje não vou dar a letra falando da etiqueta correta. Sou namorado, não pai dele.

A cantina tá cheia de riquinhos que colonizaram Dalston desde que construíram a extensão do metrô e aquele empreendimento pior que gaiola de coelho ao lado dele. Anos atrás, só o povo do Caribe tocava na comida caribenha. Agora, até mesmo os ingleses percebem que a banana-da-terra aparentemente podre e em decomposição é, na verdade, o vegetal mais maduro e doce da face da terra. Nós dois optamos pelo ensopado de fruta-pão com fatias de pão amanteigado: um belo caldo grosso com coisas suculentas e farinhentas boiando.

Decido animar ele com uma conversinha inofensiva a respeito do passado. Esse é um dos prazeres de uma amizade de longa data: várias das suas memórias são compartilhadas.

Eu começo...

"Tive pensando sobre aqueles jovens radicais que andavam por aqui nos anos 60 e 70. Lembra daquele garoto Shumba com quem a Donna andava em 1977? *Esse* tipo, cê sabe, com o rabo tão empinado que precisa de um enema pra cair na real de novo. Aposto que ele e alguns desses radicais de meia-tigela acabaram como banqueiros de investimento caçando perdiz no pântano com os companheiros aristocratas, e algumas dessas jovens *femi-*

nistas acabaram como donas de casa em lugares como Cheltenham e os *condados*."

"Por que tá falando disso agora? O que eles fizeram pra você?"

"Porque tá no meu pensamento e, como você é meu amigo, pensei que podia ser interessante discutir isso contigo", dou uma resposta *sensata*.

"Você é tão crítico, Barry." O Morris enfia a colher no ensopado dele e deixa lá. "Não tem problema ser revoltado quando se é jovem, mas as pessoas não podem ficar com raiva pra sempre. Assim que começam a ter filhos, elas querem um bom emprego e uma casa numa área segura que seja acolhedora e adequada pras crianças e tenha boas escolas. Você devia tá contente por aqueles radicais terem travado aquelas batalhas, porque aí a gente não teve que travar." Ele para e examina a sala disfarçadamente antes de sussurrar: "Como aqueles gays libertários tentando tornar a vida melhor pro nosso povo".

"Por que você tá lembrando deles? Você sabe que a gente não se importa com esse negócio de libertação gay." Enfio a colher no ensopado e deixo lá. "Pra ser bem sincero com você", acrescento, sussurrando também pra fazer a vontade dele (mesmo que ninguém esteja perto o suficiente pra escutar e, como eu sempre digo, por que diabos alguém ia querer ouvir?), "eu realmente nunca gostei desse comportamento chamativo daqueles gays libertários. Eles deviam ter feito menos barulho. Como você bem sabe, acredito na discrição."

Morris balança a cabeça. "Tá falando bobagem de novo. Também acredito na discrição, mas a sociedade não se torna mais igual a menos que alguns caras corajosos expressem as opiniões deles e iniciem revoluções, como na Rússia, no México, na China, na França. Sabe, ao contrário de você, que parece pensar que é superior à maioria das pessoas, acredito na igualdade. Nunca gostei de discriminação de qualquer tipo."

Qué que tá contecendo cocê, Morris? Certo. É briga que você quer? É briga que você vai ter. O Morris pegou a contramão da coisa. Ele sabe muito bem que sou uma pessoa antidiscriminatória.

"Se liga, hein, Morris", brinco, ainda tentando aliviar a disputa, mergulhando de novo o pão no ensopado como se nada me abalasse. "Você tá começando a falar como um comunista, um revolucionário no armário."

Ele balança a cabeça *de novo*, como se eu estivesse muito além de qualquer ajuda. "Você vai se lembrar do livro e do filme pra tevê chamado *Vida nua*, de 1975. Aquele sobre o tal cara gay da vida real que costumava usar maquiagem e se pavoneava pelas ruas de Londres a partir dos anos 30? Quentin Crisp? Eu falei dele pra você, lembra?"

Como eu podia esquecer? O Morris falou dele durante anos. Ah, o Quentin isso, o Quentin aquilo, como se fossem melhores amigos.

"Tá falando daquela bichona excêntrica com cabelo com rinçagem?"

Vou acabar com o Morris, liquidar feio. Vou acabar com ele de tal jeito que ele vai se arrepender de ser irracional comigo quando eu só tava tentando ter uma conversa agradável.

"Isso é problema seu, Barry. Ele era igual a mim e a você. Então isso faz de você uma bichona também."

"Eu, por exemplo, não uso maquiagem, não pinto meu cabelo nem dou esses passinhos delicados como aquele Larry Grayson no *Generation Game* ou como o Frankie Howerd em *Up Pompeii*, embora, pra ser honesto, o Howerd fosse engraçado pra caramba. Morris, quando foi que cê me viu saltitando, desmunhecando e guinchando como um eunuco com prisão de ventre?"

"Não te entendo, Barry", o Morris diz, continuando a cruzada moralista. "Você odeia quando a Merty e aquele grupo falam aqueles absurdos homofóbicos, mas só pra você."

"Morris, sou um indivíduo, específico, não genérico. Não sou exatamente uma bichona, tanto quanto não sou um viado, ou maricas, ou boiolão." Começo a cantarolar baixinho "I am What I am".

"Você é homossexual, Barry", diz ele, me encarando com olhar severo. "Estabelecemos este fato há muito tempo."

"Morris, querido. Não sou nenhum homossexual. Sou um... Barrysexual!"

Não quero que ninguém me meta numa caixa e coloque um rótulo nela.

"Maravilha, bom... cala essa boca agora e me deixa terminar minha história", ele diz. "Então eu, a Odette e os garotos começamos a assistir a *Vida nua*, sem perceber sobre o que aquilo ia ser. Assim que os garotos entenderam, você devia ter ouvido eles conclamando que aquele 'desmunhecado' devia ser morto a tiros. Sim, *morto a tiros*. Pior, Barry, eu tava com tanto medo de me comprometer que concordei com eles. Eu fui *um traidor*, Barry. Me senti tão mal que nunca te contei isso."

O Morris ficou com os olhos úmidos.

"E daí, todos nós fomos traidores em algum momento, Morris."

"Olha, Barry, eu também não aprovava como o sr. Crisp lidava com as coisas, toda aquela maquiagem e afetação, mas eu realmente admirava como ele se impôs. Ele era espancado o tempo inteiro. Agora, isso requer uma coragem que nenhum de nós teve... até agora."

Não tem nada de "até agora" em relação a isso, meu amigo. Mas, falando sério, que homem de setenta e quatro anos se divorcia da mulher e vai morar com o namorado de longa data?

Que aquele que não tem fome de luta/ Pode ir embora, com licença e passe.

"Depois disso não dormi bem por semanas", o Morris diz.

É por isso que valorizo o que esses gays libertários têm feito todos esses anos. Eles tão educando as massas e conquistando a nossa liberdade... *se a gente optar por ela.*"

Pela primeira vez desde que cheguei, o Morris se ilumina. Ele tira o chapéu e põe no colo. Me encara de forma acolhedora e *amorosa.*

O... que... ele... tá... tramando?

"Hoje temos até uniões civis", ele diz, pesando as palavras com cuidado, como se quisesse se certificar de que as coisas tavam equilibradas.

Morris, nem se atreva a sugerir isso.

"Considerando que você diz que tá se divorciando da Carmel, e considerando que sou *chúpido* o suficiente pra meio que acreditar em você..." Ele sorri, inclinando a cabeça pro lado. "Por que a gente não vai com tudo? Pesquisei na prefeitura de Chelsea, que tem um pequeno cartório pra quatro pessoas. Podemos arrastar duas testemunhas da rua. Judy Garland se casou lá, cê sabe. Chefe, me sinto pronto agora, de novo. Quer me acompanhar?"

Toda a minha fome se foi. O cheiro do meu ensopado tá nojento e tá me deixando nauseado.

Agora eu sei por que ele tava todo encolhido quando entrei. Sempre que o Morris quer muito uma coisa, ele espera uma resposta negativa e age como se já tivesse fracassado. O que, nesse caso, é uma premonição.

Que tipo de proposta absurdamente disparatada é essa, pergunto a você?

"Você sabe que eu disse que você tava sofrendo de demência uma noite dessas no salão de baile?", digo a ele, impassível. "Bom, foi uma piada, só que agora não tenho tanta cer..."

Antes que eu termine a frase, ele se levanta da cadeira e vai embora.

Senhor, tenha piedade... estraguei tudo agora. Devo ir atrás dele? Dizer pra ele que só tava brincando, como as pessoas fazem quando aquilo que dizem sai pela culatra.

Também deixo a cantina e começo a voltar pra casa, esbarrando em qualquer imbecil que não saia do meu caminho.

Isso é uma santa de uma confusão. Deixei o Morris chateado de verdade, mas ia fazer isso de qualquer jeito, não ia? Acontece que não posso mudar meu jeito de ser por causa de ninguém. O desenvolvimento da personalidade de um indivíduo termina aos onze anos. Não me importa o que dizem os psicotrapaceiros. Qualquer pessoa com metade do cérebro que me vê usando um chapéu Homburg e um terno de lapela larga dos anos 50 vai entender que sou um sujeito que não gosta muito de mudança. Nunca usei jeans na vida, e gosto das minhas meias com liga, o que diz tudo.

Nunca disse pro Morris que queria uma parceria civil ou sei lá como chamam. Ele tá enfiando os pés pelas mãos ao querer pedir minha mão em casamento. A gente não é o Elton John e o David Furnish. Eu disse que ia deixar a Carmel e a gente ia morar juntos *um dia... provavelmente*. Mas, dado o meu atual estado de espírito, o que parecia uma grande ideia no domingo passado agora parece *pouco provável*.

Como é que posso suportar a turbulência de falar pra Carmel que vou me divorciar dela?

O fato é que tô habituado demais a ficar numa prisão que eu mesmo criei: juiz, carcereiro e companheiro de cela idiota.

Assim que tô dentro da minha casa *vazia*, tiro os brogues e as meias e deixo tudo no tapete perto da porta da frente, porque a Carmel não tá aqui pra me dar um esporro e, levando em conta que já existe uma certa *acumulação* de roupas largadas — camisas, calças, cuecas —, tô facilitando pra ela catar tudo e andar dez metros até a máquina de lavar na cozinha, em vez de carregar aquele monte do quarto ou do banheiro pro andar de baixo com aquelas articulações frágeis.

O que vou fazer agora, hein? Não suporto quando chateio o Morris, ou melhor, quando o Morris *fica* chateado. Entre todos os períodos, não agora, Morris. Como vou aguentar?

Primeiro, vou fazer uma sesta rápida pra aliviar o estresse.

Depois disso vou pegar *O cerco de Krishnapur*, do sr. J. G. Farrell, pra trazer a repressão ao motim indiano pra minha sala de estar e me transportar de volta ao passado, pra longe das provações e tribulações do Morris amotinado.

Terceiro, vou me servir de um pouco de Bacardi e limão, Bacardi e coca-cola, Bacardi e água com gás, Bacardi e Bacardi... pra ajudar a aliviar o terrível sofrimento no meu coração.

Por fim, vou fazer a lenta jornada em direção ao local familiar de sonambulação humana.

Subirei, por essa razão, os degraus atapetados maciços, pra, então, baixar até minha cama.

Sozinho — *emocionalmente.*

Nada de novo aí.

8. Canção da súplica
1980

... sozinha de novo, né, Carmel?

tarde da noite, reclinada na cama rezando, esperando que ele volte pra casa, sabendo que ele pode nem voltar pra casa, mas você não consegue se controlar, né, agindo feito uma palerma, como dizem os ingleses

esperando, esperando, sempre esperando...

também não consegue deixar de pensar no passado e se perguntar o que o futuro vai te trazer, lembrando como os dez primeiros anos neste país se passaram numa névoa e numa apatia, não foi, Carmel?

1960-1970 — você quase não saiu de Hackney, criando a Donna, indo à igreja, indo pra casa em Antígua só duas vezes, levando a Donna, que odiava o calor, sentindo saudades da querida mamãe (agora já falecida)

o Barry nunca foi com você, porque ele disse que tinha que supervisionar os trabalhos de construção nas propriedades dele durante as férias da Ford

e você acreditou

154

naquela época

depois que a Maxine nasceu, em 1970, você tava chafurdando tão fundo no pântano da loucura que perdeu temporariamente a fé no Nosso Senhor

até hoje você não entende o que aconteceu

ainda bem que o Barry nunca pensou em mandar ninguém pra casa de doidos, *Cê vê com que rapidez eles nos colocam nesses lugares, Carmel? Nos deixando fragmentados? Bom, isso não vai acontecer com a mãe das minhas filhas*

é por isso que ele te deixou superar a loucura

é por isso que ele concordou em não deixar o médico te ver até que você mostrasse sinais de melhora, o que você conseguiu depois de dezoito meses desvairados

mas no fundo foi o Nosso Senhor quem te deu forças, não foi? Assim que você começou a ir à igreja de novo, seu estado de espírito se iluminou e era como se você tivesse

banhada em Luz Sagrada e fosse abençoada por Sua Mão e você resplandeceu com Seu Amor no mais profundo do seu ser

embora o Barry tenha dito que a razão de você se sentir melhor era o Valium prescrito pelo dr. Sampson (típica linguagem de pagão)

ahhh, mas você nunca vai esquecer aquela noite de setembro de 1971 quando o Barry voltou do trabalho, mangas arregaçadas como de costume, mostrando os antebraços fortes, a bolsa de lona pendurada no ombro, e ele ficou na porta, belo, ocupando todo o espaço, um símbolo sexual de Hollywood na entrada, com o bigode fino, olhos sensuais e cabeleira farta, e ele parecia tão *chocado* que você não tava aquela desgraça catatônica de sempre com cabelo desgrenhado num roupão desalinhado tombada no sofá mal conseguindo cumprimentar ele

não, você tava usando calças novas de náilon creme e uma blusa de náilon creme com babados cor de laranja na frente, e o cabelo ajeitado num corte curto adorável e você usava um toque de base e batom cor de pêssego, e você e a Donna tavam jogando Snap! em volta da mesa da cozinha e se curvando numa crise de riso enquanto a Maxine dormia no berço, perto da geladeira

e então o Barry anunciou de modo teatral

vejo que a Pílula-Divina da Elevação do Humor parece ter funcionado, patroa

e você percebeu que era a primeira vez desde que a Maxine nasceu que ele não tava olhando pra você como se você tivesse no parapeito da janela de um arranha-céu prestes a saltar

a melhor coisa dessa época foi como o Barry ficou do seu lado

mas assim que você tava de volta ao ritmo de sempre, ele começou a esquecer que os homens *decentes* vêm direto pra casa depois do trabalho, exceto às sextas-feiras, quando tão autorizados a ir até o bar com os amigos

ou que homens *decentes* realmente *voltam* pra casa todas as noites; caso contrário as esposas ficam chateadas e vão dormir chorando

a Merty diz que os home é tudo que nem cachorro e que eles nunca vão mudar — embora o Clement nunca tenha passado uma única noite longe dela até decidir nunca mais passar um dia *com* ela — fugindo com aquela piranha vadia da Janet da igreja

a Drusilla diz que a gente tem que deixar nosso homem com ciúmes, insinuar que ele tem rivais, quanto mais, melhor

ela deve saber, se apaixonando por todos aqueles sedutores melosos que só precisam dizer quanto ela é bonita pra ela deixar cair a calcinha com cinta-liga sempre que eles sentem vontade de aparecer pra jantar e dar uma rapidinha

ela devia aprender a manter aquela perereca trancada até que um bom marido apareça, em vez *desse aí* entrando pela porta da frente e *daquele outro* saindo pela porta dos fundos a Merty diz que, se a Drusilla começasse a cobrar, ela ia ficar milionária num piscar de olhos

a Merty tá ficando cada vez mais amarga desde que o Clement deixou ela e o filho mais velho foi pra prisão por "resistência à prisão e agressão agravada", quando foi ele que a notória polícia de Stoke Newington agrediu e espancou no camburão debaixo de um cobertor pra ninguém ver

e agora a Merty faz reuniões de oração quatro noites por semana na sala de estar dela, e ela ainda tem aquele trabalho de limpeza, mas não tem casa própria, porque o financiamento imobiliário foi por água abaixo por causa do salário magro dela depois que o Clement abandonou ela

e a Candaisy diz que tem que dar um tempo pros maridos te valorizarem (como se vinte anos de casamento com o Barry não fosse tempo suficiente?)

ela é enfermeira-chefe no Whittington, e todos concordam que lá tem pacientes de uma classe superior em comparação com o Hospital Hackney, onde ela trabalhou por dezessete anos, e o Robert não joga mais, não, senhor, assim eles compraram a casa própria na Amhurst Road

até a Asseleitha é agora uma chefe de cozinha respeitável na BBC, com financiamento imobiliário de um conjugado em Shacklewell Lane, também conhecido como Linha de Frente, mas os arruaceiros lá de baixo pararam de lançar *psssssssius* toda vez que ela passava (em flagrante desrespeito a uma mulher tão boa e devota), desde que ela começou a ficar na esquina da Shacklewell com a Kingsland pregando a Bíblia com um alto-falante

coisa que até você achou que era um pouco demais, mas

a quem mais aquelas senhoras vão recorrer?

a Asseleitha diz que Deus vai ajeitar as coisas com o Barry se você pedir de forma gentil, e você tende a concordar com a irmã Asseleitha, que não é freira, mas devia ser o Barry chama ela de Santa Padroeira da Castidade... como se você fosse achar graça numa coisa dessa, sendo que não tá tendo *nenhuma união conjugal* desde que a Maxine foi concebida há mais de dez anos

nesse meio-tempo, você se inscreveu em um curso de acesso ao ensino superior no Centro de Educação para Adultos de Hackney, e antes que se passassem seis anos você conseguiu um grau de honra em administração de empresas da Universidade Aberta com a avançada e impressionante idade de trinta e quatro anos

você, Carmelita Walker, nascida Miller — conseguiu um *diploma*

você, senhora, está finalmente alcançando seu *potencial*

o Barry tava orgulhoso de você quando você recebeu seu diploma de beca e capelo na cerimônia de formatura lá longe em Milton Keynes, mostrando o lado mais amável dele, mesmo que o evento tenha te dado a "vantagem acadêmica", o que, como ele mesmo disse, pode não ser fácil pra um homem tão vaidoso e egoísta

o problema é que ele não tem a perseverança necessária pra estudar pro calcanhar de aquiles dele — *um diploma*

o Barry é um sabe-tudo que esconde o conhecimento superficial por trás de uma autoimportância intelectual claramente *exibicionista*, mas ai de quem disser isso na cara dele

ele distribui sopapos, mas não aguenta levar

ego gigantesco, tolerância minúscula a ataques — esse é ele

e então o que aconteceu, Carmel?

o Senhor veio socorrer você, é isso que aconteceu

só duas semanas depois da formatura em 1978, ele encontrou pra você um emprego com boas perspectivas: assistente de habitação da prefeitura de Hackney, dividindo um escritório com a Theresa de Barnet, que tem vinte e cinco anos e está noiva a Joan de Manchester, que tem vinte e seis anos e nunca vai se casar

a Mumtaz de Leicester, que tem vinte e oito anos e é uma solteira feliz, desde que fique longe da vista de *toda a enorme família dela* e

você mal pode esperar pra chegar no escritório de manhã e começar a contar piadas com as novas amigas

em alguns almoços você até desfruta de meia cerveja sorrateira com limão e uma tábua de frios e salada no Queen Eleanor

embora prefira pão com cheddar, e também, às vezes, você ainda fuma um cigarro sorrateiro depois do almoço, o que não te faz se sentir tão tonta quanto o baseado sorrateiro que a Joan convence todas vocês a fumar atrás dos arbustos no verão, no parque London Fields

veja só, o Barry não é o único com segredos

tem uma fotografia dele na sua mesa pra mostrar pra todo mundo o que você conseguiu, aquela da festa de aniversário da Maxine, quando ela tava soprando as velinhas e o Barry se inclinou e te beijou na bochecha e você pensou que ele ia dizer *amo você, patroa*

pela *primeiríssima* vez, mas em vez disso ele sussurrou, *Obrigado por ter me dado a Maxine*

e você quis dar um tapa nele

quanto à Maxine, tem personalidade demais pro próprio bem desde quando as crianças chefiam o chiqueiro?

tem que levar uma boa surra, mas o Barry não vai permitir porque ele é um maricas quando se trata de castigo corporal, trata ela como a princesinha, enche o quarto dela de boneca e brinquedo, deixando ela rabiscar com giz de cera em todas as paredes e cede aos caprichos dela, o que só complica para você

a Maxine se parece com ele também, com as pernas longuíssimas e rosto lindíssimo, mais bonita que a Donna, mas dá muito mais trabalho que a Donna nessa idade a Maxine pode ter dez anos agora, mas briga feito louca quando você dá a ela uma xícara de chá de sene pra limpar o intestino nas manhãs de sábado

continua a não querer fazer o trabalho doméstico sem briga como se você fosse permitir que ela seja a primeira garota antilhana do mundo a cair fora sem saber cuidar de uma casa

o Barry deixa ela pensar que tem escolha, mas é você que sabe o certo: criança tem que fazer o que mandam

a alimentação exigente dela te deixa estressada também, e a culpa é do Barry porque é indulgente com ela

não gosta de graviola, não gosta de geleia de tamarindo, não gosta de bolo doce, não gosta de bolo salgado, não gosta de refresco de gengibre, hibisco, *mamoncillo*, tâmaras, jatobá, bacalhau, não gosta de nenhum cozido com carne gorda, não gosta de ensopado de peixe, não gosta de inhame, abóbora, mandioca, não gosta de leite condensado no chá

do que é que ela gosta?

coca, rosquinhas, batata frita, hambúrgueres

esse é o problema de criar os filhos longe da terra natal

quanto à Donna, graças a Deus ela volta a cada dois fins de semana, embora traga toda a roupa suja pra casa pra você lavar

e como você ensinou ela a nunca usar nada duas vezes sem lavar, é um *monte*

ela mora nos blocos de apartamentos enormes da Universidade de Birmingham e em dezessete meses vai se formar em ciências sociais e em seguida treinar pra se tornar uma assistente social, o que você não aprova mesmo, mas a Donna é muito cabeça-dura pra ouvir suas objeções e ainda assim — um diploma é um *diploma*

você já tá planejando a roupa pra formatura dela

e depois que a Maxine foi arrastada pra cama, você e a Donna se aninham no sofá pra colocar a conversa em dia, você com uma xícara de chá de camomila e ela com uma garrafa de vinho que ela quase esvazia (cê notou)

e você nunca devia ter contado pra ela quantas noites não dormiu de tanto chorar pelo Barry, mesmo nos dias de hoje, porque agora ela tá sempre em cima de você pra se divorciar dele com base em vinte anos de *opressão patriarcal*

ela diz que as mulheres negras foram oprimidas por tanto tempo que esqueceram o que é ser livre, é tudo *negro* isso e *negro* aquilo desde que a Donna foi pra universidade

Como mulher negra, acho... Como mulher negra, acredito... Como mulher negra, me oponho...

Sim, Donna, você disse quando ela falou isso pela enésima vez, *não precisa ficar me lembrando que você é uma mulher negra, sendo que você tá falando com a mulher que te deu à luz*

ainda bem que você sempre escondeu na sala de estar aqueles romances da Barbara Cartland que você e a Sociedade das Senhoras de Antígua tão passando uma pra outra desde que cês chegaram na Inglaterra (o Barry acha que você tá lendo a Bíblia)

é como um vício porque esses livros dão uma sensação tão eletrizante que você

pode sentir o coração batendo forte na caixa torácica como as heroínas das histórias

ao contrário daquele livro que a Donna deu pra você um tempo atrás chamado *The women's room*

Mãe, é isso que devia estar lendo

mas ele era tão deprimente que você nem conseguiu passar do primeiro capítulo

a Donna tá sempre fazendo o discurso *lute pelos seus direitos* do Bob Marley, mas toda vez que arruma um namorado novo, e o último é um tal de Lesroy, que anda traindo ela, ela fica toda emotiva e é você quem acaba consolando você só espera que a Donna se case com um cara bom que seja digno dela, depois que se formar é melhor, e em seguida te dê netos pra você tomar conta

ela não vai estar completa até ter filhos — nenhuma mulher tá.

até lá, ela não sabe coisa nenhuma de casamento, então você não dá ouvidos ao conselho dela

o pastor George, por outro lado, *sabe*, ele foi casado vinte e três anos e prega *O casamento é pra sempre e pra sempre não é finito, é in-finito*

ele também diz que aquelas pessoas que fazem aquilo como coelhos vão jantar com Lúcifer, e quanto aos homossexuais, eles vão acabar estuprados pelo próprio Lúcifer, e também que eles não vão ter nenhum prazer nisso, porque a tora ardente e escaldante dele é tão grande que vai entrar por um lado e sair pelo outro...

metade da congregação fica em silêncio quando ele diz coisas assim

a outra metade, incluindo você, responde com gritos, porque você não tem nada a esconder

você podia tá casada consigo mesma, já que o Barry não toca em você, e pensar que você pensou que aquele sacana tinha pouco desejo sexual

garota, você foi *ludibriada*

como se você se importasse no fim das contas, porque quanto mais tempo você fica sem receber coisa nenhuma, mais virtuosa se torna, sem poluir a mente e o corpo com desejos indignos por um homem que ainda é sensual demais pro próprio bem

se mantendo limpa pra Ele

você não tá ressentida com o Barry, porque você tem serenidade, resultado de ir ao encontro do Nosso Senhor com o coração puro e aberto

uma hora inteira todas as noites pra Ir ao Encontro d'Ele

o pedaço gasto no tapete é uma prova visual da sua Dedicação a Ele

você sempre negou a si mesma o conforto de uma almofada porque orar não é pra ser um piquenique, mas a Candaisy disse no outro dia que os joelhos são os primeiros a degringolar com a idade e levando em conta que você tá perto de atingir os quarenta daqui a quatro anos

você vai providenciar sem demora um tapete felpudo na Continuidade do Serviço ao Nosso Senhor

você tá de olho num perolado luxuoso na Debenhams

e então agradece pelo futuro tapete felpudo sobre o qual você vai contemplar o significado da Vida d'Ele e pensar em como pode se tornar digna d'Ele e Caminhar Humildemente em Nome de Jesus

o pastor George diz que você precisa dar graças pela boa sorte como um meio pra alcançar a felicidade ou vai acabar ficando mesquinha e ter câncer

então pare de sentir pena de si mesma e veja o que você tem pra agradecer, Carmel

o que cê conquistou, garota?

o que cê conquistou hoje à noite enquanto refletia e pensava no significado da sua vida?

você dá graças por suas duas filhas, sim, e pelo seu diploma adorável, por seu trabalho adorável, sua casa imensa e adorável que é invejada por todos que você conhece

você tá tentando dar graças por seu marido também, apesar de agora já passar da meia-noite e você ainda tá esperando

você fecha os olhos pra rezar, mas dói tanto depois de todos esses anos que eles se abrem de novo num ímpeto

apesar de tudo você vai tentar, não vai?

você dá graças pelo Barry, mesmo lá no fundo sabendo que ele é um *adúltero* e então você sente a raiva crescendo dentro de si e se descobre *assassinando* em vez de rezando —

que a doença pare o coração dele, Ó Senhor!

que um trem em alta velocidade corte em dois lá onde dói, Ó Senhor!

que ele morra em agonia, Ó Senhor!

que ele morra sozinho, Ó Senhor!

que ele morra implorando perdão, Ó Senhor!

então você pensa, calma aí, Carmel, você tá ouvindo a si mesma, mulher?

o que Jesus pregou?

amor ou ódio?

e o que é o amor?

o Amor é Paciente e Gentil! o Amor é Puro e Sagrado! o Amor é Generoso e Incondicional!

o amor não é vingativo ou perverso! Não inveja nem se vangloria! Não é arrogante ou rude!

nos amemos uns aos outros, porque o amor vem de Deus e Deus é Amor e Todo Aquele que Ama a Deus Nasceu de Deus e Conhece a Deus!

quem está sempre aqui?   Ele está!

quem ouve?   Ele ouve!

quem é leal?   Ele é!

quem é bondoso?   Ele é!

muito bem, Carmel, agora sempre que você sentir que tá indo pelo mau caminho, você tem que se controlar e exercer o autocontrole, que é a única maneira de sobreviver a este casamento — para o *resto da vida*, mesmo que você não possa deixar de gritar com aquele desgraçado por trás de qualquer porta que ele escolha bater na sua cara ou você escolha bater na dele

mas espera, Carmel, espera, querida

agora... o que é o perdão?

o perdão é a purificação do coração, você aceita o perdão pelos seus pecados, por suas faltas e falhas, e perdoa os pecados dos outros... como, por exemplo, um certo marido *que ainda não voltou pra cama depois de duas noites...*

respira, senhora, respira, tá passando por um momento difícil hoje à noite, não é?

seu lado bom diz uma coisa, mas seu lado mau continua dominando

não se renda à escuridão, Carmel, seja Repleta de Bondade, seja Repleta de Luz

então... vamos começar de novo

agradeça, Carmel, agradeça por ele de fato voltar pra casa, no mesmo dia, ou no dia seguinte, ou no dia seguinte ao seguinte

pelo menos você ainda tá casada

enquanto isso... continue procurando provas sólidas e objetivas das transgressões dele — na carteira, nos bolsos, cheirando as roupas, escutando as ligações e as conversas, abrindo a correspondência, seguindo ele de vez em quando, e, de modo geral, tentando separar as mentiras da verdade, porque você vai pegar ele desprevenido um dia desses e então o Armagedom vai chover pestilência sobre ele

como se você precisasse de provas? Só há uma razão pro homem não voltar pra casa — é porque ele tá por aí fornicando com alguma bruxa vadia

não precisa de nenhum detetive particular cobrando uma fortuna pra descobrir isso

não precisa de um juiz humano num tribunal humano pra sentenciar ele à danação eterna

alguém mais vai fazer isso quando ele morrer — o Juiz Chefe, o Juiz dos Juízes, o Juiz Altíssimo

mesmo assim... mesmo assim... você tá se deixando de baixo-astral esta noite, *senhora*

você tá se desviando do caminho da virtude, *senhora*
encha seu coração de amor, Carmel
não é que você não ame seu marido
é que com a idade de trinta e seis anos você vem esperando
há vinte que ele te ame

9. A arte de ser um homem
Sábado, 8 de maio de 2010

Na manhã seguinte vagueio através de uma névoa de sono até o patamar e atendo o telefone.

Já adivinho a notícia que ele vai trazer.

Aos soluços, Carmel me diz que o pai dela tá morto. Sinto por ela. Não é preciso amar alguém pra ser solidário. Não importa como seus pais são, nada se iguala à perda deles, seja qual for a idade em que isso aconteça. A única coisa pior deve ser perder um filho.

"Ele não era um homem mau, Barry. Ele só tinha um gênio ruim, só isso. Tenho certeza que ele se sentiu culpado pelo que fez pra mamãe."

É fácil se sentir culpado depois que passa.

"Meu papi tá com os anjos agora."

"Sim, minha querida, ele tá com os anjos agora."

Os decaídos, que estão queimando ao lado dele. Cê vê, Carmel? Seu luto não muda o que ele era, um *narcísico*, mas não vou discutir esse assunto com ela agora.

"Mi sinto uma órfã, Barry."

"Sinto muito, Carmel."

E *sinto*. Por ela.

"Quando é que você chega pro funeral, Barry?" A voz da Carmel está carregada de esperança.

"Você sabe que não suporto funerais."

"Sim, mas no caso é meu papi."

"Sinto muito, Carmel. Sinto muito... mas simplesmente não consigo."

Suspiro.

Clique.

Fico lá por um tempo antes de pôr o fone de volta no gancho e depois me sento na cadeira ao lado do telefone e me recomponho. Reconheço o que estou sentindo. O ciclo do luto; saber da morte de uma pessoa, ainda mais do meu próprio sogro, ressuscita a dor antiga.

Meu pai morreu antes de eu completar dezesseis anos. O exmo. sr. Patmore Walker — filho do exmo. sr. Gideon Walker, filho do exmo. sr. Jesse Walker, filho de Solomon, filho de Caesar, filho de Congo Bob — trabalhou como escrivão no tribunal. Ele foi o primeiro da família a ir pra escola, mas não exatamente primeiro da classe, então não conseguiu a única bolsa de estudos da ilha pra uma universidade britânica, disponível pro meu povo em 1929.

Ele queria ser professor, por isso devia ter começado a própria escola com as crianças sentadas em esteiras. Eu teria aconselhado ele a fazer isso, se ele tivesse vivido o suficiente. Pra encontrar um lugar ao sol na Inglaterra aprendi que, quando a fortaleza ergue as muralhas, você tem que começar a construir o próprio império. Não espere que ninguém te dê nada de mão beijada.

Mas ele era um homem passivo e calmo, exceto no que dizia respeito a ele e à mulher. Minha mãe pode ter sido uma empregada doméstica humilde para os Patterson, mas tinha grandes ambições que o marido nunca soube, com a mente altamente inteligente dela, porém com um trabalho humilde no tribunal. O casamento deles não era um daqueles que causavam incômodo em todos os outros, algo raro nos Ovals, mas eles brigavam mesmo assim, de forma silenciosa e consistente.

Meu pai tava todas as noites pontualmente em casa depois do trabalho; ele não sumia sem explicação, não passava horas num bar de rum, não mentia, não traía, não batia.

O passatempo favorito dele era ler os romances da Agatha Christie que seu amigo por correspondência enviava pra ele da Inglaterra, se transportando pra terra dos britânicos que nos trouxeram até ali, que ainda nos dominavam e que tinham o poder de nos dar, ou não, remédios, educação, emprego, luz, água encanada e, praqueles que pudessem vender algumas vacas pra poder pagar por isso, o direito a uma passagem num navio a vapor abrindo sulcos aquosos até o centro do mundo.

Uma noite meu pai tava se lavando no quintal no enorme barril de água que cabia a mim e ao meu irmão mais velho, Larry, encher até a borda todas as manhãs, carregando da bica dois baldes, cada um deles equilibrado numa haste no ombro.

Eu o ouvi cantando o calipso do Roaring Lion que ele mais gostava, e que a minha mãe odiava, e que por isso ele tava sempre cantando.

"Se você quer ser feliz e viver uma vida majestosa,/nunca tome como esposa uma mulher formosa."

Num instante a minha mãe tava descascando ervilhas nos fundos; o tacho suspenso acima das brasas tava cozinhando algo aromático pra satisfazer o meu apetite adolescente de lobo, enquanto eu tava (distraído) fazendo a lição de casa na minha cama; e o Larry tava na casa da namorada Ellorice — e no instante seguinte meu pai tinha desabado.

O coração dele tinha parado e não pôde ser reanimado pra entrar em ação de novo, independente do quanto nós e nossos vizinhos tentássemos. Foi só quando as costelas dele começaram a estalar que a gente desistiu.

Ele era trinta e três anos mais novo do que sou agora.

Nunca mais ouvi o meu pai cantar. Nunca tive ele pra me guiar pela vida, ainda que isso significasse que também fui poupado do medo da desaprovação, porque nessa época eu e o Morris, a gente já tava nos rala e rola.

Ele morreu num ponto da relação pai-filho em que eu já tava cansado dele me dizer pra me esforçar mais na escola, cansado de carregar o peso das expectativas dele, quando eu ainda nem tinha descoberto o que queria pra mim mesmo. Eu tinha virado um cuzão rabugento e monossilábico.

Naquela altura eu não entendia que, quando sua gente vem do nada, cada geração subsequente deve superar as conquistas dos pais. Meu pai tinha escapado dos campos dos antepassados e queria que eu tivesse letras depois do meu nome e uma carreira digna da minha inteligência. Aprimorar a si mesmo não era brincadeira quando a gente tava só a algumas gerações de distância dos domínios do SS *Empreendimento Comercial* proveniente da África. Em especial quando lá na terrinha, a mudança veio lenta. Os senhores coloniais administravam *as coisa*, e os antiguanos de pele vermelha de "boa" família de St. John's eram os próximos, seguidos pelos peles-vermelhas que não vinham de famílias importantes, mas que tinham a dose necessária e favorável de miscigenação, segundo a alquimia, pra certo grau de sucesso na hierarquia pigmentar da ilha. Por último, vinha a gente, os escurinhos.

É por isso que meu pai tava economizando pra RSVP um sim pro Gabinete Colonial Britânico desde a primeira vez que enviaram convites em alto-relevo e com bordas douradas a todos os cidadãos do Caribe.

Ele sabia que a gente tinha que partir pra seguir em frente. E a gente não era como aqueles jamaicanos camicases fodões carregando o sangue dos guerreiros iorubás e vivendo numa ilha vinte e seis vezes maior que a nossa. Não, siô, e a gente tava isolado uns dos outros em plantações e aldeias remotas. Os jamaicanos tinham cadeias de montanhas enormes pra onde fugir. O que a gente tem? *Montes vulcânicos.*

Como que a gente ia se rebelar? E fazer o quê? Acabar no mar de novo? Cê tá é louco. A gente nem tinha o voto universal até 1951. Durante a maior parte da vida adulta, o meu pai não pôde votar. Como é que isso fez ele se sentir?

Talvez isso me explique pra mim mesmo também. Não gosto de enfrentar o assim chamado "sistema" como aqueles exibicionistas gays que o Morris tanto ama. Gosto de me infiltrar no sistema e me beneficiar dele. O mesmo acontece com meu casamento. Não gosto de ser um excluído.

Sim, sou filho do meu pai.

Se ao menos eu pudesse trazer ele de volta pra gente se reaproximar. Perguntar como ele escapou da maldição da nossa gente e virou um bom marido e bom pai. A maldição que o pai da Carmel carregou a vida inteira — um traidor e espancador de esposas.

Quanto à minha mãe, recebi notícias em 1968, que estava acamada com um câncer que tinha se espalhado por todos os órgãos sem que ela nem sequer percebesse o que era. Essa mulher nunca cedeu a nenhuma doença, porque as pessoas não podiam se dar a esse luxo naquela época. Elas lutavam usando chás, ervas e compressas.

Recebi o telegrama num domingo de manhã bem cedo e junto com o Larry peguei a primeira embarcação pra casa, que só saiu depois de três dias e levou duas semanas pra chegar.

Quando cheguei a Antígua, mi'a mãe tinha partido.

Como do meu pai, não pude me despedir. Até hoje sinto isso lá no fundo e não *c'sigo* falar disso com ninguém — nem com o Morris, nem com a Maxine, nem com ninguém.

Quantas vezes eu disse pra Carmel que não vou a funerais. Ela não me escuta.

O último em que estive foi em 1979, depois que o Larry se matou de tanto fumar e arranjou um encontro antecipado com são Pedro nos portões celestiais. Quarenta Embassy com filtro por dia durante vinte e cinco anos fizeram o serviço. Naquela época a indústria tabagista não dizia que vendia pirulito de câncer. Nem tinha alertas nos pacotes. Os fumantes ficavam viciados em algo que acreditavam que fosse um prazer inofensivo.

Perto do fim, o Larry tinha um quarto na Casa de Saúde St. Joseph, na Mare Street, administrada pelos Anjos de St. Joseph. Ele foi o primeiro de muitos a entrar no que chamamos de Lugar Sem Retorno. O Larry tava inconsciente a maior parte do tempo, mas quando acordava tinha uma paz e aceitação nos olhos dele, como se tivesse se preparado pra grande jornada à frente com a ajuda de uma dose de morfina.

Larrington Emmanuel Walker era mais velho que eu e veio pra Inglaterra antes de mim. Ele começou como coletor de bilhetes e acabou como maquinista na National Rail, com sede na Liverpool Street.

Quando a gente era criança, ele costumava me colocar no guidão da grande bicicleta preta que os Patterson tinham dado pra minha mãe levar pra nós dois e a gente soltava o pedal e disparava na maior velocidade ladeira abaixo. Ninguém se preocupava com a tal da "segurança física" naquela época. Hoje me dá vontade de rir quando vejo crianças andando de bicicleta na calçada de capacete. Elas também são mimadas pra caramba. A infância é se estabacar por aí de vez em quando. Você deve conquistar algumas cicatrizes que vai levar pro resto da vida. Inúmeras vezes eu caí daquela bicicleta. Inúmeras vezes o Larry me pôs de volta nela.

Eu e o Larry éramos mandados inúmeras vezes por dia pras lojas na Temple Street pra comprar comida pras nossas refeições. Pão da Dickie Lake pro café da manhã; farinha pra bolinhos e bacalhau do sr. e da sra. Ho pro almoço; uns trinta gramas de queijo e trinta gramas de manteiga da sra. Connor pro chá da tarde, pra acompanhar as sobras do pão. Quando o Larry arranjou um emprego de garçom num hotel na cidade e apanhava o salário e algumas gorjetas, a gente ia até o porto e saboreava escondido um ou dois golinhos de rum trazido pelos pescadores, acostumando assim o meu paladar inexperiente à única coisa boa que saiu da história da cana-de-açúcar.

Quando fui crescendo, o Larry me ensinou a paquerar as garotas, e eu paquerei, na esperança de que aquilo pudesse me curar.

Ele também foi o primeiro que me ensinou o poder dos segredos e do silêncio, muito antes da catástrofe com a Odette.

Eu e o Morris, a gente tava na minha casa uma tarde, quando tínhamos dezessete anos, a escola tinha terminado mais cedo, e ninguém tava por perto. Chovia forte e tava mormacento, abrasador, as janelas abertas, as palmeiras-de-leque molhadas e pingando lá fora, e a gente tava com tesão o dia todo do jeito que só os adolescentes podem ficar, sentindo que a gente ia *explodir*. Assim que entramos, a gente tava em cima um do outro, enquanto a chuva martelava no telhado de zinco ondulado do bangalô.

O Larry, que devia estar no trabalho, mas por algum motivo não tava, de repente abriu a porta com pressa pra sair da chuva e pegou a gente ali mesmo no chão perto da porta.

Ele estremeceu como se alguém tivesse disparado um tiro de pistola no peito dele, cambaleou pra trás e desapareceu — a moldura de madeira clara da porta com o mosquiteiro rasgado balançando pra frente e pra trás parecia algo saído de um filme de horror lá dos cafundós.

A gente se levantou do chão de madeira, realinhou nossos braços e pernas e devolveu as camisetas e os shorts escolares pros devidos lugares.

O Morris não queria me deixar sozinho, pro caso de algo ruim acontecer quando o Larry voltasse, então ficou comigo enquanto a minha mãe voltava pra casa e preparava o jantar pra gente, perguntando por que nós garotos estávamos tão quietos quando normalmente ela não conseguia fazer a gente calar o bico.

Quando a chuva parou, a gente sentou na varanda e esperou o Larry voltar. Eu me lembro de pensar que podia acabar como o Horace Johnson — que acabou com a própria vida na ponta de uma corda.

O Larry finalmente saiu das sombras, trôpego, o que significava que tava bebendo birita caseira em algum barraco de rum em St. John's. Me preparei pra qualquer que fosse o ataque, que ia ser o começo do fim da vida que eu conhecia.

Mas o Larry só apertou meu ombro ao passar por mim pra entrar.

"Cês dois garotos *chúpidos* são uns maldito sortudo do *caraio* por ter sido eu. Cês tomem cuidado, seus dois *bocó de mola*."

Cinco anos mais velho.

Cem anos mais sábio.

Cheio de generosidade.

O meu irmão era assim.

Tudo isso aconteceu em 1953, um ano depois do *Diário de Anne Frank* chegar a Antígua, e todos os garotos da escola tavam lendo ele. Me lembro de pensar que o Larry era o tipo de homem que ia abrigar pessoas como ela no sótão dele, pessoas sendo perseguidas.

Ele nunca disse uma palavra a respeito disso depois, mesmo que às vezes eu visse ele olhando pra mim e pro Morris como se pressentisse que a gente ainda seguia com tudo aquilo, até no final dos anos 70, em Londres.

De vez em quando, a gente tava sentado sozinho em algum lugar e a nossa conversa se aquietava, e eu sabia que a gente tava pensando nisso, mas nenhum de nós sabia como tocar no assunto.

Dava pra perceber que o Larry não aprovava, não entendia, e eu tinha certeza que ele não gostava, mas aceitava porque eu era o irmão mais novo dele.

Ele era um bom homem, um verdadeiro homem de Deus.

Então... alguns de nós estavam reunidos no quarto na Casa de Saúde St. Joseph, cantando hinos, os filhos gêmeos dele, de dezenove anos, Dudley (estudante de direito) e Eddie (aprendiz de engenheiro de biotecnologia), estavam sentados um de cada lado do meu irmão, segurando as mãos dele, ainda os meninos doces que visitavam a gente nas tardes de domingo. O Larry era um bom pai, cuidando deles sozinho desde menininhos depois que a Ellorice faleceu, mas isso foi um golpe intenso neles, em especial no Melvin, o mais velho, que tinha seis anos a mais que os gêmeos e que se desviou do bom caminho.

De repente a porta se abriu de forma brusca e ninguém menos que o Melvin invadiu o lugar, drogadaço.

"Ouvi dizer que cês tão falando mal de mim, dizendo que não mereço nada do testamento do pai porque sou um viciado inútil", ele gritou pros irmãos. "Quero o que é meu por direito, um terço de tudo, e qualquer um que me encher o saco vai acabar com um gancho no lugar da mão. *Eu garanto.*"

Olhei e vi que o Larry não só tinha aberto os olhos, mas parecia mais alerta do que em dias. Só que o rosto dele tinha se esvaziado de qualquer cor que ainda restava e eu vi que ele ficou de coração partido.

Quando o Melvin percebeu que o Larry tava acordado, ele tinha duas opções: pedir perdão ou sair num rompante.

Infelizmente, ele tava ligadão demais pra agir diferente.

Mais tarde naquele dia, o Larry deixou o corpo com só dois dos filhos a vigiar a passagem do espírito dele.

No funeral, meus três jovens sobrinhos pareciam tão altos e dignos nos ternos pretos novos deles, até mesmo o Melvin. O sol tava iluminando um céu invernal, e todos estavam cantando "How Sweet Thou Art" naquela toada da música lutúrgica que é tão comovente, apesar do fato de que, como de costume, os que cantavam mais alto eram aqueles que nem conseguiam sustentar uma nota. Então, no momento que o caixão do meu irmão tava sendo baixado pra sepultura, o Melvin começou de novo, e todos os três começaram a brigar. Todos os coroas se intrometeram. Segurei os braços do Melvin atrás dele, embora fosse como tentar segurar um touro indomável.

Uma vez restaurada a ordem, o enterro foi retomado.

Assim que os homens começaram a jogar terra sobre o Larry, aquele ponto nos funerais onde até mesmo o osso mais duro de roer chega a quebrar, o Melvin caiu de joelhos e se desesperou.

Foi quando minhas pernas se dobraram.

Meu único irmão estava sendo transportado de barco pelo pantanoso rio Aqueronte, que os antigos gregos chamavam de Rio da Dor.

Eu tava na costa, tombado, agarrando o estômago, cabeça tombada pra trás, uivando.

Isso tá bloqueado na mi'a memória.

Eu não tava de luto só pelo Larry, mas pelos meus pais também, porque não me permiti esse luxo quando eles morreram. O luto por três entes queridos ao mesmo tempo é um acidente grave como um engavetamento numa autoestrada.

Quanto ao Melvin? Nunca se recompôs. Acabou preso no que eu chamo de "porta giratória pra reincidentes" — pro prazer de Sua Majestade.

Vi ele pela última vez no início dos anos 90. O Dudley me disse algumas semanas atrás que um dos fedelhos do Melvin foi morto por uma gangue. Um garoto chamado Jerome, conhecido como JJ, um rapazinho nos seus catorze anos, morava com a mãe, sobrenome Cole-Wilson. A gente não sabia que ele existia e, ao que tudo indica, o Melvin não via o moleque fazia mais de dez anos.

Ele falhou com ele. Sem desculpas. Ele falhou.

O Dudley é um advogado criminal especializado em fraude corporativa. O Eddie dirige a própria empresa de TI, com trezentos e cinquenta funcionários, a maioria deles com base na Índia.

Um de três não é assim tão mau, Larry.

Alguns pais têm estatísticas piores.

Caso cê esteja me ouvindo aí em cima, em algum lugar?

Senhor, eu preciso de verdade falar com o Morris disso tudo.

O telefone toca de novo no momento que estou esquentando o meu mingau matinal no micro-ondas, com água, porque não sobrou leite.

Sei exatamente quem é, o rottweiler da Carmel, a srta. Donna. De fato, não quero atender porque, quando ela terminar comigo, vou ter queimaduras que exigem um transplante de pele na orelha direita. A minha filha é capaz de praguejar como uma vendedora de peixes quando dá na veneta. Só que ela sabe que tô em casa porque a mãe dela acabou de dizer pra ela, e como não gosto de secretárias eletrônicas — desde que um indiscreto "conhecido" dos dias em que eu tava na lista telefônica me procurou e deixou uma mensagem que, felizmente, recebi primeiro —, não tenho escolha a não ser atender.

Nós falamos, ou melhor, ela fala.

Sou *insensível-imprestável-desalmado* e, pro caso de eu não entender a mensagem, *desumano*.

"Estou voando pra Antígua hoje à tarde", ela enfim anuncia, tendo expectorado em cima de mim até não sobrar mais nenhum catarro. "A Maxine não pode, ou melhor, não vai se livrar de um compromisso de trabalho. Alguma ridícula sessão de fotos ou outra coisa qualquer. Cabe a mim representar a família."

Sem comentários. Estou apelando à Quinta Emenda.

"Vou deixar o Daniel na sua casa por volta do meio-dia. Sim, pai, você pode cuidar dele. Ele conseguiu uma semana livre pra estudar pros exames práticos, então não deixa ele sair pra *canto nenhum* ou chamar os amigos aí, certo? Também não vá apresentar meu filho a qualquer bebida alcoólica. Eu mantive ele sóbrio até agora e longe das drogas que todos parecem usar hoje em dia. Sei disso. Garotos de doze anos num programa de desintoxicação. Francamente. E nenhuma garota em casa, de jeito nenhum. Estou contando com você pra se comportar na próxima semana, pra dar o exemplo. Você entendeu?"

Silêncio.

Bem-vindo ao planeta Donna Delirante.

"Eu disse *Você-entendeu?*"

Com quem é que ela pensa que tá falando?

"Estou sendo clara, *Pai?*", ela repete, como um pai dando uma advertência final a uma criança desobediente.

Alles klar, mein Führer.

"Clara como cristal, querida", respondo.

"Ótimo. Acho que é hora de você conhecer seu neto."

* * *

O Daniel ficar aqui? Ih, rapaz. É demais pra mim. (a) O
Morris tá chateado comigo; (b) tô deixando meu covarde interior dominar minha bravura exterior; (c) a Carmel acha que tô
deixando ela na mão (e ela não sabe da missa a metade); (d) a
Donna acha que sou ainda mais perverso do que achava antes; e
(e) agora tenho um, por assim dizer, inquilino adolescente.

O que é que eu vou fazer com ele? A gente não fica sozinho há anos, é verdade. Provavelmente desde que levei ele ao
Zoológico de Chessington quando ele tinha, o quê, doze anos?
Se ao menos o Morris estivesse por perto caso o rapaz se revele
pouco comunicativo. O Morris tem esse jeito socialmente *hábil*
de envolver outras pessoas num bate-papo sem sentido, que pode
ser útil às vezes.

Não sou de entrar em pânico, mas a primeira coisa que faço
é começar a recolher as inúmeras caixas, garrafas e embalagens
vazias deixadas nas várias superfícies da cozinha. (Como foram
parar lá?)

Assim que abro a lixeira, o cheiro de comida em decomposição quase me derruba. Na verdade, tenho notado que a cozinha tá meio que cheirando a mijo rançoso. Agora eu sei o porquê.

Em seguida levo o saco pra frente da casa pra jogar nas latas
de lixo sobre rodas: uma preta, uma verde. Acredito que uma é
pra essa baboseira "liberaloide" de reciclagem e a outra é pra lixo
em geral — mas, como a Carmel não se preocupou em me dizer qual é qual, ponho tudo na verde.

De volta à cozinha, decido lavar as louças empilhadas na
pia, embora como exatamente se remove a comida que formou
uma crosta no prato sem recorrer a um martelo e a um cinzel
esteja além da minha compreensão. Remover manchas de chá e
café das xícaras também está distante da minha área específica

de conhecimento doméstico. As manchas parecem entranhadas de tal forma que nem um monte de esfregadas com esponja consegue tirar. A Carmel deve ter um procedimento de limpeza especial que herdou da mãe. As mulheres têm essas habilidades que passam de geração em geração, como ritos secretos, tal como dar à luz filhos e causar dor aos homens.

Olho com perplexidade pra máquina de lavar louça que a Carmel comprou em 1998, mas, considerando que ela nunca se preocupou em me mostrar como manejar, não serve pra porcaria nenhuma, né?

Meu estômago me diz que ainda não tô cheio, então aqueço o mingau de novo no micro-ondas e, quando tá pronto, tento comer o que parece ser vômito solidificado ou uma cola pegajosa. Vou buscar a jarra de café pro meu desjejum e vejo que tá vazia, mas por sorte diviso uma xícara de café meio cheia de alguns dias atrás escondida detrás da chaleira só esperando pra ser descoberta neste momento muito oportuno. Como não tem bolor, enfio no micro-ondas.

Tenho que dizer, o gosto não é tão ruim.

Certo, o Barrington vai ter que fazer uma expedição até o Sainsbury's pra estocar provisões pra um jovem em crescimento, porque os armários da Mamãe Ganso estão vazios. Não lembro a última vez que perambulei pelos corredores imaculados de um supermercado pra uma compra grande. Talvez dez anos atrás? Será que não foi nos anos 90, ou mesmo nos anos 80? Pra ser bem sincero, tenho alergia a supermercado. Eles são pras *mulheres*. Elas amam, falam deles e até se vestem bem pra ir. A Carmel sempre faz questão de colocar a segunda melhor peruca quando vai às compras. Uma vez ela foi até a Waitrose em Stamford Hill, mas voltou reclamando de como todo mundo olhava pra ela de nariz empinado porque ela não tava vestida pra ir a um chá no Palácio de Buckingham.

Mas agora é o Sainsbury's. A Carmel dá uma passada semanal na sexta-feira de manhã pra evitar as aglomerações do fim de semana e pega um táxi pra casa porque não dirige. Diz que não dirige por minha causa, porque eu disse anos atrás que ela nunca ia conseguir por não saber diferenciar a esquerda da direita, o que ela ainda não sabe. As mulheres funcionam diferente dos homens. Ah, sim, elas são capazes de forjar uma atuação comovente quando querem, mas não são muito boas quando se trata de questões práticas. Ela geralmente volta do Sainsbury's com seis caixas de chocolate dizendo que é uma oferta de três pelo preço de dois e que portanto tá economizando e não gastando. Faço que sim. Quantas vezes ela esticava o elástico da cintura da calça de náilon e culpava o metabolismo ou um problema de tireoide? Esses chocolates são escoltados sob a vigilância armada dela até a sala de estar, onde ela os esconde. Ela acaba com o montão todo durante a semana enquanto ouve Jim Reeves.

Elaboro metodicamente uma lista de compras abrangente pro meu iminente "convidado".

1. Rum (pro Daniel conhecer as tradições culturais dele)
2. Uísque (tô ficando sem)
3. Água com gás, coca e água tônica (pra preparar as biritas)
4. Amendoim salgado e castanha-de-caju (pra acompanhar as biritas)
5. Café Maxwell House × 2 (planos futuros)
6. Bolos (crianças gostam)
7. Chocolates Curly Wurly (minhas meninas adoravam)
8. Múltiplas embalagens gigantes de batata frita (marca Walker, é claro!)
9. Cereal Coco Pops (o café da manhã dele)
10. Achocolatado pronto pra beber (pra hora dele ir dormir)
11. Biscoitos sortidos (lanches)

12. Rosquinhas com recheio de geleia (pra mim, ele que fique longe delas)
13. Leite (proteína essencial pros ossos em crescimento)
14. Um bom pão branco fatiado (nada dessa enganação esnobe de *farinha integral*)
15. Suco de laranja (vitamina C — um item da dieta saudável)
16. Pizza congelada × 7 (carboidratos, proteínas, vários itens da dieta saudável.)
17. Feijão cozido enlatado (Suprimentos de Emergência n$^{\circ}$ 1)
18. Espaguete à bolonhesa enlatado (Suprimentos de Emergência n$^{\circ}$ 2)
19. Sopa de tomate enlatada (Suprimentos de Emergência n$^{\circ}$ 3 & outro da dieta saudável)
20. Groselha Ribena (vitaminas — último item da dieta saudável)
21. Guinness (pra fortalecer o sangue)

Dirijo até o hangar de aeronaves disfarçado de supermercado e vagueio pelo labirinto de corredores lutando contra aquela música soporífica que tentava me manipular pra um transe hipnótico de gastos excessivos.

Ih, rapaz, não consigo acreditar nos meus olhos porque o lugar tá atulhado com tantas variedades de todos os tipos de comida e bebida que é muito confuso. Conto trinta e duas marcas, tipos e tamanhos diferentes de pizzas congeladas e quinze tipos das supostas pizzas frescas. Sem brincadeira. Dez latas e pacotes diferentes de sopa de tomate. Biscoitos? Duas fileiras, centenas de variedades. Fico tonto tentando adivinhar do que é que o Daniel ia gostar e do que não ia. Como ele gosta do leite dele, *par exemple*? Leite integral, integral com nata, integral sem nata, desnatado, semidesnatado, sem teor de gordura, orgânico? Leite de aveia? Leite de amêndoa? Jesus, quando foi que o povo ficou tão cheio de frescura?

Passo pelo menos noventa minutos zanzando pelo labirinto e quando chego em casa tô totalmente pronto pra minha sesta. Mas não é pra ser. Assim que guardo tudo, a campainha toca.

O Daniel tá na porta, de jeans e uma camiseta preta com PUMA escrito em dourado. Ele tá lá, mais alto que no domingo passado. Deve ter crescido uns dois centímetros pelo menos. Sinto também um cheiro penetrante de loção pós-barba, tá fingindo que tá se barbeando mesmo com as bochechas de bebê dizendo que não. Vejo a Donna espiando do carro pra ter certeza que vou abrir a porta, mas ela sai dirigindo sem nem mesmo um aceno de olá-adeus-e-(a-propósito)-eu-te-odeio.

Uma semana inteira com o Daniel? Só eu e ele? Uma semana inteira cheia de constrangimento? Ou talvez essa seja a última chance que tenho da gente voltar a se conhecer antes que eu chateie tanto a mãe e a avó dele que elas joguem o garoto contra mim e proíbam ele de voltar a ver o avô malvado.

"Olá, vozão", diz ele, todo sorrisos e mostrando os dentes Walker fortes e masculinos de anúncio de creme dental. Ele entra, e os ombros largos Walker estão carregados de sacolas esportivas.

"Olá, Danny", respondo, todo sorrisos também, dando tapinhas com força nas costas dele, naquela versão viril de abraço que na verdade é uma afirmação de força masculina.

Noto a pilha de sapatos e roupas perto da porta da frente e chuto tudo pro lado disfarçadamente, mas, Senhor, ele é esperto.

"Esta é a vida de solteiro, vozão?", ele diz no inglês correto dele. Noto que ele tem minha risada, um tanto temperada com escárnio. É curioso como as coisas são transmitidas, por fim chega o dia em que você percebe que todos nós nos transformamos uns nos outros. A voz dele é mais grave do que eu pensava, um barítono elegante. "A mamãe disse que você ia transformar este

lugar num lixão em uma semana", ele diz, erguendo a sobrancelha, atônito de uma maneira muito sarcástica pra idade dele.

Não se reprima, garoto...

"Sério?", respondo, emanando um brilhozinho travesso de
avô. "E o que mais a minha adorável filha disse a meu respeito?"

Ele me lança um olhar que diz, *acho que você não quer
mesmo saber, não é?*

"Vou te dizer o que vamos fazer. Você sobe e deixa as suas
coisas, e depois a gente pode bater um papinho sobre as afirma-
ções caluniosas que estão sendo ditas de pessoas inocentes. Qual
quarto você quer? Da sua mãe ou da sua tia?"

"Aff, da mamãe não. Vou ter pesadelos."

Posso ver que a gente vai criar vínculos.

"Tá, vou pôr a chaleira no fogo, ou você prefere algo um
pouco mais forte?"

"Vozão, são só, tipo, onze e meia da *manhã.*"

Só Deus sabe por que acabei de convidar meu neto pra um
pileque antes do almoço. Devem ser os nervos. No entanto, é
um fato comprovado que a bebida quebra barreiras. Um ou dois
drinques não vão fazer mal ao rapaz.

"Cê tá certo, rapazinho. Talvez não tenha tomado café da
manhã ainda? Não pode beber de estômago vazio. Comprei uns
Coco Pops pra você."

Ele me dá um olhar engraçado que não consigo *descons-
truir* e sobe a escada, saltando vários degraus com as pernas longas e elásticas.

Quando ele trotou de volta, eu já tava com o bar organizado.

Uma garrafa de uísque Chivas Regal, de Captain Morgan,
de English Harbour, um rum envelhecido de três anos, Bacardi
Gold. Glengoyne, Jack Daniel's, Wild Turkey, *mixers,* balde de
gelo, copo pra destilados de cristal lapidado.

"Bem-vindo ao bar do Barry", anuncio, esfregando as mãos,

enquanto ele salta pra cozinha todo velocista-em-alta-voltagem-
-na-saída-do-bloco-de-partida.

"Não tenho certeza se devo", ele diz, hesitante, assustado
com aquela exibição festiva na mesa, com a garganta já apertada
diante de toda aquela tentação de dar água na boca. "Uau, a mamãe ia ficar furiosa."

"Cê tem razão. Talvez seja melhor você ficar na groselha."

Isso faz a mágica acontecer.

"Me vê um copo de Wild Turkey por caus' que eu é um
broto rústico", diz, imitando o que ele pensa ser o meu sotaque,
mas soando como um jamaicano. Pega a garrafa e lê o rótulo, dizendo, "E vô querê co gelo, vovozão".

"O quê? Cê tá tirando sarro do seu avô, é isso?"

"Não, de jeito nenhum", ele sorri, voltando pro seu inglês
britânico perfeito. "Eu gostaria de poder falar patoá como você,
mas a mamãe proibiu. Ela ficava muito irritada quando eu voltava daqui falando como você."

Estou descobrindo uma coisa a respeito do meu neto —
ele sabe falar. A Donna tá certa. Nossos filhos se confundem e
misturam o inglês padrão com o patoá e o *cockney* sem perceber
a diferença quando a diferença importa, como numa prova ou
numa entrevista de emprego.

"Danny, deixa eu te dizer uma coisa."

Ele teve um tipo de educação e agora precisa de outro.

"Falar uma língua não impede a excelência em outra. Mas
você tem que tratar o patoá como uma língua separada e pular pra
ela quando for socialmente aceitável. Posso falar o inglês correto
quando tenho vontade. Mas na maior parte das vezes eu só falo
minhas próprias coisas. Não temais vós, porém, conheço a minha
sintaxe da minha semiótica, meus homógrafos dos meus homófo-
nos, e nem me faça falar dos meus particípios oscilantes."

Me contenho bem a tempo de não ficar inconveniente. É com o Daniel que tô falando aqui e agora, não com o Morris.

"Uau, sério?" Os olhos dele tão arregalados, impressionados.

"Ah, sim, na minha terra eu ia levar uns tabefes na escola se não soubesse minha gramática."

"Também sei minha gramática, mas estamos em minoria, vozão. Você devia ver como as pessoas escrevem no Facebook, quase analfabetos e com uma *notória* utilização abusiva de maiúsculas, apóstrofos e pontos-finais."

"Isso mesmo", concordo. "O ponto-final centenário, mundialmente conhecido, existe por uma razão, e é tudo uma questão de *sentido*."

Não consigo acreditar que a gente tá realmente tendo uma conversa bilateral entusiasmada a respeito de gramática.

"A propósito, o que é essa coisa de Facebook que tá espalhada por todo lugar? É parte daquela bobagem de rede de contatos de negócios ou um daqueles grupos de leitura de livros?"

Ele me lança aquele olhar torto de "dã" com os olhos estreitos que os jovens fazem hoje em dia, então disparo um olhar de "dã" exagerado de volta, e ele ri. "Faz parte das redes sociais na internet. Vou mostrar a você um dia desses." Ele faz uma pausa antes de acrescentar, "Você *já* ouviu falar de internet, certo?".

"Cê não se preocupe, pode me deixar de fora de toda essas inovação-sensação sem sentido. Sei ligar um computador e escrever umas cartas. É o suficiente."

"Você está ficando para trás, vozão. A internet carrega o mundo para a sua sala de estar."

"Não quero que o mundo todo faça barulho no meu quintal, Danny. Já tenho encrenqueiros suficientes na minha vida. O homem sobreviveu algumas centenas de milhares de anos sem internet até agora, até onde eu sei."

Entrego a ele um copo de uísque, lembrando que não muito tempo atrás teria sido um copo de leite.

"Prefiro o Courvoisier", diz ele. "É o veneno da minha preferência, vozão."

Da minha preferência...

"Algum outro segredo que cê tá escondendo da sua mãe? Você sabe que ela pensa que você é totalmente abstemizado?"

"E *você* acha que eu como Coco Pops."

Senhor, o Daniel é uma bicha arrogante. Este é o mesmo menino que vinha correndo, gritando de alegria, pros meus braços quando me visitava, que segurava minha mão em todos os lugares que a gente ia, que acreditava em cada coisa que eu dizia pra ele?

"O que eu quis dizer", ele diz, limpando a garganta, parecendo um pouco envergonhado, "é que não sou o garotinho que você costumava levar para os balanços do parque."

"Nesse caso, vamos falar de homem pra homem", digo, fazendo a vontade dele enquanto me sirvo de um Wild Turkey, e pra mostrar quem é o homem de verdade, eu jogo duro — puro e virado num gole só. "E você não precisa fazer nenhuma cerimônia comigo", acrescento, de forma bastante redundante, porque até agora ele não tá exatamente se forçando pra ser respeitoso. "Quero que cê seja você mesmo pra gente poder se conhecer. Então vamos direto ao assunto, né? O que sua mãe tem falado de mim?"

Assumo meu lugar de direito no trono enquanto ele se vira na cadeira pra me encarar na luz da manhã da janela da cozinha atrás de mim. Não consigo identificar quais partes dele parecem comigo. Ele é um garoto bonito, acho, o que é um bom começo, tem meus olhos inteligentes e sobrancelhas grossas e escuras seguindo a tradição de todos os homens Walker. As pessoas subestimam as sobrancelhas, elas podem destruir ou arrematar um rosto. Mesmo sob o brilho implacável da luz do dia ele tem a pele imaculada, sem amarguras ou perturbações de uma vida inteira de decepção e ressentimento se imiscuindo nas feições. No entanto, não consigo olhar pros jovens hoje em dia sem imaginar eles ao longo da linha da vida. Que tipo de pessoa meu neto vai se tornar?

"Você quer mesmo saber?", ele pergunta, como se a Donna estivesse metendo o malho em mim.

"O que ela tá dizendo? O que a minha querida filha anda dizendo?"

Ele adota uma expressão pensativa, como se eu tivesse pedido pra ele explicar como o universo foi criado e ele estivesse tentando achar as palavras certas. Em seguida bebe um pouco de uísque e agita aquilo na boca de forma um tanto exagerada, como se estivesse tomando uma bebida após o jantar num clube de cavalheiros ingleses por volta de 1920.

Não se apresse, rapazinho...

"Ela não te odeia. Ela se odeia e transfere isso para os outros", ele finalmente declara com a suprema confiança dos jovens.

"Cê sabe como eles chamam isso?", interrompo. "Projeção freudiana. É..."

"Sim, claro. Eu conheço", ele retruca como um político confiante sendo entrevistado pelo Jeremy Paxman. "Estudei para o meu certificado de psicologia do ensino médio. É um mecanismo de defesa psicológico pelo qual alguém nega seus próprios atributos, pensamentos e emoções de forma inconsciente, que são então projetados em outros, como um alvo alternativo conveniente."

Eu já fui um sabe-tudo tão presunçoso? O único problema é que parece que ele tá recitando de um livro didático.

"A mamãe é um caso clássico. Não importa do que ela acuse alguém, ela mesma está implicada. Veja você: *egocêntrico, irrac...*"

Ele se detém, mas não a tempo. É isso que ele pensa de mim também?

"Como eu... disse", ele acrescenta, me examinando com tanta atenção que me sinto *microscopado*. A maioria dos jovens não examina os adultos dessa forma. Eles estão muito ocupados olhando pra dentro.

"Não tem a ver com *você*; tem a ver com ela. Na maioria das vezes ela acha que você é um velhaco adorável. Ela realmente acha... *realmente*."

Ele pode ser um espertinho, mas, sim, consegue ser um espertinho sensível.

"De fato, vozão. Viver com a mamãe é viver num manicômio. A tia Maxine também é maluca, mas de um jeito criativo, o que é permitido. Já a mamãe é uma maluca sem a criatividade. Não diagnosticada oficialmente, mas é mera questão de tempo..."

Ele toma outro gole e faz caretas com jeito de quem desgostou.

"Por que cê acha que ela tá maluca?" Percebo que na verdade não faço a mínima ideia do que se passa na cabeça desse garoto, absolutamente.

Me sirvo de uma segunda dose de tamanho considerável.

"Você não ia acreditar." Ele balança o copo pro mordomo Jeeves reabastecer. "No que eu tenho que aturar. Pra começar, ela tem um altar pra si mesma no quarto dela com velas, incenso, fotos e notas rabiscadas dizendo o quanto ela se ama! Quão lunático é isso? E mesmo que ela vá à terapia toda semana desde sempre, isso não a cura. Ela ainda culpa o papai por tudo, quando sei que ela foi uma babaca com ele e o forçou a ir embora."

"Ei, esperaí, é minha filha que cê tá chamando de babaca."

"E a *minha* mãe."

(Bom, pelo menos eu tentei...)

"Me diz, como cê sabe o que aconteceu quando ele foi embora antes de você nascer?"

"Ele me disse."

"Quer dizer que você vê seu pai? Você vê o Frankie?"

"Não, me comunico telepaticamente com ele."

Ele se detém mais uma vez, provavelmente porque meu rosto tá mostrando o que minha boca não tá dizendo: que ele precisa de um bom tabefe na cabeça.

"O que quero dizer é... Achei ele no Facebook quando tinha treze anos. Consigo falar com ele de boa, sabe? A gente se entende. Ele teve uma vida muito difícil, mas agora arranjou um emprego fazendo alguma coisa com reciclagem para o município de Haringey."

Eufemismo pra lixeiro...

"Cê tá me dizendo que tá se encontrando com o Frankie há três anos?"

"Quatro", ele responde, balançando a cabeça como se eu fosse um caso perdido. "Vou fazer *dezoito* anos."

Dezoito? O tempo tá passando mais rápido do que eu pensava.

"Sua mãe não sabe do Frankie, certo?"

"Ela ia ficar ainda mais desequilibrada."

Como posso dizer pra ele que, na noite em que ele nasceu, eu tava fazendo buscas por toda Londres tentando encontrar o Frankie, que era o namorado 'guinorante da Donna que vivia com ela? Quando encontrei, ele tava numa festa na casa do irmão e disse que tava muito ocupado pra ir até o hospital pra presenciar o nascimento do filho. A desculpa dele quando eu pressionei? Ele não conseguia lidar "com o lance de ser pai".

A Donna sabia que ele era problemático, mas, como ela confidenciou pra Carmel, "não conseguia deixar de amar ele".

Aquele homem deve ter um pau de proporções e atributos sobrenaturais pra ter reduzido minha filha fodona de trinta e poucos anos a uma adolescente trêmula e suspirante.

Foi só quando ela soube que ele tinha tido outro filho três meses antes do Daniel nascer que ela ameaçou chutá-lo pra fora, e como resultado ele distribuiu chutes, literalmente, mesmo ali à vista do bebê. A Donna acabou no Hospital Hackney com a mandíbula quebrada e as costelas fraturadas. Eu e o Morris fizemos uma visita ao Frankie que ele nunca vai esquecer e que ela nunca vai saber, a menos que ele queira outra batida na porta à meia-noite.

"Posso tomar mais um?" O Daniel tá outra vez me acenando com o copo.

"Aqui, já tá na hora de experimentar um pouco de rum. É sua herança cultural."

"Vozão, eu *já* bebi rum antes, sabe?"

Passo a bebida pra ele.

"É melhor eu ter cuidado ou vou acabar como a mamãe, uma bebum total."

"A Donna não é uma grande bebedora, Danny."

"Você está brincando comigo, né? Ela bebe como se fosse suco de laranja e então tem a coragem de me dizer que não tenho permissão para beber. Que loucura é essa? Depois passa horas bêbada no telefone com as amigas, choramingando e falando do quanto está solitária porque ninguém está interessado nela."

A Donna solitária? Nunca pensei que ela fosse solitária.

"Cê não parece sentir muita afeição pela Donna", digo pra ele. "É difícil ser mãe solteira."

"Como vou sentir afeição? Ela diz que quer se casar com um homem bom e respeitável, mas olha o que ela faz: publica uma foto muito antiga dela nesses sites de namoro, finge que tem trinta e cinco em vez de cinquenta e ainda se pergunta por que os encontros vão por água abaixo depois do primeiro drinque. O que é que ela imaginava? Eles não estavam esperando uma mulher que podia ser *mãe* deles? Ela até me pediu pra ir a um encontro com ela e, acredite, eu estava prestes a ligar para o serviço social quando ela disse que ver um filme ou comer fora era um 'momento especial' entre nós. Ela disse que os pais iam a encontros com os filhos hoje em dia. Primeira vez que ouço isso.

"Agora saca essa. Digamos que ela me pergunte como estou e eu responda 'bem', ou ela me pergunte se tenho algum dever de casa para fazer e eu responda 'sim'. Quando dou por mim, ela perdeu a paciência e grita que se não fosse por ela eu não teria nascido. Sim, ela realmente disse isso. Ou ela compra um daqueles livros de receitas de celebridades, mas nem abre. Fui criado comendo porcarias, o que deve ser classificado como uma forma de abuso infantil. Ela não consegue lavar uma alface debaixo de uma torneira, tem que comprar já lavada. Aprendi a cozinhar sozinho. Você ficaria orgulhoso de mim. Eu só iria consumir alimentos orgânicos se tivesse dinheiro para isso. Vou cozinhar para você esta semana, você vai ver."

O Daniel acena o copo vazio pra mim pela quarta vez. "Há mais de onde isso veio?"

Aceno pra ele passar o copo pra mim. Ele desliza o copo que acaba se espatifando nos ladrilhos da cozinha.

Danny, quero dizer a ele, ao contrário de vocês, adolescentes perfeitos, nós adultos podemos ser bobalhões contraditórios. A gente só faz merda. Desculpe cair do Pedestal da Perfeição, filho, mas tudo o que a gente tá tentando fazer é impedir você de fazer merda também.

No entanto, sinto pena da Donna. Nunca me passou pela cabeça que ela era uma bebum solitária. Sinto muito pela Maxine também. É impossível chegar aos quarenta solteira sem querer ser solteira e não sentir isso.

Sinto muito pelo pai delas também, que está aprisionado no casamento mais *sui infeliz* do mundo.

Quem sozinho sofre mais sofre em pensamento.

É hora de redirecionar a conversa.

"Ouvi dizer que essa semana cê precisa fazer uma revisão pras provas, certo? Como você tá lidando com tudo isso?"

"Tranquilo. Estou revisando há meses sem o conhecimento *dela*."

Todas as conversas do Daniel levam de volta pra mãe dele, da mesma forma que todas as conversas da Maxine levam de volta pra si mesma.

O Daniel dá batidinhas no crânio com os nós dos dedos. "Os dados estão todos alojados neste meu disco rígido. Não estou deixando nada para a sorte. Depois de Oxford, estou de olho em Harvard. Um diploma não é suficiente hoje em dia, mas há muita competição pela frente, vozão. Apenas um sujeito pode ser o primeiro premiê negro da Grã-Bretanha. Estou correndo contra o tempo."

Ele tem muito tempo pra se sair bem nisso. É uma pena que só quando tem praticamente um século inteiro atrás de você que você consegue compreender esse fato.

"O sr. Lowry, o diretor dos dois últimos anos do ensino médio, diz que sou a 'estrela brilhante' da escola. Ele também disse no ano passado que eu tinha pernas bonitas quando passou por mim no corredor a caminho do jogo de rúgbi."

Ele emite um sopro ridículo e passa a mão na cabeça aparada.

"Como ele próprio foi para Oxford e é amigo da metade dos catedráticos de lá, avalia que já estou com o pé lá dentro. É o jogo, vozão. A questão é sempre *quem* você conhece, não o que você conhece. Li sobre isso."

Se ao menos a vida fosse tão simples. Aquela universidade só tem um punhado das nossas crianças britânicas negras entre cerca de vinte mil. Tenho lido sobre *isso*, Danny. Ele tem a vantagem de agir exatamente como eles, então talvez vá conseguir passar pela entrevista quando os preconceitos ocultos entrarem em cena. O Daniel vai ser a exceção. Da mesma forma que o Obama provou que todos estavam errados.

"Danny", digo, quebrando minha regra tácita de não dar conselhos a ninguém com menos de vinte e cinco anos, porque eles se sentem insultados quando você ousa insinuar que eles não sabem tudo, "o verdadeiro teste de sucesso é como administrar o fracasso. Cê tem que tá preparado pra improvisar."

"Tenho muita experiência em improvisar quando os meus planos vão para o espaço. Tipo, você acha que quando estava no útero, planejando o futuro, eu sabia que ia nascer de uma maluca?"

Talvez o garoto tenha senso de humor, afinal. Eu tava me perguntando...

Talvez ele também tenha razão em ser arrogante. A gente precisa de mais autoconfiança. Já vi como a gente desiste das ambições e depois reclama que não consegue se dar bem. Eu me convenci a comprar aquelas propriedades, da mesma forma que podia ter me convencido a não fazer isso.

"Cê tá pronto prum rango?"

A pizza tem que ser uma aposta segura, não é? Todas as crianças, até mesmo adultinhos de dezessete anos, gostam de pizza, não gostam?

"Comprei pizza."

"É, a mamãe disse que ia ser lixo. Entende o que quero dizer a respeito dela?"

Não suponha que ele goste de Curly Wurlys ou beba chocolate quente também. O que diabos eu sei?

"Que tal feijão com torrada, então?"

Com feijão e torrada não tem erro.

"Pão integral ou branco?"

"Branco."

"Integral é melhor, mas que se dane, tenho certeza que o feijão também não é sem açúcar."

Quem já ouviu falar de feijão cozido sem açúcar? Esse garoto é tão ridículo quanto a tia dele.

Começo a cozinhar e caímos numa quietude relaxada e embriagada.

"Gosto de estar aqui, vozão", o Daniel diz meio sonolento, sorrindo de um jeito fofo como costumava fazer antes de se tornar um cabeçudo-sabe-tudo-presunçoso.

"Onde está seu comparsa?", ele pergunta, enquanto ponho uma colherada de feijão na torrada dele.

"Acho que você quer dizer o *tio* Morris? Está ocupado agora." Meu tom sinaliza o fim deste *tópico* específico.

"Arrá, então vocês tiveram uma briguinha de namorados?", ele diz, com um sorrisinho.

De onde diabos veio *isso*?

"Que conversa é essa?", respondo, soando mais ríspido do que pretendia.

"É uma brincadeira da mamãe. Ela diz que você e o Morris deviam ter se casado, porque são inseparáveis."

Como que devo responder a isso, hein?

Danny, deixa eu te contar uma coisa que cê não sabe. Eu e o tio Morris namoramos desde que a gente era mais jovem do que você agora. E agora, o que me diz disso?

Se alguma coisa vai deixá-lo sem palavras vai ser isso, certo?

Naquela noite me sento na cama pensando em como aqueles intelectuais da Grécia Antiga surgiram com quatro categorias de amor: *ágape* é o amor incondicional; *eros*, íntimo; *philia*, fraterno; e *storge*, uma afeição familiar profunda. Eliminando *eros* e *philia*, eu estava sentindo um amor familiar incondicional por meu neto? Mesmo assim, como você pode distinguir entre uma *obrigação* de amar e a coisa de verdade? Não tenho nem certeza se gosto dele. Estou simplesmente sentindo uma afeição residual pela memória do neto adorável que parece ter se transformado num idiota um tanto arrogante?

Senhor, onde está aquele *cuzão*, aquele Antônio d'*O mercador de Veneza*, quando preciso dele? A minha vida inteira fui capaz de debater questões com o sr. Mário Atrás do Armário, e não há nada como alguém discordando de tudo o que você diz como forma de tornar mais claras as suas próprias opiniões. Preciso falar com ele a respeito da Carmel, do Daniel, da minha conversa com a Donna, da agitação interior que estou sentindo.

Morris, seu peido velho barulhento, considerando que você em geral é telepático, por que não aceita que tava todo errado e me liga agora, no meio da noite, e ajuda a organizar meus pensamentos?

10. A arte de se perder
Sábado, 15 de maio de 2010

O Príncipe da Sofisticação geralmente cambaleia todo grogue cozinha adentro cerca de quatro horas depois de eu ter me levantado. Como qualquer pessoa com mais de cinquenta anos sabe, quanto mais você vive, menos precisa de sono. No estado desorientado em que se encontra, até faço ele comer Coco Pops no café da manhã, uma vitória que gera uma sucessão de sorrisinhos maliciosos de avô, *internalizados*.

Ele passa o dia em revisões na sagrada Sala de Estar da Carmel, onde não há televisão pra distrair e nenhum avô querendo se infiltrar pra assistir.

Já se passou uma semana desde que fui nomeado tutor *de facto* dele, e ele tá lá faz mais de quatro horas sem uma pausa pra fazer xixi, nem mesmo perdendo tempo no celular, porque ele o deixa no quarto todos os dias. Eu sei. Eu verifico. Deus sabe o que eu ia ter virado com a autodisciplina dele. Nessa idade, tudo o que eu queria fazer é dar uns amassos no meu Valentino antiguano, que tinha toda a minha atenção quando tava comigo e toda a minha atenção quando não tava. Sim, é verdade, tive a chance de estourar as bolas de tanto estudar, mas em vez disso tava mais preocupado em esvaziar elas.

Vou lá fora e estico os braços para o céu. Consigo sentir todos os nós estalando nas minhas articulações, mas, quando tento me inclinar, mal consigo alcançar as coxas. Tento rodar os ombros, mas eles não giram. Sou o mesmo cara que fazia piruetas e acrobacias com o Morris na praia sem nenhum motivo específico?

Sento nos degraus da frente pra pegar o finalzinho do sol da primavera, plenamente consciente do fato de que a Carmel não ia aprovar.

"Por que cê tá agindo como se não tivesse um quintal de dezoito metros?"

"E por que *cê* tá agindo como se não tivesse crescido numa cultura comunitária onde todos se sentavam na frente de casa, fizesse chuva ou sol?"

Aquela mulher sabe se comportar de uma forma muito inglesa quando quer.

Em todo caso, eu devia tentar desfrutar da tranquilidade antes da tempestade (de resíduos fecais). Mas de que jeito? Do meu ponto de vista, tenho três opções. Manter o *status quo*? Me divorciar da Carmel e ir morar sozinho? Me divorciar da Carmel e ir morar com o Morris?

Sim, sou um gatinho assustado, Morris. A ideia de dizer pra Carmel que estou levando ela numa jornada rumo a uma *sentença-totalmente-sem-volta* pra ela... É só quando você tá prestes a entrar numa Zona de Conflito que percebe quanto tá entrincheirado na chamada Zona de Conforto.

Coloco as mangas a meio mastro, solto os suspensórios e desabotoo a camisa, discretamente, já que tenho uma ou duas ervas daninhas cinzentas brotando ali nesses últimos dias.

Então desfruto de um dos maiores destruidores de estresse conhecidos pela humanidade, um Montecristo Habana enrolado à mão que veio direto de Cuba num navio a vapor.

Noto que minhas mãos estão ressecadas e percebo que não as hidratei com creme intensivo hoje de manhã. Cê tá se descuidando, Barry. É o que acontece quando todo mundo complica a sua vida, incluindo a esposa *e* o amante.

Sei que eu devia ligar, mas tenho o Daniel sob minha supervisão, certo?

Por fim, decido perguntar ao rapazote o que ele quer comer hoje à noite, além de oferecer um pouco de chá, biscoitos e, ao mesmo tempo, um intervalo no meio da tarde. Chá PG pra mim e chá orgânico de economia sustentável Earl Grey pra ele (não tem cabimento), o que me forçou a quebrar meu boicote à loja de alimentos naturais, uma vez que não ia me dar ao trabalho de ir até o Sainsbury's.

Bato na porta e o Daniel reclama que tá com dor de cabeça há horas. Digo pra ele que precisa pegar leve com toda essa estudificação, busco uma aspirina e um copo de água e levo a bandeja contendo os nossos respectivos chás e biscoitos de gengibre artisticamente dispostos num prato, tudo refinado e civilizado.

Ele diz que vai falar comigo num minuto pois tá quase terminando.

Fico olhando pra ele com a calça cáqui esverdeada e a camiseta cinza salpicada com as palavras DÚVIDA RAZOÁVEL em letra gótica preta, todo esparramado no sofá de couro branco da Carmel (ainda coberto com a capa de plástico quarenta anos depois que ela comprou...), com os livros e o laptop e uma perna dobrada debaixo da outra.

Como diabos você se senta na própria perna e não sente ela romper?

Enquanto minha vista vagueia pela sala, percebo que não a vejo direito há anos. Móveis, decoração, esposa — depois de algumas décadas você pode olhar, mas não vê o que tá olhando, certo?

Não sei como ela aguenta ficar numa sala cheia das mesmas quinquilharias que selaram a reputação da patroa como Madame Arrivista nos anos 60. Eu podia escrever um ensaio em estudos culturais a respeito *desse* fenômeno específico: "Saídas de casas com pouca mobília, as mulheres antilhanas ficaram deslumbradas com a verdadeira cornucópia de bugigangas coloridas à venda na Terra da Esperança e dos Ornamentos Acessíveis". *Fácil.*

Encaro os discos laranja concêntricos, psicodélicos e positivamente alucinógenos disfarçados de papel de parede e percebo que ninguém mais precisa se preocupar com o LSD. Não é de admirar que o Daniel ficou com dor de cabeça. Eu devia enfileirar os drogados locais e cobrar deles pra olhar pra essa parede.

Sobrepostas às tais paredes estão reproduções sentimentais de trombadinhas vitorianos chorosos e esfarrapados e fotografias em molduras douradas das várias gerações dos Walker e dos Miller. O tapete é persa, grosso, e as cortinas bordadas ficariam melhores num castelo medieval. Paninhos de renda estão arranjados nos apoios de braços, uma mesa de centro de vidro é adornada com flores de seda num vaso, os caules enrolados numa *coisa* vermelha com babados (por quê?), um armário de vidro está cheio com todo tipo de copo com alça dourada, mesmo que o único bebedor residente nesta casa não tenha permissão pra usar, exceto em ocasiões especiais. Um carrinho expõe o balde de gelo em formato de abacaxi, o móvel de madeira no canto que abriga o aparelho de som é o que hoje em dia eles chamam de vintage, e o outro armário deve ser onde ela tranca o estoque de chocolate e qualquer outra coisa. Adicione a isso cachorros e gatos de cerâmica, peixes de vidro, pássaros, bonecas de crochê com saias de flamenco cheias de babados e um relógio de madeira acima da lareira a gás que também servia como um grande mapa de Antígua e é seguro dizer que a patroa é a Deusa do Mau Gosto.

Se o sr. Sócrates estava correto quando disse "Que todas as minhas posses externas estejam em harmonia amigável com o que está do lado de dentro", esta sala é um reflexo preocupante do estado mental da minha esposa.

Mas o Salvador Dalí ia adorar. A Maxine acha que tá "*além da cafonice*" e sempre fica ameaçando entrar sorrateiramente uma noite dessas, desmontar a sala inteira e voltar a montar como instalação de arte. Sempre fui contra o estilo espalhafatoso bem acima do tom, mesmo na época em que podia ser perdoado pela minha ignorância. Depois de fazer o curso de história da arte, eu mal conseguia entrar aqui.

A Donna costumava pedir a Carmel pra reduzir a sala a paredes brancas e lisas, móveis modernos da Habitat e piso de madeira crua. A patroa é muito esperta pra isso. É ruim que ela ia desistir da soberania.

História da arte, Birkbeck, uma noite por semana de 1984 a 1986. Adorei aquele curso. Agora que penso nisso, me pergunto o que aconteceu com aquele sujeito, o Stephen Swindon ou Swinthorne, ou o que quer que fosse. Fazia anos que não pensava nele. Eu tinha quarenta e oito anos, ele era cerca de dez anos mais novo e me comia com os olhos de tal jeito na aula que parecia totalmente pronto pra conhecer um pouco da masculinidade antiguana. Nós rapazes não precisamos dizer as coisas às claras. Temos uma linguagem de vibrações. Também não precisamos gastar dinheiro cortejando e sendo educados, tampouco passar semanas dizendo a uma garota como ela é bonita, antes que nos deixem botar o pau pra fora.

O Stephen bem podia ter saído das páginas do romance *Retorno a Brideshead*, com a franja loira afetada e as vogais agudas. Vivia num loft em Canary Wharf. Antigo armazém de especiarias, hectares de chão de taco arranhado, paredes de tijolos e janelas de vidro sem cortinas, porque, que diabos, ninguém podia ver lá dentro, exceto as gaivotas circulando o Tâmisa. Ainda com os mesmos guindastes do lado de fora que costumavam transportar barris de canela e cúrcuma, açafrão e cominho — quando as pilhagens do Império corriam rio acima.

Tinha uma cama de imperador chinês de bronze num canto, com o tipo de lençol de cetim preto tão escorregadio que dava pra alguém girar nas próprias nádegas se estivesse inclinado a tanto. No outro canto havia uma mesa de cavalete detonada, com pernas de ferro enferrujado como se fosse algum tipo de *afirmação de estilo*. No amplo átrio entre os dois cantos, havia uma poltrona de couro preto e um sofá, uma televisão grande moderna, aparelho de som e troncos de árvore cortados fazendo as vezes de mesas de apoio. O guarda-roupa era um cabideiro com todos os ternos e camisas espalhafatosos de advogado chique à mostra e separados por cores; um regimento de sapatos John Lobb organizados retos e com cuidado logo abaixo.

Eu nunca tinha pisado numa casa como aquela antes, e isso abriu meus olhos pra possibilidade de um estilo de vida pra *homens de verdade*: madeira e metal, couro e tijolo.

Aprendi a gostar muito de ser visto enquanto me inclinava pra fora de uma janela, acenando pros turistas desavisados que passavam em barcos de passeio... Tenho que dizer.

Eu e o Stephen nos divertimos por um tempo, animais exóticos um para o outro, até que ele começou a ter ideias e a querer mais do que eu podia dar — uma relação de verdade.

Como é que ele pensou que aquilo ia dar certo?

Ele abandonou as aulas depois disso.

Me pergunto o que aconteceu com ele. Ele queria se tornar colecionador de arte.

Anos mais tarde, quando a Maxine tinha dezoito anos, comprei pra ela aquele loft enorme em Shoreditch quando ela passou nas provas com uma sequência esplêndida de quatro notas A — desejando que fosse eu a me mudar pra um lugar como aquele. Ela pintou as paredes de tijolo de branco, o piso de concreto de amarelo, pôs um futon num canto, uma banheira de cobre que encontrou numa caçamba de lixo em outro, uma geladeira que pintou de cor-de-rosa perto da pia de pedra, e transformou o último canto do cômodo em "estúdio" — atulhado de cavaletes, tintas, tecidos e outros sinais de intenção artística.

Como ela pode pensar que é tão diferente daquelas estagiárias chiques por aí que são cem por cento bancadas pelos pais?

Enfim... então onde vou morar depois desse possível e potencial divórcio?

Divórcio: uma palavra que soa tão nefasta — mas um conceito tão atraente.

Casamento: uma palavra tão suave e sedutora — mas uma realidade tão nefasta.

Então quem vai ficar com a casa? Certo, que tal se (se a coisa chegar a esse ponto) eu deixar a Carmel levar embora a sala de estar, tijolo por tijolo?

Fico com o resto, porque num vou arredar pé daqui. Não, siô. O problema é que a patroa vai espernear. Com aquela mulher tudo tem que ser *do jeito dela*.

"O que você quer pro jantar esta noite, Danny?", pergunto pra ele ao ressurgir do país que visito com mais frequência, o passado. Ele ergue os olhos ligeiramente atordoado por causa da concentração profunda.

"Você quer comida chinesa, indiana, caribenha, cipriota ou kebabiana?"

A experiência me ensinou que preciso comprar comida

suficiente pra quatro, porque, como o diabo-da-tasmânia, adolescentes conseguem comer quarenta por cento do peso corporal deles numa tacada só e ainda ter aquela barriga lisa que a
maioria dos homens com mais de vinte inveja, a maioria dos
homens com mais de trinta tenta recuperar, e a maioria dos homens com mais de quarenta se lembra com nostalgia afetuosa
e melancólica.

"Que tal o tradicional peixe com fritas do inglês médio hoje
à noite?", ele responde, como se fosse *simplesmente* a coisa mais
emocionante se aventurar pelo estilo de vida das classes trabalha-
doras. "Hadoque, batatas fritas e purê de ervilhas pra mim, patrão."

"Legal, então, e vou pegar algumas tortas pro almoço de
amanhã."

O chá está animando ele, possibilitando uma transição rápida do modo estudo pro modo interação social.

"Então, pensei que você ia cozinhar pra mim esta semana",
eu lembro, desafiando ele. "Ainda tô esperando."

"Hum, sim, vou consertar isso em breve." Ele faz uma pausa, pensando. "Que tal uma salada quente, vozão?"

Ah, fascinante. Mal posso esperar. Alface cozida? Pepino
cozido no micro-ondas? Aipo torrado?

"Trouxe uma receita que peguei num suplemento de domingo e que estou esperando pra experimentar", ele diz com entusiasmo exagerado pra compensar a evidente falta do meu.

Sim, siô, culpo aqueles suplementos de jornal. Todos eles
obcecados por comida. O mesmo acontece com a televisão, e aí
todo mundo quer saber por que o país inteiro tá ficando gordo.

"Não tenho certeza se minha imaginação pode conceber
tudo isso", respondo com sinceridade. "Cê sabe que no fundo
sou um homem que gosta de arroz e guisado."

"Ou", ele diz, sem se incomodar, pegando um punhado de

biscoitos de gengibre e levando até o instrumento de triturar biscoitos dele, "que tal uma sopa que é, tipo, inteiramente de origem local?"

Sabe, o maior medo da Donna desde que o Daniel nasceu é que ele vá acabar virando uma estatística: gangues, esfaqueamentos, tiroteios e todas essas coisas que eles fazem nos centros urbanos — coisas que fariam o Martin Luther King e os ativistas dos direitos civis se revirar nas covas outrora segregadas explicando como o inimigo de fora se tornou o inimigo de dentro; como o assassinato por criminosos racistas foi suplantado por fratricídio interno mútuo; como, se você mora em algumas partes desse país, você teme que seu filho não chegue à idade adulta.

Veja o jovem JJ, Jerome Cole-Wilson, agora sepultado no Túmulo do Parente Desconhecido. Ele era um dos nossos, da nossa família. O Daniel podia ter sido um exemplo pra ele.

Quanto ao Daniel, a Donna de fato não precisa se preocupar. Se o filho dela é uma estatística, é uma estatística na categoria de elite.

"Com origem local?", eu zombo. "Você quer dizer rato assado, ou gato frito, ou que tal sanduíches de minhoca, ou cebolinhas marinadas em excremento de pombo?"

O Daniel ergue os olhos do chá e balança a cabeça num muxoxo claramente metafórico.

Onde é que tá o senso de humor do garoto?

Mais tarde, depois que a gente comeu o peixe com as fritas, estou ansioso por outra noite sentado com ele assistindo aos dramas criminais de *CSI*, com todos aqueles especialistas forenses vestidos como modelos famosos e glamorosos, e não como cientistas que têm que raspar sangue das paredes. Ele se levanta e começa a tirar a mesa, então declara do nada que vai "pra festa de alguns amigos da escola", que vai voltar tarde e que eu não devo ficar acordado esperando por ele.

Minha reação instintiva é dizer que ele não pode ir porque, bem, porque ele pode acabar *morto*.

"Você quer que eu vá te buscar quando tiver terminado?"

"Não, valeu, meu amigo tem carro."

Me seguro pra não disparar *Seu amigo tem nome?*

"Você tem namorada, Daniel?", pergunto, todo inocente, como se não estivesse morrendo de vontade de perguntar isso desde que ele chegou.

"Não conte pra mamãe, mas sim, a Sharmilla. Ela é muito gostosa, mas muito inteligente também. Está fazendo a qualificação de nível avançado no ensino médio do Condado de Woodford um ano adiantada, mas esta semana está num casamento em Coventry."

"Bem, vá e se divirta, porque você precisa liberar energia, hein? Faça algumas poses na pista de dança."

Rapaz, você tá realmente puxando o saco dele. Mas será que é "faça algumas poses" ou "crie uns passos de dança"?

"Exatamente! Sabia que você ia entender", ele diz, raspando uma panela com o que parece uma escova de cabelo. Sempre me perguntei qual era a serventia daquilo. "A mamãe me faz um milhão de perguntas sempre que quero sair à noite e faz tudo o que pode para me dissuadir. Ela quer que eu seja um CDF chato sem vida social. Estou surpreso por *eu* não ter acabado com sérios problemas de saúde mental morando com ela." Ele faz um beicinho. "Vou te *contar*, vozão…"

Você já me contou, *Danny…*

Ele começa a lavar a louça, como faz todas as noites, a louça de um dia inteiro. A sra. Morris, a Deusa Doméstica Original, aprovaria.

Algum tempo depois ele tá lá em cima se trocando quando a campainha toca. Antes que eu levante da minha cadeira, ele salta os degraus numa tal velocidade que duvido que realmente encoste neles.

Fico no corredor na esperança de dar uma espiada nos amigos dele. O Daniel se vira pra se despedir, totalmente diferente daquele cara estudioso que tava de cangote encurvado a semana toda. Ele tá vestindo uma camiseta polo cor-de-rosa, calças de sarja creme, mocassins e dois brincos de diamante, falsos, suponho, um em cada orelha. Pode muito bem ser moda, mas, se isso não for coisa de afeminado, eu com certeza teria me enganado.

Enquanto ele corre pra fora, corro pra janela da sala da frente na esperança de ver quem tá no carro, um Toyota Cruiser. Tudo que consigo ver é ele se acomodando no banco de trás e quero escancarar a janela e gritar: "Não olhe pra nenhum valentão do jeito errado, Danny, ou eles podem atirar em você!".

Nunca lamentei só ter tido filhas. E *gosto* das mulheres, desde que não estejam amalucadas ou sejam madres superioras.

A Donna foi a extremos pra proteger o filho, mas, como o próprio sr. Sócrates reconheceu: "De todos os animais, o menino é o mais incontrolável".

Com o Daniel fora de casa, encurto uma longa noite entretendo meus caros amigos sr. Uísque e sr. Rum, que, devo dizer, são uma companhia excepcionalmente exigente esta noite, enquanto tento memorizar alguns sonetos, até que as palavras começam a sangrar umas nas outras, e as páginas, a pulsar nas minhas mãos como corações batendo.

Mais de uma vez acho que ouvi o telefone prestes a trrrriiimmm.

Mas como não ouço, vou pro corredor pra ver se não tá fora do gancho, porque talvez a polícia esteja tentando completar a ligação por causa do Daniel, que pode estar esfriando numa maca mortuária com a pele marmórea e um único corte na garganta. Ou o Morris pode tá ligando, soluçando, desesperado, arrependido, ameaçando se jogar embaixo de um trem se eu não perdoar ele.

Por fim, rastejo até a cama já que por algum motivo mi'as pernas não me sustentam.

Mas continuo ouvindo o som do Daniel fechando a porta ao entrar.

Devo ter adormecido em algum momento, porque o barulho de um trem vibrando debaixo do meu quarto me acorda. Ponho os óculos de leitura e olho os números extragrandes iluminados no relógio digital de cabeceira. São *precisamente* 2h37 da madrugada.

Ouço de novo enquanto mi'a mente ainda zonza tenta se concentrar e diz no meu ouvido: "Barry, cê não mora em cima duma linha de metrô, então não é um trem que cê tá ouvindo, entende?".

Já em terra firme, identifico aquela música *ragga*, alta o suficiente pra vibrar no meu peito. Neste exato minuto, o veterano da casa ao lado deve estar montando outra bomba incendiária.

Cambaleio até a escada e uma lufada do fedor acre de erva sobe pelo meu nariz; ao mesmo tempo, ouço música vindo da sala de estar: algo a respeito de matar um boiola nojento.

Ó Senhor, tem uma festa no precioso refúgio sagrado da Carmel, e aquele fulano Buju Banton tá sendo tocado dentro da *minha* casa?

Minha casa...

Tento correr escada abaixo, mas acabo quase voando de cabeça, então vou devagar e, assim que piso num chão firme, faço uma pausa pra voltar a me estabilizar. Quanto é que eu bebi? Deve ser, o quê?, cinco ou seis horas inteiras de camaradagem c'os *destilados*? Cê é imbicil, Barry. Como cê vai lidar com essa situação de cara cheia, hein?

Abro a porta com cuidado. O que é isso? Três jovens mais o Daniel estão deitados dormentes no sofá.

A sala tá com uma névoa tão espessa de erva que me sufoca. Um daqueles troços de iPod conectado a alto-falantes portáteis tá tocando no console da lareira, e os adorados enfeites da Carmel estão todos revirados. Fico indignado por ela, surpreendendo a mim mesmo.

Um dos jovens tá fazendo uma espécie de dança com os braços enquanto tá deitado com os pés apoiados na mesinha de centro de vidro.

Outro tá espalhado numa poltrona, segurando minha garrafa de Captain Morgan, olhos fechados, baseado na boca, balançando a cabeça.

Outro tá rodopiando no canto perto do móvel com o som fazendo uma espécie de dancinha hip-hop, só que ele não é um maloqueiro e mais parece um cagão magrela de escola de elite tentando copiar movimentos de dança legais que viu na MTV ou seja lá o que for.

São três alfomadinhas, com os cabelos espetados e vestidos no mesmo estilo de jogador-de-golfe-gay do Daniel. O rodopiante me vê entrar e me cumprimenta com um aceno chapado, como se tudo estivesse normal, então dá uma segunda olhada.

O que tá na mesinha de centro me vê e congela.

Vou tropeçando até o Daniel e chacoalho ele. Ele não se mexe. Chacoalho de novo, então ando até a lareira, removo o iPod da base, jogo no chão e tento triturar a maldita coisa no tapete.

Nessa altura, o da poltrona deve ter aberto os olhos, porque trota pra cima de mim com a envergadura de um jogador de rúgbi que tá como que preparado pra me acertar com muita força. *Deixa ele tentar.* Eles podem ser jovens touros, mas num tô nem aí. Eu encaro. Barry Camicase entra em ação, uma ação que eu não sabia onde tava desde que o Frankie levou uma surra. Se esses arruaceiros querem começar alguma coisa, dessa vez eu vou terminar. É minha casa. Não sou nenhum fora da lei escondido nos arbustos municipais dessa vez. Não, siô. É... *minha... casa.*

"Que que cês pensam que tão fazendo aqui?", grito com raiva, com movimentos dos braços pra combinar. "Cês vieram na minha casa sem ser convidado, tudo emaconhado, destruindo tudo. Vocês, seus invasores, deem o fora da *minha propriedade agora mesmo!*"

O da poltrona se enfia na minha frente. "Como você se atreve a destruir a *minha* propriedade pessoal?", ele diz, como se fosse *eu* o pilantra. "Temos todo o direito de estar aqui. O Dan *convidou* a gente."

Ele nem consegue manter a postura em sintonia com o discurso dele.

"O Daniel não é o dono desta casa; eu sou." Jogo a cabeça pra frente, pronto pra enfrentar ele. "Agora sai e leva a sua música... *homo*... *homofóbica* com você..."

Já me arrependo enquanto tô falando.

"Como é que é?", ele diz, desconcertado, soltando o bafo de bêbado dele na minha cara. "Então, por que isso incomodaria você... a não ser que..."

Ele tá fora de si, mas mesmo assim vejo uma mudança sutil em seus olhos, na linguagem corporal, algum tipo de reconhecimento, como se *soubesse*, na loucura bêbada dele, que na minha fúria bêbada o meu rosto acabou de admitir algo.

"Você *é*, não é?", ele diz com calma, de forma sinistra.

Alguma coisa em mim estala, do jeito que acontece quando as pessoas retêm as coisas por tanto tempo que começam a romper os limites do bom senso, romper os limites da razão.

"Sim, eu chupo rola", respondo, do mesmo jeito calmo, do mesmo jeito sinistro, sem saber muito bem como essas palavras saíram da minha boca.

"Vovô." Ouço o Daniel, insistente, ali perto.

O delinquente da poltrona tá chocado; a boca abre e fecha, mas não sai nada. Isso é ainda melhor que dar um nocaute nele.

"Sim, é verdade", digo, direcionando minha atenção pro Daniel, que agora tá bem do meu lado, o rosto humilhado, incrédulo. Então me volto pro garoto de fraternidade valentão. "Eu *chupo rola*."

Ele parece tão assustado que é risível, como se eu fosse jogar ele no chão e enfiar a porra do meu pau no buraco arrombado dele.

O Daniel chega mais perto. "Você *está* brincando, certo, vozão?"

"Tenho cara de quem tá fazendo piada?"

Me sinto como um daqueles membros de gangue condenados à prisão perpétua se amotinando numa daquelas prisões infernais de segurança máxima dos Estados Unidos ou da América do Sul que sempre voyeurizam na tevê. *Surtado.*

Vou estripar a próxima pessoa que cruzar meu caminho, com minhas *próprias mãos.*

"Mas você está me desrespeitando", o Daniel implora de um jeito débil, como se não tivéssemos uma audiência extasiada com uma audição perfeita.

"Vocês jovens continuam falando de ser desrespeitados o tempo todo porque no fundo cês são uns maricas. Agindo como durões por fora e dizendo que as bichonas *têm que morrer* quando por dentro cês são uns maricas. Bem isso. *Maricas.*"

"Você tá me envergonhando, vozão."

"E *você* me envergonhou, seu *vagabundo* imbecil. Agora toca esses seus amigos pra fora da minha propriedade. Vamos, fora daqui. *Vaza daqui, já! Vaza daqui, já!* Cês se manda daqui *agora*, porque tô chamando a polícia. Cês tudo, cai fora!"

Os amigos dele saem rapidinho, como se eu tivesse acabado de botar meu pau pra fora e começado a perseguir eles. O Daniel tá voejando no corredor.

"Minhas coisas, preciso das minhas coisas."

Ele sobe as escadas e desce de novo num piscar de olhos.

Bato a porta atrás dele.

Simanda, rapaiz. Cê é tão ordinário quanto seu pai, cê é tão otário quanto o resto deles, trazendo tod'ssa maldade pra casa do seu avô de setenta e quatro anos, que tava cuidando tão bem de você. Então desabo no tapete do corredor e me perco.

11. Canção do desejo
1990

você começou a perder seu velho eu e a ganhar um novo
em 1985, quando finalmente começou a perceber o que a Joan,
a Theresa e a Mumtaz vêm dizendo pra você há anos

que entre os milhares de funcionários na prefeitura de Hackney havia muitos caras atraentes de meia-idade (mesmo os ingleses)

que eram espécimes atenciosos, solteiros, *educados* e perfeitamente decentes da humanidade

tais como, mas não necessariamente nessa ordem,

o Elroy do planejamento e desenvolvimento; o Norbert do
bem-estar ambiental e consumidores; o Mathew dos parques e
espaços abertos; o Christopher das artes e entretenimento; o Ju-
lian e o Mike do comércio de rua e licenciamento; o Winston
dos Serviços de Lazer; o Ahren dos serviços sociais; o Elroy das
piscinas públicas; o Luciano das Finanças... para citar só alguns

só que você estava cega pra todos eles nos sete anos em que
ficou lá

e numa sexta à noite no Queen Eleanor depois do trabalho

depois da Joan ter se gabado da última conquista dela —
um *dançarino* do *Starlight Express* (apenas)

e depois que a Theresa disse pra vocês que amava tanto o
marido que temia que ele saísse de casa porque podia sofrer um
acidente de carro e não voltar

depois que a Mumtaz ficou hiperventilando por causa do
namorado *revisor oficial de contas* que levava ela pra Lisboa, Berlim Ocidental, Madri e Bruxelas nos fins de semana...

então você confidenciou o estado horrível do seu casamento, mas elas só balançaram a cabeça com sabedoria, e a Joan
disse, *Carm, você achou que a gente não sabia? A gente tava esperando cê se abrir*

e depois que você chorou um pouco você se queixou que
era uma caretona invisível em comparação com as curvas femi-
ninas da Joan, por exemplo, usando vestidos pretos justos dese-
nhados pra mulheres executivas que tinham estilo

e todas elas gritaram com você

*Você é uma mulher muito atraente, Carm, mas precisa parar
de usar roupas dois tamanhos maior e tem que passar um pouco
de batom, meu amor*

e então você se arrastou até a Marks & Spencer no shop-
ping Angel na manhã do sábado seguinte e comprou o primeiro
sutiã com arame e começou a

desabotoar a blusa antes de entrar na prefeitura pela manhã
pra se exibir

o que a Mumtaz (que tinha começado com aulas noturnas
de escrita de poesia no Chats Palace) batizou de seu

decote cintilante de chocolate derretido

que a Joan disse que qualquer homem ficaria feliz em *enterrar a cabeça e chupar,* o que teria te deixado chocada antigamente, mas você tava acostumada com a indecência dela agora

sabendo que a Sociedade das Senhoras de Antígua nunca aprovaria suas amigas barulhentas e divertidas

em especial a Merty, ainda presa num trabalho de limpeza desagradável, com os filhos crescidos agora se metendo em problema com a polícia, e te atormentando o tempo todo pra que ela fosse transferida pra uma habitação social melhor, mesmo que você tenha dito pra ela que isso era desonesto

e com a Drusilla trabalhando sessenta horas por semana pra pagar a casa que ela finalmente comprou na Rectory Road com o salário de uma pessoa só

e o colapso da Asseleitha durante uma sessão de glossolalia na igreja, quando começou a gritar que o pai a estuprava desde pequena e levou a filha dela pra longe quatro dias depois dela nascer — *Clarice*

ela pensava no bebê todos os dias desde 1956

Clarice

que devia ser uma mulher de meia-idade, na casa dos cinquenta anos agora

e vocês tiveram que impedir ela de correr pra rua e se jogar debaixo do ônibus nº 30 na Mare Street

e aquilo era tão terrível que nenhuma de vocês tinha ideia de como abordar o assunto com ela, então ela sumiu de modo ainda mais profundo dentro de si mesma

mas graças a Deus a Candaisy estava bem, porque o Robert era bom pra ela, e ela tinha uma bela casa, um bom trabalho, uma boa filha, Paulette (e um bom genro e três belos netos), mas mesmo assim você não ia contar pra sra. Candaisy a respeito das suas amigas heterodoxas

que influenciaram você a usar sapatos um pouco mais altos no trabalho, meias um pouco mais escuras, saias pretas um pouco mais justas, e o seu andar ganhou um balanço e um requebrado

e quando você soltou o cabelo do coque com os fios bem

puxados pra trás e deixou ele solto e hidratado constantemente em vez de fazer a visita anual à Justine no edifício Dalston Lane

as garotas decidiram que a transformação estava completa, e uma sexta à noite no Goring Arms depois do trabalho a Mumtaz oficialmente declarou você

atrevida mas sofisticada, voluptuosa mas com um ar de virtude

que todas vocês brindaram com mais uma garrafa de Beaujolais Nouveau, e você já tinha começado a notar as ondas de desejo que provocava entre os ternos cinzentos nos corredores da administração municipal, se abrindo como o Mar Vermelho com a sua aproximação, pois agora você era uma arrasa-quarteirão da prefeitura com a avançada idade de quarenta e um, não era, Carmel?

não que estivesse planejando se tornar uma safada infiel como o Barry, não importava quantas vezes ele negasse que tava saindo com outras mulheres

mas então as garotas começaram a te provocar dizendo que o Reuben Balázs do urbanismo (divorciado, trinta e seis anos, criado em Barnet depois de fugir da Revolução Húngara em 1956)

tinha uma *baita queda* por você, porque todo mundo tinha reparado que ele era um tagarela esquerdista na cantina dos funcionários, vendendo cópias do jornal *Socialist Worker,* mas quando você se sentou à mesa ele se tornou esquisito de um jeito incomum

quando você falou, deixando as pessoas saberem que não eram as únicas com *opiniões,* porque você podia ser bastante veemente no local de trabalho nos últimos tempos (principalmente depois da sua promoção de assistente de habitação para oficial de habitação)

o Reuben ouviu, calado

e a Mumtaz disse que se vocês dois estivessem num desenho animado ia ter *um rastro de coraçõezinhos vermelhos saindo dele e indo pra você*

o que te fez reparar nele de um jeito *diferente*, mas ainda assim ele era um ursão peludo que precisava raspar a barba, desbastar aquele matagal gigantesco de cachos sefarditas e, de modo geral, ficar esperto pra competir com os outros que tinham chamado sua atenção

mas era o Reuben que ficava sempre aparecendo no seu *Escritório de Gerente de Ocupação Individual*, perguntando se você tava bem, olhando pra você como se fosse a mulher mais linda do mundo inteiro

e ele comprou pra você (no decorrer de um período de nove meses) uma costela-de-adão, uma falsa-seringueira, um clorófito, uma iúca e um castanheiro-das-guianas, que você colocou no parapeito da janela pra pegar a luz do sol da tarde

entre as fotos com moldura dourada da Donna na beca de formatura e aquela de quatro anos atrás da Maxine radiante no primeiro dia na Escola para Meninas da Skinners' Company, na qual você ficou muito aliviada por ela ter entrado, em vez da escola assustadora de Kingsland

e ele comprou pra você tantas caixas de chocolate Milk Tray que você brincou que da próxima vez ele devia chegar de helicóptero e saltar de paraquedas pela janela do seu escritório como nos anúncios

e aos poucos com o passar do tempo você

começou a ansiar pela presença dele, o modo tão gentil como ele falava com você, a aparência de ursão, a maneira como ele tava tão obviamente encantado por você, e você ficou surpresa com os debates confiantes e acalorados a respeito da Maggie *A-Vilã-do-Leite* Thatcher, que na verdade você admirava de um jeito curioso, não a política mas a mulher poderosa, dando uma prensa naqueles almofadinhas de escola de elite do Parlamento embora ele argumentasse que ela não era uma defensora dos direitos das mulheres

cê respondeu que não, ela não era, mas ainda era um modelo a ser seguido, mostrando como uma mulher podia ter tudo

surpresa por você não ter se sentido intimidada por um homem que estudou ciência política em Leeds (obtendo só uma honraria de terceira classe porque ele disse que preferia o sindicato estudantil a assistir as aulas, arruinando assim as chances de conseguir um emprego de pesquisador no Parlamento)

e você não podia deixar de se perguntar como seria beijar um inglês ateu de esquerda com uma barba e quando ele disse, *Olá, Carmel*, cê começou a ouvir

quero fazer amor com você, Carmel

quando você brincou que ele devia fazer a barba, ele fez

quando você brincou que ele devia comprar um terno mais elegante, ele comprou

quando ele apareceu sem avisar usando sapatos de amarrar de couro (em vez das sandálias jesuítas surradas)

você sabia que não tinha como voltar atrás

até mesmo a ideia de uma azeitoninha cor-de-rosa (de que cor ia ser?) se tornou bastante atraente, embora a ideia de acariciar um *objeto tão estranho* enchesse você de um horror entusiasmado

e ele tava na sua cabeça quando você acordava, as mãos de urso acariciando suas coxas, quando

você tomava banho ele estava ensaboando seus seios e nádegas com seu óleo de banho de patchuli

então por volta da hora do almoço no trabalho você mal aguentava esperar que ele entrasse no seu escritório pra uma xícara de chá e guloseimas

enrolando a massa açucarada do *bolo de abobrinha... pão de ló de manga... cheesecake de coco e limão*

em volta da língua até que se dissolvesse

dentro da sua boca quente, salivante e úmida do chá

e você se sentia *grata,* tão grata, que houvesse a escrivaninha enorme como uma barreira entre ele e você

com a sua novíssima máquina de escrever Smith-Corona Typetronic atirada no meio da escrivaninha

e um regimento em posição de sentido de pastas A-Z tamanho ofício alinhadas na linha de frente

pra proteger sua decência e moral

junto com maços atados e empilhados das atas do Comitê de Habitação

com orientações do gabinete do diretor-executivo enfatizando as posições do município em relação a

problemas, soluções, estratégias, declarações, avaliações, auditorias internas

e folhetos do município com diretrizes

livros de consulta grossos com lombadas rígidas pra passar os dedos

um dicionário sobrecarregando você com *tentação… sedução… traição dos seus votos de casamento*

e… *Deus nunca dorme*

a sua agenda de endereços, com a capa acolchoada de seda vermelha

tão sensorial

a ponta dos dedos como almofadas palpitantes, tão táteis

a bandeja de cartas à sua direita, esperando pra serem respondidas

o metal sólido do grampeador, disparando grampos com uma ferocidade masculina

e quando até o perfurador assumiu conotações eróticas você soube que tava ferrada, *senhora*

e aquela pilha de envelopes de papel pardo pra ser lambida e lambuzada pela sua língua molhada completamente pronta pra ser ffffffffffranqueada na sala das correspondências

sua grande agenda preta, duas páginas bem abertas

ampla e deliberadamente abertas

um por um os nervos estimulados

e você tava realmente perdida quando a máquina de ffffff-fax de repente vibrrrrrrou entrando em ação

descaradamente, oralmente, escandalosamente, expelindo orgasticamente

dados disponíveis e estatísticas de Finanças

despejando com insistência fluxos abundantes e intermináveis de papel branco na sala

sem decência ou contenção, sem decoro

e você soube que tinha que extinguir a chama ou perder todo o autocontrole

sob o olhar seguro, conhecedor e caloroso dele

que não abrandou, porque, depois de nove meses de paciência ele não tava mais disfarçando o que tava querendo, não então cê tentou

você tentou de verdade se concentrar no caderno *inofensivo* de anotações cinza insípido

o fichário de mesa cinza *inofensivo* e aborrecido

o apontador de lápis antiquado feito de metal

metido ali... cravado

na saliência da mesa

duas caixinhas de corretor enfadonhas e inofensivas

as mãos dele fazendo um pontilhado nos seus seios como arte aborígine

você tava se perguntando se seus mamilos estavam aparecendo por baixo da blusa pela maneira como ele olhava pra você

seu Jesus de ouro na cruz (morreu por você pra fazer isso?) pendurado numa corrente bem em cima do seu

deeeeee co ohhhh te de chocolate derretido

sabendo que você pôs o telefone Panasonic com-secretária--eletrônica no mudo

você mexendo nervosa nas canetas e lápis enfiados na caneca em homenagem ao casamento do Charles e da Diana, que você defendeu de um jeito amável das farpas republicanas dele quando ele começou a aparecer na sala bem no início

e quando ele se levantou e foi até a porta e virou a chave devagar

ouvindo por um segundo as vozes passando no corredor do lado de fora

você ficou pensando em começar aquela discussão de novo, como você não quer que ninguém calunie a Diana, que é uma senhora tão doce, bonita e educada, e que é muito boa pra família real também, e que o Charles tem sorte de ter ela

mas antes que cê percebesse, ele tava tocando você *ali* e *ali* e aí em todos os lugares

e você sentiu seu

eu se tornando outra pessoa

alguém que você nunca foi

você mesma

você era *carnívora*, você era *onívora*, você era *voraz, arrebatadora, devastadora*

sentindo a nuca, os lóbulos das orelhas com cócegas, o interior dos braços, barriga, umbigo, axilas, atrás dos joelhos, coluna vertebral, o triângulo mágico, clavícula

as mordidas dele

a carne dos seus quadris largos e femininos sendo apertada

e ali, Reuben, aqui... Reuben, aqui, Reuben, aqui e ali

contra o gabinete repleto de arquivos com as ramagens do clorófito pendendo de cima dele

contra o quadro organizador Sasco — 1985... *1986, 1987,*
1988, 1989

no carpete cinza com nervuras super-reforçado usado em
toda a prefeitura e em todas as repartições públicas do município

ali, na parte da frente, nas costas, no lado

e cê

era um

a   n   i   m   a   l

12. A arte da família
Terça, 18 de maio de 2010

A Maxine é uma visão pra deixar sóbrio até o maior pingu-ço, pois me sinto voltando à raça humana, tendo passado X dias no reino animal.

Ela se eleva acima de mim, usando algum tipo de nó extra-vagante na cabeça, pernas de aranha em vez de cílios, e deve tá usando saltos tão altos que dão a ela três metros de girafosidade.

"Pai, acorda!", ela tá gritando como lunática.

Percebo que tô na banheira vestindo todas as minhas rou-pas, as mesmas que tava usando quando o Daniel partiu deste domicílio.

Me sinto regressando à raça humana.

Uma lata de Dragon Stout tá flutuando sobre a imundície, com pantufas empapuçadas que lembram peixes mortos e um charuto se desfazendo e voltando à primeira encarnação dele como folhas de tabaco.

A Maxine me ajuda a sair da banheira, tira minha roupa, me enfia dentro do boxe do chuveiro e me empurra nu pro banquinho.

Agora... é isso que eu chamo de *vergonha*, Danny.

Assim que a água quente atinge minhas pernas, elas começam a se reativar.

Percebo que devo ter me sujado pelo que vejo desaparecendo pelo ralo enquanto ela limpa o pai com o chuveirinho.

Tudo o que consigo ouvir vindo dela é "Eu não acredito nisso" e "Ah, Cristo!" e *Francamente*".

Ela me envolve numa toalha branca grande que com certeza é bem-vinda, *uterina*, e me leva até o quarto pra me vestir.

Quero dizer pra ela que sou capaz de me vestir sem a ajuda de ninguém, muito obrigado, considerando que tenho feito isso nos últimos setenta e tantos anos, mas minha conexão mental-verbal tá morta. Talvez ela consiga ler minha mente, porque se prepara pra sair, mas, antes de soltar um gemido, puxa os lençóis e fronhas da cama, embrulha, segura tudo com os braços estendidos pra frente e sai do quarto com uma expressão de nojo evidente.

Uma vez vestido e decente, desço as escadas, um pé de cada vez, e entro num turbilhão de braços e pernas na cozinha — lavando, limpando vômito, jogando coisas no lixo.

"Que dia é hoje?", pergunto, limpando a garganta, um estranho pra mim mesmo.

"Não *acredito* nisso. *Terça-feira*." Ela balança a cabeça.

Estou de saco tão cheio das pessoas balançando a cabeça pra mim.

"Que horas são?"

Ela olha pro relógio preto enorme de grife com uma foto da Minnie Mouse no mostrador, que é mais apropriado pra uma criança de cinco anos.

"Oito e meia."

"Oito e meia?"

Ela para atrás de mim, orientando minha cabeça e meus ombros na direção da janela.

"Sim, oito e meia da manhã. Olha! Vê só! Luz do dia!"

"Ah, sim."

É de fato um bonito dia de primavera — céu claro, já ficando ensolarado.

"Senta", ela ordena.

A Maxine enche um jarro de água que tenta afunilar pela minha garganta abaixo.

Eu desisto; ela insiste.

"Você deve estar gravemente desidratado, seu idiota", ela grita, derramando a água.

"Põe a maldita água num copo, então. Não sou um vaso de planta. E olha os modos, ainda sou seu pai", coaxo de volta, com lágrimas nos olhos também.

"Quando você comeu pela última vez?"

O que a Rainha das Algas Marinhas entende de comer?

Faço uma careta como se estivesse tentando me lembrar...

Ela começa a vasculhar a geladeira e os armários.

"Não acredito nisso... pizza congelada, porcaria enlatada, *biscoitos*. Já ouviu falar de frutas e vegetais?"

Ela aquece uma lata de sopa de tomate Heinz, passa manteiga em biscoitos de água e sal, coloca pedaços de queijo em cima, enche um copo grande de leite.

"Agora *se alimente*. Vou comprar alguma comida decente pra você mais tarde."

Ela se senta enquanto começo a comer, devagar.

"Você tem que me dizer por que se meteu nessa bebedeira, pai. Você podia ter morrido e onde é que eu ia parar? À beira do abismo, *sem dúvida*. Digo, não é a sua cara perder *completamente* a noção, embora você tenha ficado tão fora de si no Dorchester que nos expulsaram, lembra?"

Eu? Ela tá me culpando?

"*Ali* eu imaginei que algo estava acontecendo. E por que você não estava atendendo o telefone? A Donna também ficou ligando. Sim, é melhor você apertar o cinto de segurança. A srta. *Coisa* tá de volta."

Ela me observa comer. "Certo, então, agora que acabei de te salvar da morte por desidratação, vou acordar o Pequeno Príncipe. A Donna comprou créditos pra ele mandar mensagens de texto pra ela e aparentemente ele não fez isso, nem uma vez. Nem sequer atendeu o telefone a semana inteira, nem *você*. *Com certeza* ele não está começando a passar por uma rebeldia adolescente tardia?"

A Maxine se levanta, mas coloco a mão no braço dela.

"Maxine, não se dê ao trabalho. Ele não tá aqui."

"Onde ele está, então?"

Olho pra ela.

"Na casa de algum amigo? Fazendo compras? Onde?"

"E eu lá sei."

"O que você quer dizer com não sabe?"

"Ele foi embora, Maxine. Ele foi embora."

Posso sentir que as comportas tão se preparando pra romper de novo.

"Sim-mas-para-onde-ele-foi?", ela responde, falando comigo como se eu fosse um imbecil ou estrangeiro.

Respondo na mesma moeda: "Como-eu-disse, eu-não-sei".

"Tente de novo. *Não* basta. O que houve?"

Tá na cara que eu não sei por onde começar, eu… não sei.

Ela se recosta, de pernas cruzadas, de braços cruzados. "É melhor você dar algumas respostas logo, porque, se você olhar pra minha cara, não vai ver um sorriso feliz de palhaço pintado nela."

Ela faz essa coisa de agitar as mãos em torno do rosto como uma mímica.

Quantos anos eu tenho?

Então ela começa a ter espasmos com o pé esquerdo cruzado,

enfiado num tamanco de madeira tipo perna de pau monstruoso que deve pesar mais que as pernas metidas em jeans skinny dela.

"Não é só você, pai. Antes de viajar a Donna me pediu pra dar uma controlada em você e no filho que ela infantiliza, mas eu estava atolada fazendo contatos."

Ela olha pro céu pela janela. "Agora que penso nisso, não seria brilhante se a gente pudesse parar o tempo quando a gente tivesse vontade, colocar as coisas em dia e depois deslizar de volta pra ele?"

Sigo comendo meus biscoitos de água e sal.

"Sim, você continua comendo e eu falo por nós dois."

Ela tamborila um conjunto de garras de pantera-negra na mesa de madeira.

"Você me viu na revista *ES* na sexta passada? Quase ao lado da Anna Wintour em uma festa? Não, imaginei. Não se preocupe, peguei vinte exemplares do lado de fora da estação da Bond Street."

Continuo comendo, me sentindo melhor a cada mordida.

"Tanto faz." Ela encolhe os ombros. "De qualquer forma, quando a Donna aparecer, a gente pode esperar uma cena de proporções tipo Jerry Springer. Você está pronto pra isso ou quer me dizer onde o Garoto de Ouro está, pra que eu possa tranquilizar ela antes que ela chegue?"

Uma coisa de cada vez. Ela me disse pra comer. Primeiro o mais importante.

Ela fica ali sentada tendo espasmos, encarando as unhas. Então tem uma iluminação.

"Espera um minuto. Como você *sabe* que ele não está aqui?" Ela se ergue e fica ali parada, balançando nas pernas de pau. "Você ficou fora da realidade desde Deussabequando. Por acaso já entrou no quarto dele?"

Antes que eu consiga impedir, ela tá subindo as escadas, marchando pra dentro e pra fora dos quartos fazendo tanto barulho quanto um batalhão de soldados, antes de se lançar de volta pra baixo.

Ela surge de volta no corredor e, antes que eu consiga impedir, abre a porta da sala de estar, congelando enquanto examina a carnificina lá dentro, equivalente à Capela Sistina sendo grafitada com aquelas mesmas pichações caóticas dos vagões de trem.

Não estive lá desde a Noite dos Garotos Satânicos.

É o covil de um monstro sinistro e perigoso.

Antes que ela consiga voltar pra cozinha pisando duro e me imobilizar no chão, me forçando a admitir que matei o Daniel, a campainha toca, uma chave gira e a srta. Donna pisa na soleira.

Espera um minuto: quem deu as chaves da minha casa pressas garotas?

A Donna tá parada no corredor com a expressão de um comandante soviético no meio da Sibéria que entrou num dormitório silencioso e aterrorizado de prisioneiros.

O olhar dela *me* atinge primeiro, no final do corredor, sentado não muito majestoso no meu trono.

Pra dizer a verdade, eu provavelmente poderia ser confundido com um residente permanente da clínica psiquiátrica do filme *Um estranho no ninho.*

A srta. *Coisa*-doida vira a cabeça pra esquerda e se detém na Maxine no instante em que ela fecha devagar a porta da sala de estar ao mesmo tempo que tenta fingir que está de fato contente em ver a irmã mais velha.

"Cadê o Daniel?", ela pergunta pra Maxine, que se vira impotente pra mim, como se eu fosse a fonte daquele conhecimento específico.

A Donna lança o holofote de campo de concentração dela em mim, mas fugi pra floresta e estou tentando me esconder de forma patética atrás de uma bétula delgada.

Ela põe um pé na escada e grita "Daniellll!", do jeito que alguns pais fazem, chamando os filhos como se fossem cachorros. Nunca gritei com minhas filhas assim. Tampouco a Carmel. A Donna se tornou autoritária no dia em que o Daniel nasceu e ela percebeu que tinha poder absoluto sobre outro ser humano. Em poucas horas parou de ser filha pra se tornar mãe, uma condição que algumas pessoas deixam subir à cabeça.

"Onde está meu filho?", ela pergunta de novo, a voz embargada, como se percebesse que a gente tava esperando pra relatar cara a cara uma tragédia terrível que se abateu sobre o filho único dela.

"Não sei", a Maxine responde, engolindo as palavras. "Acabei de chegar aqui. O papai também não sabe."

A Donna se inclina contra a parede, vira a cabeça pra ela e fecha os olhos, como se estivesse tentando se impedir de desmaiar.

"O que você fez com ele?" Consigo ouvir o começo de um choramingo. "Ele está morto? Meu bebê está morto?"

Bom, ela sem dúvida tá agindo como se ele já estivesse.

A Maxine segue a Donna enquanto ela dispara pelo corredor vestindo um agasalho de veludo vermelho e com o cabelo ainda espetado e despenteado do voo.

"Você tem que me dizer o que está acontecendo", ela diz, parando diante de mim como se fosse atacar.

Estou de saco tão cheio de gente prestes a me atacar.

Resumindo, não tenho escolha a não ser falar pras minhas filhas dos eventos que levaram à partida do Daniel, omitindo de forma conveniente certos elementos-chave.

Até mesmo falar disso me faz querer lubrificar as cordas vocais de novo. Mas se eu fizesse isso a Maxine ia me bater na cabeça com a garrafa.

Assim que chego ao *dénouement*, a Donna está no celular falando com uma mulher chamada Margot, perguntando por algum garoto chamado Eddie, que dá a ela o número de algum garoto chamado Benedict, que saiu com o Ash, que passa ela pro Steven, com quem, ela logo descobre, o Daniel está hospedado.

A próxima coisa da qual me dou conta é que ela tá arrulhando no telefone, perguntando como o "pequeno soldado" dela tá se sentindo e querendo ouvir a versão dele da história, porque "Você sabe como *ele é*".

"Sei que não foi sua culpa, docinho", ela choraminga, puxando o saco dele. "Pelo menos cê entende agora que o álcool é ruim pra você."

Pausa.

"Isso é um 'Sim, mãe' que eu ouço?"

Pausa.

"*Bom* menino."

A Maxine também não consegue acreditar no que tá ouvindo. Fica fazendo caretas pra mim.

"Tudo bem, então, pudinzinho. Vou aí buscar você quando terminar. É só me ligar." A Donna fecha o celular como uma castanhola.

"Graças a *Deus* o meu filho está vivo", ela explode, como se estivesse fazendo um anúncio público num alto-falante. "Não graças a nenhum de vocês, especialmente *você*."

Olho pra trás, porque com certeza ela não tá falando com o pai de forma tão rude.

"Típico comportamento masculino. A mamãe deixa você sozinho por alguns minutos e tudo vai por água abaixo. O Daniel ficou profundamente magoado porque você o jogou na rua pra se virar sozinho. Ele podia acabar dormindo na rua com viciados em drogas ou virado michê. Ele explicou tudo pra mim, e sim, ele ficou um pouquinho alto, menininho ingênuo, mas todos nós cometemos erros na idade dele. Ele ainda é tão jovem, e compreensivelmente ficou muito chateado com a sua reação exagerada, mas vai superar isso. Conheço meu filho."

Ah, num conhece, não.

"O pobre inocente sentiu muito a minha falta. Dá pra perceber." Ela desmonta do cavalo de guerra dela e se joga numa cadeira. "Ele parecia tão infeliz no telefone. Acho que percebeu o quanto precisa de mim."

Mais uma vez, eu e a Maxine trocamos olhares.

Pelo menos uma coisa ficou clara: o Daniel não deu com a língua nos dentes.

Talvez ele esteja aguardando o momento certo.

"Estou em frangalhos. Não consegui dormir no voo de volta graças ao pirralho guinchando do meu lado. Os aviões deveriam ter um compartimento à prova de som para crianças pequenas, mas o porão também serve. Max, ponha a chaleira no fogo. Estou morrendo de vontade de beber uma xícara de café."

A Maxine ergue as sobrancelhas pra mim, mas esboço um leve movimento de cabeça pra que ela faça o que a irmã diz.

Ela prepara o café e vira um gole só, o que a Donna nem percebe.

"Nosso objetivo principal agora é poupar a mamãe desse absurdo relacionado ao Daniel. Ela acabou de enterrar o pai e a última coisa de que precisa é voltar para casa e encontrar uma situação estressante. O funeral foi horrível, por falar nisso. Todos aqueles interesseiros apareceram se passando por filhos dele. O advogado da mamãe os forçou a sair e contratou uma empresa de segurança para vigiar a propriedade, porque assim que a mamãe for embora eles vão tentar ocupar o lugar. Ainda bem que *um de nós* estava lá para ajudar a mamãe a gerenciar tudo."

Eu e a Maxine trocamos mais uma série de olhares.

"Ela precisa do nosso apoio mais do que nunca. Max, passe o açúcar, sim?"

A Maxine não sai de onde tá, encostada no aparador. A missão dela sempre foi se afirmar por oposição à irmã mais velha. Se a Donna tivesse virado artista, a Maxine ia ter virado advogada. Algumas pessoas têm que reagir contra algo: pais, irmãos, governo, sociedade. Elas pensam que têm livre-arbítrio, quando tudo o que fazem é ser *deliberadamente do contra*. Ah, sim, eu devia escrever uma tese a esse respeito também.

A Donna sempre invejou o espírito livre, a personalidade e a imaginação da Maxine, enquanto a Maxine sempre invejou a Donna pela trajetória estável na carreira, pelo salário anual e pelo plano de aposentadoria.

A Donna se levanta e pega o pote de açúcar do aparador.

A Donna se ressentia da Maxine por me afastar dela naqueles primeiros anos em que a Carmel não estava aguentando. Duas fedelhas não é um bom número. As crianças em famílias maiores aprendem bem rápido que só vão receber uma fração de tudo, um quarto, um sexto de conversa, de afeto, de guloseimas. Quando você tem só duas filhas, elas não conseguem abrir mão da esperança de que podem simplesmente abiscoitar *tudo*.

Enquanto a Donna vai às lojas, eu e a Maxine encaramos a sala de estar, os tesouros antigos da Carmel espalhados pelo chão entre latas, garrafas, pontas de baseado e bitucas de cigarro.

Quando a Maxine abre as janelas, uma brisa deixa entrar o ar fresco pra eliminar os vapores desagradáveis.

Ela começa a mover os braços em círculos.

"O maior problema é pôr as coisas de volta no lugar certo", ela diz, segurando uma ordenhadora de porcelana numa mão e um golfinho de crochê na outra. "Imagino que você não tenha nenhuma ideia de onde pôr essas coisas medonhas?"

Não respondo, porque uma onda de náusea toma conta de mim. Me sento no sofá enquanto a Maxine saracoteia ao redor.

Finalmente ela nota e abaixa, apoiando na mesa de centro em frente.

"Você ainda tá se sentindo mal, papai?"

"Minha querida, nunca me senti pior."

"É melhor você dar um tempo na birita. Que isso sirva de aviso. Você tá velho demais pra aguentar isso."

Valeu.

"Você tem sorte de ter se safado. O anjo da morte em geral vem atrás de devassos como você quando estão perto dos sessenta anos."

"*Não* é disso que tô falando."

Nas veias, sinto um medo frio e mórbido,/ Escorrendo e gelando o ardor da vida.

"Então *do que* você tá falando?"

Não tenha medo das sombras...

"Me sinto... *psicossomaticamente* mal."

"Sério? Tá, explique de que jeito você se sente *psicossomaticamente mal*, usando de preferência palavras com menos de sete sílabas. Combinado?"

Fico olhando pra ela e vejo seus olhos castanho-claros me segurando: firmes, fortes, acolhedores, quase adultos.

Posso sentir meus olhos se enchendo de lágrimas de novo, então me contenho.

Este é o problema de sucumbir à tirania das lágrimas: uma vez que você deixa elas saírem, elas começam a abusar da sua vulnerabilidade.

Você treme, parece pálido...

"O que aconteceu aqui, de verdade?", ela pergunta. "Sugiro que você vá além do que já disse."

Afundo no sofá.

"Você ficou petrificado quando a Donna estava no celular."

Como diabos ela percebeu?

"Sei *muito bem* que tem coisa rolando."

Ouço carros passando lá fora. Nunca costumo ouvir.

"Digo, também não é típico do tio Morris não estar grudado nos seus calcanhares. Onde ele está e por que você não mencionou ele? Ele não ia ter deixado você sair dos trilhos."

O resto da casa está em silêncio. É engraçado como você não percebe o silêncio na maior parte das vezes. Mas o silêncio é um som em si mesmo, é verdade. O silêncio é a ausência sussurrante de um som perceptível que você possa atribuir a algo. Na verdade, você só pode experienciar o silêncio quando tá morto, embora a teoria seja hipotética e não uma que eu ia gostar de pôr à prova.

Uma mosca-varejeira entra pela janela e zumbe de forma irritante pela sala, antes de sair de novo. Como algo tão pequeno pode enfurecer até o limite a raça humana?

A Maxine vem e se acomoda ao meu lado.

"Você podia ter se matado."

Não, eu só queria me entorpecer.

"A *Goneril* vai voltar com as compras logo, então me diga o que preciso saber antes dela chegar."

Toda essa Inquisitividade Espanhola. Por que as mulheres sempre sentem necessidade de bisbilhotar os sentimentos dos outros?

"Maxine, continue com a arrumação e deixe o seu pai em paz."

Fico de pé.

"Não!" Ela aperta meu braço com firmeza e me força a sentar de novo. "Me diga o que aconteceu ou vou ter que telefonar para o seu neto."

Não vá zombar de mim,/ Sou um velho muito tolo, bobo.

"Estou falando muito sério. Se abra comigo."

E de algum jeito, quando a pressão se torna insuportável, eu me abro. Falo que eu e o Morris estamos juntos faz um longo tempo, desde St. John's, que a gente tem agido desde então como espiões na Berlim Ocidental do pós-guerra. Falo pra ela que ele tá chateado comigo. Não posso dizer que estou deixando a mãe dela.

A Maxine fica quieta pela primeira vez e quando ela fala escolhe as palavras com cuidado.

"Papai, você realmente acha que eu nunca soube de você e do tio Morris?" Ela segura minha mão entre as dela. Sinto os dedos macios, sedosos e magros dela — tão suaves e quentes. "Nada desvia do meu gaydar, e você está *pra lá* de afetado. Você já se olhou no espelho nos últimos tempos?"

Deeeeels, essa garota é uma caixinha de surpresas.

"Suspeitei pela primeira vez quando era adolescente. Quando eu tinha vinte e um anos e ia a bares gays tinha quase certeza que você e o tio Morris eram um 'casal', mas nunca me senti capaz de abordar esse assunto com você. Você é meu *pai*."

"E a Donna?"

"Papai, leia meus lábios: a-gente-não-vai-contar-pra-Donna, certo?"

"Maxine, eu devia chocar você, mas sou eu quem está em choque."

"Eu diria que você não está pensando com clareza há bastante tempo. Você ficou preso dentro de si mesmo, o que pode levar a uma visão muito distorcida das coisas. Meu conselho para você é fazer parte de um clube de aposentados gays para receber apoio, onde você pode compartilhar experiências com colegas da velha guarda durante uma partida leve de tênis de mesa ou críquete."

Ah, encantador, babando numa cadeira de rodas com a mi'a língua pendurada pra fora e uma mancha na mi'a calça onde fico me molhando.

"Sério mesmo." A pirralha endiabrada sorri. "Você tem que começar a agir de acordo com a sua idade."

Como você?

"Para ser honesta", ela continua com entusiasmo crescente, saboreando o papel de Conselheira, "seu maior problema é que você nem sempre percebe o que realmente está acontecendo com as outras pessoas, se não se importa que eu diga."

Então agora *eu* sou o solipsista?

"Se você estivesse prestando atenção, teria ficado óbvio que eu estava totalmente de boa com a sua homossexualidade."

O único homo que eu sou é sapiens, queridinha, mas seguro a língua. Não tenho energia pra começar esse debate específico.

"A objeção que *tenho,* no entanto, é que você tem traído a mamãe todo esse tempo. Isso está me incomodando há vinte anos."

"Não é uma traição de verdade..."

"Cala a boca, papai. É traição, e, de uma perspectiva feminista, completamente fora dos limites."

"Você tem uma perspectiva feminista? Desde quando?"

"A vida toda, mas não no estilo macacão, sovaco peludo e rosquinhas no café da manhã, *claro.*"

"Tá."

"Certo, voltando à questão..."

Ela percebeu que tava completamente fora do assunto em pauta? Um milagre.

"Vejo que você está se sentindo péssimo, então quero aproveitar essa oportunidade para te agradecer por ser quem é, para fazer você se sentir melhor. O Morris estava certo: você me criou para eu poder me expressar. E você fez isso pelo exemplo também. Até parece que o sr. Barrington Walker ia desaparecer no mar insípido da homogeneidade. Você me disse para eu nunca me prender à discriminação racial, mas para transformar o negativo em positivo; caso contrário eu ia desenvolver uma mentalidade de vítima. Você me encorajou a derrubar o 'pôr tudo abaixo', nas suas próprias palavras.

"A questão é que a mamãe nunca vai ficar sabendo de você e do Morris desde que o Daniel cale a boquinha. E uma palavra de alerta a respeito do Garoto de Ouro: talvez você queira pensar em comprar o silêncio dele?"

Cada vez mais a Maxine transforma uma frase em uma pergunta por inflexão. É a Doença Californiana da Líder de Torcida.

"Eu o levei para Brighton quando ele tinha nove anos, topei com um velho amigo e o perdi por mais de uma hora. Tive que desembolsar uma boa grana por uma bicicleta BMX nova, caso contrário ele ia contar para a Donna. Ele vai ser um excelente político. Esteja preparado para comprar um carro novo no aniversário de dezoito anos dele.

"Você tem que fazer o que for preciso para esconder isso da mamãe, certo? Isso vai acabar com ela, e então a Donna vai acabar com você, e então a minha família vai estar morta ou na prisão. Fantástico. Faz pouco tempo que ouvi de um velho amigo da escola que a Donna arranjou uns gângsteres para dar umas boas porradas no Frankie logo depois que ele espancou ela."

Me pergunto se devo contar pra ela que o drama ainda não acabou — ele mal começou.

Vou deixar a mãe dela, me divorciar dela. Sim, vou fazer issaí. *Vou fazer issaí*. Acabou o vaivém na minha mente, acabou a covardia, acabou o *des*balanço dos contras e dos prós. Depois do que aconteceu com os arruaceiros do Daniel, não posso voltar atrás. Foi uma catarse acidental que levou à clareza mental e a um plano deliberado.

Mas como vou contar pra Carmel, sobretudo sem o Morris pra me apoiar?

"Quanto ao tio Morris", ela acrescenta, astuta, "acho que você precisa fazer uma visita a ele e pedir desculpas."

"Pelo que devo me desculpar?"

"Pelo que quer que você tenha feito para deixá-lo chateado."

"Como cê sabe que fiz alguma coisa?"

"Porque *conheço* você. Agora vá, vista um traje bonito e leve um ramalhete de flores pro tio Morris enquanto cuida disso."

Ela não tá perdendo tempo nenhum tomando um novo tipo de liberdade.

A Maxine se levanta e se desenrola como uma cobra, se esticando e batendo no lustre com as mãos.

Ela fica ridícula com aqueles saltos altos assim que retoma a arrumação.

"Maxine, por que cê não tira esses tamancos enquanto faz o serviço doméstico?"

Ela pula de um pé pro outro. "Você está certo: meus pés estão tendo uma morte lenta, mas se tirar nunca mais vou conseguir colocar de novo e tenho duas reuniões hoje à tarde e a abertura de um hotel-butique cinco estrelas em Chelsea à noite, propriedade de *russos*."

Ela esfrega o indicador e o polegar.

"E por falar nisso", ela diz, fingindo que não é premeditado, "quase terminei o plano de negócios da Casa de Walker para a minha mentoria. Vou trazer em breve."

Quando a Donna voltou com as compras e uma comida chinesa pra viagem, a Maxine tinha dado um jeito na sala de estar e pediu licença, depois de nos advertir a respeito de gorduras trans saturadas, glutamato monossódico, artérias entupidas e ataques cardíacos.

Acompanho ela até a porta. "Prometa que você vai ver o Morris mais tarde, está bem?"

"Palavra de escoteiro." Levanto a mão, em estilo juramento.

Ela dá beijinhos nas minhas bochechas, como o pessoal

faz hoje em dia, como se de repente todo mundo fosse francês e italiano. Não admira que doenças se espalhem tão depressa.

Ela tem que descer de lado os degraus íngremes de pedra, com os braços abertos pra manter o equilíbrio. A bolsa da moda no ombro é tão grande que ela pode se enfiar dentro e pedir pra alguém carregar.

"Maxine, aquela coisa de afetado", sussurro, seguindo ela até lá fora e fechando a porta. "Você tá dizendo que sou efeminado?"

Ela ri de mim. "Você é uma bicha velha do Caribe, mas não se preocupe, a maioria das pessoas não vai notar. Você é uma espécie em vias de extinção, papai."

Valeu.

Ela tá falando bobagem, claro. Sendo fantasiosa de novo. Vou perguntar pro Morris.

"Espere até conhecer meus amigos gays. Eles vão *amar* você demais."

Quando volto pra cozinha, a Donna tá cantarolando enquanto ajeita as compras. Ela serve um banquete que cobre praticamente toda a mesa: bolachinhas com camarão, rolinhos--primavera, sopa de frango e milho doce, porco agridoce, camarão e broto de feijão, carne com molho de feijão-preto, costeletas, *satay* de frango, frango com limão, pato crocante, vegetais salteados, macarrão, arroz frito especial, arroz frito com ovo, arroz cozido.

"As sobras vão durar alguns dias", ela diz, captando meu espanto. "A mamãe pediu pra eu me certificar de que você estava comendo. Viu, a gente realmente se importa."

A gente se senta, só nós dois, o que nunca acontece, nem comigo e nem com o filho dela.

Levando em conta que a Maxine me acusou de não entender as pessoas, estudo a Donna enquanto ela empilha tanta comida no prato que não sei se vai sobrar alguma coisa.

Chego à conclusão de que mesmo que não aparente a idade que tem, ela anda como se fosse mais velha, movendo o corpo como se precisasse esguichar WD-40 nas articulações.

Por que será que uma das minhas filhas tá envelhecendo prematuramente enquanto a outra é antinaturalmente jovem?

A Donna ainda tem uma pele boa, mas o rosto dela tá ficando mais endurecido, e os olhos são fortalezas escuras que desafiam você a entrar neles. Qualquer pretendente em potencial ia ter que matar alguns dragões pra passar por essas muralhas. Minha filha ficou sozinha por tempo demais.

Empilho arroz e carne, porco e frango, macarrão e rolinho-primavera.

"Sinto muito", ela diz do nada, um pouco na defensiva.

"Pelo quê?"

"Por ter sido um pouco exagerada antes em relação ao Daniel."

Hoje *é* o dia dos choques.

"O que quero dizer é que extrapolei e fui um pouco..."

"Grossa?"

"Eu estava em pânico por causa do Daniel e surtei. Não devia ter falado com você daquela maneira."

Um pouco de carne entala na minha garganta. Prefiro quando minhas garotas são desrespeitosas: pelo menos assim sei em que pé estou com elas.

"Sei muito bem que o Daniel consegue ser um merdinha quando está a fim, mas ele é tudo que eu tenho." Ela não para de espetar uma almôndega de porco, mas não come. "Ele é a única coisa que é minha."

A única pessoa a quem esse garoto pertence é a si mesmo. Cê devia ter começado a dar um longo adeus assim que ele chegou aos treze anos. Eu quis te dizer naquela época.

"Quando ele sair de casa pra universidade, já era. Ele já disse isso. Sei que não vai voltar, a não ser para trazer roupa suja... do jeito que os *homens* fazem."

Espeta, espeta.

"Donna, pelo menos isso te deixa livre pra encontrar o tipo do cara legal que cê merece, alguém que vai tratar bem de você."

O jeito como ela brilha me faz pensar em quando foi a última vez que falei de um jeito gentil com ela ou mostrei algum interesse real por ela.

"Não pense que não tentei, mas eu não sou como a Maxine, com o IMC anoréxico dela que inclusive os homens negros procuram hoje em dia — traindo a raça. De qualquer forma, simplesmente não há homens bacanas disponíveis por aí. Os elegíveis de quarenta anos escolhem as de vinte e cinco; os de cinquenta anos escolhem as de trinta, o que deixa a geriatria pras imprestáveis como eu."

"Isso é um bocado exagerado, minha querida." Mantenho a voz e o rosto compassivos, amigáveis, não hostis. "Tenho certeza que ainda existem alguns homens bacanas por aí dentro da sua... faixa etária... *apropriada*."

"Eu sou a especialista aqui, Pai. E acredite em mim, não existem. Os caras bacanas foram todos fisgados e o resto são uns cachorros com fobia a compromisso como o Frankie; ou são feios demais, velhos demais, pobres demais, malvestidos demais, inconvenientes demais, incultos demais, chatos demais, sem classe demais, gays demais, a fim demais de mulheres brancas ou quase brancas, o que é uma outra questão e você não ia entender."

Não sei o que dizer.

Eu e o Morris tagarelamos com frequência sobre quantos dos nossos homens não conseguem se contentar com uma mulher de cada vez e quantos dos nossos homens lançam a semente e aí não ficam por perto pra ver ela florescer, como o Frankie. Está embutido na nossa psique por séculos de escravidão, quando a gente não tinha permissão pra ser marido ou pai. Éramos os reprodutores da coudelaria, e a figura paterna *totêmica* (e moralmente criminosa) das nossas crias era o dono da plantação, que detinha o poder da vida e da morte sobre nós.

Estamos vivendo com isso hoje porque isso corrompeu nosso DNA psicológico e afetou nossa capacidade de ter relacionamentos estáveis uns com os outros. Os nossos homens não sabem ficar com as nossas mulheres. As nossas mulheres não sabem criar homens que fiquem. Não eu, claro. Fui um bom pai pras minhas filhas. Continuei casado além do que manda o dever. E fui um modelo pro Daniel. Segui os passos do meu pai e ninguém pode me dizer nada a esse respeito. Pelo menos não até agora.

Quanto à Donna, ainda deve haver uma porção de homens bacanas por aí; ela só não tá vendo eles.

Par exemple, uns quinze anos atrás a Carmel me disse que um sujeito muito simpático de Santa Lucia (um assistente social que aparentemente tinha um nariz grande demais) estava a fim da Donna e chamou ela pra tomar alguma coisa. Na época ela queria outro filho, mas primeiro queria um companheiro.

Ela disse pra mãe que rejeitou ele porque não queria ter bebês feios.

"Donna, querida", pergunto, por fim, "que tipo de homem cê tá procurando?"

"Você quer mesmo saber?"

"Quero, minha querida."

"Sério?"

"Sim, sério."

A Donna baixa a faca e o garfo, pega a mochila, que está numa cadeira ao lado, abre uma carteira de couro roxa e tira um pedaço de papel bem manuseado.

"Escrevi isso há quatro anos como forma de esclarecer meus objetivos e metas. Escrever seus objetivos ajuda a alcançá-los. Leio isso quando preciso me sentir esperançosa e inspirada. Isso é o mínimo que procuro num homem."

Isso tá me saindo melhor que o esperado.

Ela começa a ler o papel, de forma bastante solene, como se fosse um mantra.

~ Meu marido será caribenho ou descendente de caribenhos.

~ Meu marido será um profissional muito bem-sucedido e *adimplente*.

~ Meu marido terá entre trinta e cinco e quarenta e nove anos.

~ Meu marido não terá filhos de relacionamentos anteriores.

~ Meu marido será muito inteligente e educado, com ao menos um diploma acadêmico.

~ Meu marido será mais alto que eu, de preferência um homem com mais de um metro e oitenta, musculoso e *sem* barriguinha.

~ Meu marido será bonito, mas não tão bonito que as outras mulheres corram atrás dele.

~ Meu marido não terá peito, costas, mãos, nariz e orelhas peludos, ou ainda pelos encravados que ele espera que eu arranque com pinças.

~ Meu marido terá... (Pai, esse é o trecho que você *não* precisa ouvir.)

~ Meu marido vai adorar cozinhar para mim, ao contrário do Frankie, que nunca cozinhou um ovo.

~ Meu marido nunca vai mentir, trair ou cobiçar outras mulheres.

~ Meu marido será doce e gentil, mas ainda assim *muito máscolo*.

~ Meu marido será um grande ouvinte.

~ Meu marido vai me aceitar inteiramente pelo que sou, sem críticas.

~ Meu marido não vai roncar.

~ Meu marido vai querer segurar a minha mão em público.

~ Meu marido vai me adorar mesmo quando eu estiver velha e enrugada.

~ Meu marido vai amar o Daniel.

~ O Daniel vai adorar ele também.

"É isso", ela diz, largando o precioso documento na mesa de um jeito melancólico.

"Donna", arrisco com suavidade, tentando não inserir nenhuma inflexão crítica na minha voz. "Cê já pensou que pode estar sendo um pouco exigente demais?"

Passo em falso, Barrington.

"*Exigente demais?*", ela berra. "Não fui exigente o suficiente com o Frankie, fui? Fui tomada por uma bela de uma pamonha, porque tinha autoestima baixa. Já fiz cursos de empoderamento pessoal suficientes desde então para saber que mereço mais. Agora veja o que você conseguiu, fez com que eu perdesse a fome."

Ela pega o prato, se inclina até a lixeira e joga as sobras lá dentro.

"Não consigo acreditar que confiei em você pela primeira vez na vida e você estragou tudo. Você simplesmente não entende, não é?"

"Entender o quê, querida?", respondo, tentando o tom do Morris quando confrontado com antagonistas irascíveis.

Ela tá pairando acima de mim de novo.

"Que *você* é o culpado pelos meus problemas com os homens. Não confio nos homens, porque você causou dor à Mamãe durante toda a vida de casada dela. Fiz terapia suficiente para saber que, de forma inconsciente, não espero acabar em uma parceria feliz por sua causa."

Sénhor, sénhor, se minha filha de meia-idade quer me culpar pela incapacidade dela de fisgar um homem, nada posso fazer. Não tive nenhum poder sobre o raciocínio dela desde que se tornou uma adolescente cabeça-dura.

"Não consegui dizer nada antes porque... bem... você pagou pela educação do Daniel e... minha casa e tudo mais, e apesar de estar agradecida, é claro que estou muito agradecida, também me deixou... bem, é melhor eu dizer isso, *em dívida* com você."

A essa altura dos acontecimentos a nossa relação parece que tá despencando do precipício no Vale da Morte. "Mais alguma coisa que você queira desabafar", pergunto, apenas pra acelerar o que tá a caminho.

"Você me aterrorizava quando eu era pequena, quando chegava em casa bêbado e começava a brigar com a Mamãe. Eu ficava me mijando na cama, *literalmente*. O lar devia ser um santuário para as crianças. Em todo caso, eu raramente via você, porque você ficava fora o tempo todo. Então a princesa Maxine apareceu e você mimou ela demais, e assim tem sido desde então. Ela teve o pai que eu nunca tive."

Fico de pé, e é melhor ela sair do meu caminho ou vou ter que empurrá-la pra passar e aí ela vai acrescentar lesão corporal grave à minha lista de crimes de guerra.

Ela dá um passo pra trás, os braços dobrados e as mãos apertando os cotovelos, como se estivesse se esforçando pra não me derrubar no chão.

Começo a embalar a comida chinesa. Sim, vai ser suficiente pros próximos dias.

Não me apresso, empilho as caixas de forma ordenada na geladeira.

Começo a andar pelo corredor com as pantufas feitas de chumbo.

Só que a Donna ainda não acabou.

Sinto que ela foi até a porta, me observando.

"Eu vi você", ela diz, num tom que me faz sentir que um machado tá prestes a ser enterrado nas minhas costas.

Ela tá encostada no batente da porta, braços cruzados.

"Abril de 1977. Eu estava a caminho de uma festa, e a Mamãe me disse que você tinha dado uma saidinha para pegar uma garrafa de uísque no pub, mas que fazia um tempo que estava fora e que era para te procurar. Cheguei no fim da rua e lá estava você, saindo às escondidas daquele bordel ao ar livre conhecido como cemitério, parecendo tão espertalhão... com uma mulher vestida como vagaba *logo atrás de você*."

Nada a recuperar.

Nada a negar.

Nada a declarar.

"Algumas noites depois estávamos todos vendo tevê, e assim que escureceu você disse que ia tomar um drinque no pub. Eu segui você e você foi direto para o cemitério de novo, como todos os outros velhos nojentos. Cerca de vinte minutos depois você saiu e foi para o pub. Durante todo aquele verão você ficou fazendo isso. Então foi espancado por algum cafetão, ou quem quer que seja, e a única coisa que pensei foi aquele canalha bem que mereceu."

Onde está o Morris? Quero o meu Morris.

"Eu nunca ia conseguir contar para a Mamãe porque ela teria ficado arrasada. Ela era, e ainda é, muito inocente e frágil. E eu nunca ia conseguir destruir a fantasia da Max sobre o grande pai que você é, apesar de como você trata a Mamãe. Guardei isso por trinta e três anos. Protegendo você. Protegendo a Mamãe. Protegendo a Maxine."

Ela tá esperando que eu diga alguma coisa.

Subo as escadas, um pé de cada vez.

Quando chego no quarto, abro a janela e ponho a cabeça pra fora pra tomar um pouco de ar. Por mais que a Donna queira, não me atiro dali.

Tiro a roupa e subo na cama asseada e agradável, arrumada com os lençóis limpos que a Maxine deve ter encontrado no esconderijo secreto delas.

Poucos minutos depois, ouço a porta da frente bater.

13. Canção do poder

2000

o distrito de Hackney deveria treinar as equipes de habitação em habilidades de detetive, com todas as bobagens que você tem que aturar de inquilinos existentes e potenciais

é o que você diz aos novos assistentes de habitação quando está dando as boas-vindas a eles, os novatos sabichões vindos direto de uma universidade, sem experiência de vida, mas cheios de atitude

que você corta pela raiz, porque, depois de mais de vinte anos no emprego, e como gerente de habitação *sênior*, você agora é uma *chefona* com poder, responsabilidade e experiência

Olha aqui, você diz a eles, *vocês precisam estar constantemente alertas nesse tipo de trabalho porque é difícil lá fora nas ruas cruéis de Hackney. Imagine que você está no departamento de polícia de Los Angeles trabalhando no centro-sul da cidade… mas pior*

o que sempre provoca uma risada nervosa

você alerta eles a respeito das coisas que as pessoas fazem pra furar a fila da cobiçada Lista de Espera de Moradias, caso contrário, elas podem levar vinte e cinco lentos anos pra chegar ao início, se chegarem

como detectar a treta na mutreta, embora você não use essas palavras exatas, como por exemplo

adolescentes com almofadas enfiadas sob os macacões, como se você fosse uma idiota que nasceu ontem

aproveitadores alegando que estão dormindo nos bancos do parque há meses, mas não conseguem explicar por que os sapatos estão tão polidos, as roupas tão limpas e elegantes

os documentos forjados e os endereços falsos de Hackney

os inquilinos que sublocam as casas, que tocam o terror nas propriedades, constroem puxadinhos e abrem passagens nas paredes como se fossem os donos das espeluncas, violando assim o contrato de locação que assinaram na linha pontilhada, e você é famosa por ter jogado ele na cara de um ou dois como prova (você até ficou com um olho roxo uma vez graças ao seu empenho)

inquilinos que criam burros, cabras, porcos, galinhas, ovelhas, guaxinins e macacos nos quintais, até mesmo um touro adulto foi levado como se fosse um bezerro pro aniversário de uma criança, e você teve que providenciar a remoção dele por cima do telhado

o realojamento e a manutenção que você tem que autorizar, especialmente após vazamentos de gás e explosões, incêndios criminosos, negligência e portas da frente destruídas por bestas enfurecidas ou batidas policiais

famílias que superam em crescimento a alocação de quartos destinada a eles

famílias inscritas nos serviços sociais que com frequência são uma dor de cabeça multigeracional

os malucos, os apinhadores, os fugitivos, os ex-detentos, os poluidores sonoros, os infestadores de ratos, os perpetradores de violência doméstica, os inadimplentes, as casas de prostituição, os invasores e os donos dos antros de drogas à espera do despejo e os barras-pesadas que você tem que peitar quando não vão embora caladinhos

você e o Reuben costumavam fazer brincadeiras amistosas sobre essas questões, mas ele sempre ficava do lado da escória da sociedade, culpando o capitalismo e a Vilã do Leite por tudo (privatizações, monetarismo, a greve dos mineiros, impostos, o direito de compra, brutalidade policial, pessoas ricas, pessoas pobres, racismo, colonialismo, fome, desastres naturais)

enquanto você sempre apoiou a filosofia do trabalho árduo e do autoaperfeiçoamento

dez anos depois, você ainda tem saudades de ouvir os discursos políticos divertidos dele

enquanto vocês dois ficavam aninhados na cama disforme dele sob a colcha de retalhos feita pela bisavó na Hungria (que você fez ele levar pra lavanderia pra primeira lavagem dela na vida, *provavelmente*)

você ainda tem saudades de fazer amor no lençol floral *limpo e de cheiro agradável* que você comprou e ordenou que ele pusesse depois de lavar sempre que você fosse visitar, caso contrário você não ia voltar praquele *arquétipo do apartamento de solteiro* pra dormir em lençóis cinzentos que já foram brancos

você ainda tem saudades dos joguinhos também, em especial depois que permitiu que ele enfim comprasse lingeries sensuais em uma loja na Wardour Street, que pouco a pouco foi abrindo um panorama totalmente novo e que nunca cansava nenhum dos dois

lenços de seda, algemas, cera de vela, camisinhas, vibrador

rapaz, você era uma *gata sensual e fogosa*, pronta pra coisas que você nunca imaginou

depois de uma vida inteira de sobriedade, você tava pronta *pra qualquer coisa* uma chefona no trabalho e na cama, que era como ele gostava

Carmel, você era chocante...

... mesmo

deslizando escada abaixo até a entrada lateral do apartamento dele nas noites de sexta e ficando até tarde sob o pretexto de que ia sair com as garotas, que estavam todas em conluio

não que o Barry alguma vez tenha duvidado das suas mentiras; na verdade ele incentivou você a se divertir, a ir ao pub ou a ver algum sucesso de bilheteria

você ainda tem saudades de ficar encasulada no apartamento *funcional* do Reuben de apenas um quarto que ficava no subsolo na Rushmore Road e que você deixou o mais acolhedor que pôde, apesar das pranchas ásperas de madeira empilhadas em cima de tijolos que serviam como estantes de livros, cartazes políticos sem enfeites, em vez de fotos bonitinhas e emolduradas nas paredes, uma cozinha sem torradeira ou chaleira elétrica e um jardim com uma mesa de madeira e um banco com dois assentos pregados que ele roubou de um pub e não queria devolver, não importava quantas vezes você dissesse a ele que aquilo era criminoso

então você deixou o apartamento menos funcional com flores secas em vasos, pot-pourri em tigelas, mantas florais roxas e almofadões, um tapete espesso roxo e cor-de-rosa, toalhas florais, toalhinhas de lavabo, sabonetes, velas perfumadas, difusores de ambiente, um conjunto totalmente novo de talheres, copos de vidro, panos de prato, torradeira, micro-ondas, chaleira elétrica pra substituir a antiquada chaleira com apito

ele deixou você fazer sua mágica, confuso, dizendo que não notou o *décor*

que a coisa mais importante na vida dele era você

e com ele você se tornou uma versão melhorada e mais agradável de si mesma, que não falava de modo ríspido nem discutia, que não se sentia injustiçada ele amava até mesmo as coisas que você odiava em si mesma, como os pneuzinhos na barriga que você não conseguia eliminar e os pés feios, com cicatrizes de infância e joanetes que ele massageava e até *beijava*

pensar que um cara podia te amar tanto a ponto de beijar seus *cascos?*

e mesmo sabendo que Deus tava olhando, cê não conseguia evitar

mesmo que ainda fosse à igreja (cada vez menos), você concluiu que não era mais hipócrita do que qualquer outra pessoa, como aquele degenerado pastor George que era um homolibertínico

e por mais que você se apavorasse por cometer o pecado do adultério, não conseguia desistir do Reuben, e mesmo dez anos depois da última vez que o viu, você ainda sente falta de ser envolvida por ele e de mexer no cabelo grosso e encaracolado dele, que tinha ido do *Cairo pra Barcelona pra Budapeste pra Barnet pra Hackney pra você, Carmie*

ele era o seu Pastor Sefardita — veio e se foi

ah, como cê mergulhou no calor dele, senhora

de tal forma que quando saía do apartamento dele tava radiante por todo o caminho pra casa e tinha que se conter quando entrava pela porta e o Barry tava perto

e nem uma única vez você falou com o Reuben do seu casamento, então você não foi desleal nesse sentido

nunca disse pra ele que ia deixar o Barry porque, apesar de todo o inferno que ele fez você passar, de jeito nenhum que você ia voltar atrás nos votos do casamento, porque o casamento é um presente de Deus, Jesus se sacrificou pela humanidade, da mesma forma que você tem que se sacrificar pelo seu casamento

quanto a isso não há meio-termo

embora a Maxine já tivesse saído de casa e estivesse na escola de arte, usando brincos no nariz e brincando com papel machê, caixas de leite e tijolos como se estivesse no programa *Blue Peter* se gabando de que ia ser a artista mais famosa que o mundo já conheceu (ainda mais cheia de si do que nunca)

o que mudou depois que ela deixou a faculdade e se tornou uma stylist de moda *seja o que for isso* e por fim compreendeu que não era mais especial que ninguém

(pelo menos ela seguiu seu conselho pra arranjar um emprego decente, em vez de viver do seguro-desemprego esperando que algum dia alguém fosse descobrir ela)

então, em 1993, a Donna teve o Daniel, e você tava feliz por sua família não ter se partido, mas expandido

como deveria — você e o seu marido antiguano, suas filhas, seu primeiro neto

como Deus ordenou

era para ser

ao contrário de você e o Reuben, que eram uma combinação perfeita no quarto, mas de uma incompatibilidade perfeita fora dele

você nunca ia se adaptar àquela cultura de comícios socialistas e pessoas sem gosto pra se vestir, futons, filmes com legendas, andar de bicicleta e ler livros chatos que não eram cativantes como os romances da Jackie Collins, que agora eram seus favoritos

nem você ia querer isso

e ele certamente não ia se encaixar no seu mundo

só que ele começou a falar de como estava solitário sem você

de como estava solitário sem uma parceira e os filhos que desejava

como tinha arranjado um emprego em urbanismo no município de Lambeth

comprou um apartamento em Stockwell e disse que precisava cortar todo contato

e você teve que deixar ele ir, porque você não tinha o direito de tentar impedir

você o teve por cinco anos e dá graças por isso

embora tenha parado do lado de fora do apartamento dele algumas vezes no escuro da noite

olhando pelas janelas sem cortinas pras paredes brancas, o pôster do Che Guevara, estantes de livros

pensando que se você estivesse lá ia ter posto cortinas decentes, *pelo menos*

não ousando tocar a campainha

pegando o último metrô pra casa

e então

por coincidência

alguns meses depois o Barry pediu o divórcio

e você passou o recado que era pra ele jamais propor isso de novo

depois disso você passou a década de 90 indo à igreja mais do que nunca

a sra. Walker, a dona Merty e a dona Asseleitha se tornaram membros da Igreja dos Santos Vivos

quarta à noite, sexta à noite, sábado à tarde, domingo o dia todo

você tem implorado perdão ao bom Deus desde então

mas o problema é — aqueles cinco anos foram os melhores da sua vida

a verdade é que você tá implorando sem se arrepender

então cê tá condenada, garota, cê tá condenada

14. A arte de ser dissimulado
Sábado, 22 de maio de 2010

Tô parado do lado de fora do prédio do Morris, preparado pra implorar perdão.

O ressentimento dele tá durando mais do que sou capaz de suportar.

Daqui a pouquinho vou tocar a campainha e ser autorizado a subir até o esconderijo dele.

Se eu tocar a campainha e ele não atender, sei que tá mesmo planejando vencer as Olimpíadas do Ressentimento. Sei disso porque o sistema de interfone vem com uma câmera. Também sei disso porque são sete da manhã e, a menos que tenha mudado o hábito de uma vida inteira, aquele homem já deve estar de pé há uma hora.

E tô nervoso, é verdade.

Qualé, cê tem que me deixar entrar, Morris. Mas e se ele não deixar?

A caminho daqui, fiquei maravilhado com o Mundo Exterior, as flores de primavera, os carrinhos de leite barulhentos, o tráfego no horário de pico, como se tivesse ficado encarcerado por mais tempo do que uns meros dias da minha vida. Me senti uma verdadeira Perséfone, saltitando pelos prados depois de um inverno terrível passado no mundo inferior com aquele cão sarnento do Hades.

Embora, *embora*, ainda sinta o peso das revelações da Donna descarregado em cima de mim. Uma coisa é sentir que sua filha odeia você, outra bem diferente, no entanto, é ouvir isso direto da sua boca.

Fui um pai terrível, um monstro perverso? E se fui, o que posso fazer em relação a isso agora?

Tenho a impressão de que a Donna ia ter preferido que eu tivesse partido pra sempre. Não consigo acreditar que por mais de trinta anos a Donna andou por aí com o conhecimento secreto, na cabeça dela, de que o pai visita prostitutas. Não é à toa que ela sempre foi tão estranha comigo. E se ela soubesse a verdade?

A Maxine ligou ontem à noite pra saber como eu tava me sentindo, ao que respondi "Legal", dizendo o que ela queria ouvir. Não culpo ela. Ela não precisa carregar meu fardo pesado.

"Maxine", eu disse pra ela, "vou ver o Morris amanhã cedo e, se ele estiver de acordo, quero que a gente conheça esses seus manos. Então, minha querida, que tal você me levar junto com o Morris prum bar no Soho amanhã à noite?"

A respiração da Maxine foi audível.

"Tem razão, e você precisa se distrair num *ambiente seguro* para espairecer a mente. E vou me certificar de que você esteja em casa às onze e meia — *sóbrio*. Maravilhoso. Mal posso esperar para transportar vocês dois da década de 50 pro século XXI."

Como o sr. William Butler Yeats escreveu tantos anos atrás, *As coisas desmoronam; o centro não aguenta* e já que a *anarquia pura* está à solta no meu mundo (e uma revolução doméstica é iminente), eu podia muito bem explorar essa vida gay que está em aberto.

A Maxine também disse que tinha falado com a Carmel no telefone, o que foi um choque, porque eu realmente nunca pensei que aquelas duas fossem próximas o suficiente pra ficar batendo papinho numa ligação internacional. Acontece que a Carmel topou com a Odette em St. John's, que ela não via desde que a Odette deixou Londres, em 1989. Aparentemente a Carmel tá hospedada por um tempo no hotel-spa da Odette e adiou a volta.

Mais uma má notícia.

Vai ser revelação com café da manhã, difamação com almoço e vingança com jantar.

"Quando ela vai voltar?", perguntei pra Maxine.

"Ela não disse, pai. Tenho a sensação de que ela não quer voltar."

Posso nem ter nada pra dizer pra Carmel quando ela voltar, porque, quando ela e a Odette começarem a pôr a conversa em dia, isso tudo vai vir à tona. Mas quando é que ela *vai* reaparecer? Isso já foi longe demais.

A voz do Morris cacareja pelo interfone: "Quenhé?".

"Cê sabe muito bem quenhé."

Ele e a maldita tosquice dele.

"É você, sr. Walker? É você mesmo? Veio se desculpar? Veio beijar o meu rabo?"

"Vou fazer mais que beijar seu belo rabo, seu velho otário. Agora me deixa subir. Você sabe que quer."

Quando chego à porta do apartamento, ela tá aberta e ele tá voltando pelo corredor, o quimono vermelho com um dragão nas costas que comprei pra ele na Selfridges esvoaçando atrás.

Na confluência quadrada de cozinha, sala, banheiro e quarto, ele se vira pra mim, o quimono aberto — me saudando com o quinto membro dele.

"Sim, soldado De la Roux. É esse o tipo de respeito que mereço. Sou o general, o soberano do nosso microuniverso e cê vai cumprir as minhas ordens ou a sua punição vai ser severa, tá ouvindo?"

Percorro ele de alto a baixo com os olhos, pra ele não ter dúvida de que vou devorá-lo vivo. Não dá pra acreditar que ele ainda consegue carregar meus eletrodos desse jeito. Quem é que ia imaginar? Como pode uma pessoa deixar você assim desde a infância até uma (jovial) idade avançada?

Me livro do casaco, da camisa, dos suspensórios, das calças, das cuecas e do chapéu. Arranco os sapatos e tiro as ligas e as meias.

Agora não tem nada entre ele e o meu Leão Dominador de Hackney.

Deslizo pra frente cuidando pra encolher a barriga e, quando chego ao meu destino, a minha língua ansiando por calor faz contato com a dele e se envolve numa ginástica muscular e energética. Essa é sempre a melhor maneira da gente esclarecer as coisas, evitando uma série de incriminações e recriminações.

Eu o apalpo e deslizo o robe de seda dos ombros dele e corro as mãos pelos contornos suaves daquela epiderme hidratada.

Mordo o pescoço e sorvo a essência da suculência dele.

Ele cheira a banho recém-tomado, a asseio com creme dental mentolado, tá bem barbeado e coloniado. Excelente.

Caio de joelhos (bom, está mais para me abaixar com cuidado, em estágios), enquanto ele aninha minha cabeça, fecha os olhos e ronrona.

Ele tem sorte. Quantos velhotes conseguem sentir um prazer tão indescritível com um amante tão disposto e competente?

É o meu jeito de dizer a ele que sinto muito por ser um cuzão. Não é preciso soletrar.

Conduzo ele em direção à nossa Câmara do Amor e aos lençóis de cetim preto com costura vermelha que comprei pra ele aos montes quando ele se mudou.

Vem cá, rapazinho. Vem aqui, meu chapa. *Chega aqui, sim, hômi. Tenho um pau bão.*

Empurro ele de leve até a cama pra ele cair de cara pra baixo no travesseiro sem causar dano a nenhuma articulação.

Vou traçar você do jeito que sempre te tracei, do jeito que cê sempre gostou que eu te traçasse, e quando terminar de te traçar, cê vai tá girando em direção às estrelas, amigão.

Enquanto ele tá ali deitado num estado de expectativa deliciosamente explícita e animada por causa das delícias que tenho guardadas, fecho as cortinas e ponho "Mr. Loverman" do Shabba Ranks no toca-fitas, no móvel de cabeceira. Ah, sim, o Ranks pode jorrar versalhada homofóbica junto com aquele provocador demente do Banton, mas essa música é a nossa melodia-tema de uma *festança* perfeita.

Subo (também em cuidadosas etapas) nas costas dele e começo a esfregar seus ombros. O Morris adora.

Podemos fazer isso com calma, porque temos todo o tempo do mundo; e depois que a gente demorou todo o tempo do mundo, com o Shabba rosnando ao fundo, olhamos pro teto cor de magnólia, recuperando o fôlego.

Pequenos arrepios de prazer sobem e descem pelas minhas pernas.

"Morris, cê pode se passar por um daqueles caras sarados de meia-idade que ainda puxam ferro na academia *fácil*. Por que cê não coloca um anúncio num daqueles periódicos que eu guardo na garagem: 'Cavalheiro maduro, vinte e um centímetros, não circuncidado, musculoso, tesudo, jogos anais, versátil'?"

(Ele não é "versátil", mas gosto de agradar ele. Também não tem vinte e um centímetros.)

"Muito engraçado, Barry, mas *eu* teria que pagar pra *eles*. E tenho certeza que não tem um único jovem de vinte anos no mundo inteiro que ia pensar que sou sarado. Tá mais pra 'Cavalheiro supermaduro: enrugado, lesado, vergado'."

"Morris, cê deve tá sofrendo daquela condição de dismorfia corporal que as pessoas nos países ricos só inventaram porque têm tempo sobrando, criando problemas psico-ilógicos pra si mesmas. É tudo uma questão de perspectiva, e da minha você *é* sarado."

"Nesse caso, talvez eu esteja um pouco mais forte desde a última vez que te vi, já que fui em quatro aulas de pilates pra aposentados. Você acha que uma barriga tanquinho já tá aparecendo?"

"Com certeza. Cê já tá conseguindo resultados."

Me viro pra ele e o cubro com meu próprio corpo.

"Não importa o quanto cê é sarado, ainda quero você. O amor ainda tá forte, Morris. O amor ainda tá forte."

Eu acabei de dizer isso? *Qual é* meu problema? Tô me sentindo tão feliz só de estar com ele.

"Sou grato a você, Morris. Sim, grato. Na hora que mais preciso, cê tá me distraindo dos problemas e aflições."

"Você tá ficando todo fofo comigo, Barry? Tá entrando em sintonia com seu eu feminino, hein? Me conta, o que tá acontecendo? Alguma coisa rolou nessa última quinzena, porque cê tá diferente."

E eu conto pra ele, dividindo em cenas cronológicas: o Daniel, o Surto, a Maxine, a Donna, e finalmente a possibilidade, ou melhor, a inevitabilidade da ex-mulher dele e da minha futura ex-mulher conspirando pra destruir a reputação da gente enquanto os pés delas tão sendo massageados por gigolôs antiguanos à caça de matronas ricaças.

Quando contei tudo e mais um pouco, escondendo a parte da "espionagem do cemitério" da Donna, o Morris tá olhando pra mim como se não fosse capaz de decidir se estou louco ou se ele devia ficar orgulhoso por eu me sentir tão *ofendido* pelo delinquente esnobe.

"Barry", ele diz, falando o meu nome sem necessidade, do jeito que a gente faz, como se não fôssemos só nós dois, tão próximos que as respirações tão evaporando na boca um do outro, "siga meu conselho: da próxima vez que você sentir que tá a ponto de surtar, pergunte a si mesmo o que o Dalai Lama faria e siga o exemplo, certo, Chefe?"

"Certo, Chefe."

"Porque se assumir pro Daniel e os amigos dele na calada da noite foi o cúmulo da estupidez, até mesmo pra você. Pelo menos você teve dezessete anos pra conviver com ele. Acha que vou servir de babá do meu neto mais novo, o Jordan, mais uma vez se o Clarence descobrir o que eu sou? Meus rapazes tão sempre reclamando de discriminação racial, mas eles mesmos são tão cheios de preconceitos. Sabe de uma coisa? Como pai, fodi tudo nesse sentido."

"Nem me fala de foder com a paternidade, Morris."

Eu podia muito bem acompanhar o Morris naquela visão de mundo do copo meio vazio porque agora não tô me sentindo tão Poliana.

"Barry, você ainda tá deixando a Carmel?", ele diz, soando um pouco preocupado.

"Uhum." Se ao menos o Morris soubesse de verdade as provações internas que tenho suportado pra chegar a esse estágio.

"Ótimo — então você precisa contar pra ela assim que ela passar pela porta da frente, e então a gente parte daí. Tudo bem? Aconteça o que acontecer a gente vai enfrentar isso juntos. Certinho?"

"Certinho."

"Então... só pra ficar claro, você vai deixar a Carmel e vir morar comigo, certo?"

"Sim", digo, com ênfase dessa vez. É bom dizer isso — com sinceridade, com intenção, uma decisão motivada por acontecimentos dramáticos recentes, dúvidas e extrema angústia pessoal.

Sinto que conseguiria me exercitar de novo. Eu *conseguiria* — com a ajuda do meu amigo gentil e confiável, mas um tanto caro, dr. Viagra.

Dez horas depois estamos no antro gay de Madame Maxine, as vias estreitas em torno da Old Compton Street lotadas de veículos motorizados tentando atropelar você, um amontoado de bares se espalhando pelas calçadas como se fossem donos delas, e aqueles riquixás irritantes que apareceram no West End há cerca de dez anos, não tem cabimento. Isso é Xangai? Isso é Bombaim? Esta é a cidade do Ho Chi Minh?

Hordas de caras na caçada também, não em parques ou cemitérios à noite, onde a localização por si só é prova de intenção, mas numa paquera despudorada aqui fora, à vista de todos.

Não é tão Village People como pensei. Os caras tão com roupas bem normais e não tipo *Bichonas-na-Parada-do-Orgulho--Gay-Usando-Só-um-Fio-Dental-de-Lantejoulas-e-um-Cocar-de--Penas-de-Pavão*. Na verdade, eu e o Morris é que estamos recebendo olhares *antropológicos*, com os nossos ternos elegantes dos anos 50, polainas, chapéus fedora e, no meu caso, uma corrente de ouro grossa no pescoço. Lanço a eles olhares antropológicos de volta. Eles não entendem que somos os *visitantes* aqui, não os nativos?

No meio da Old Compton Street passamos pelo pub Admiral Duncan, que foi atacado com uma bomba contendo pregos por um nazista malucão em 1999 — um cara só com a quarta parte do cérebro, que não conseguia uma mulher, culpou os gays, os negros, os bengalis, e decidiu explodir todos nós por vingança. O pub tem letreiro cor-de-rosa extravagante e paredes roxas com aquela Bandeira da Liberdade voando no topo do mastro. Quando ouvi a notícia do bombardeio na época, isso se tornou mais um motivo pra não chegar nem perto desses bares. Fique com os parques, Barry. Eles podem te bater, mas pelo menos você não vai acabar com as pernas numa extremidade da rua e a cabeça na outra.

É quando a ficha cai. Pela primeira vez na vida não tenho dúvida nenhuma de que *todo mundo* nas imediações sabe que eu e o Morris somos "cavalheiros de virtude duvidosa". Não tem impostor aqui. Senhor, eles nos *conhecem*. Nossa, nem sei onde me enfiar, porque alguns desses caras fazem um contato visual tão *prolongado* comigo que deviam solicitar uma autorização de estacionamento de residente. Nem por um minuto eles vão pensar que somos dois maridos, pais e avôs arrumadinhos atravessando o West End a caminho de casa vindos de uma festa de casamento, funeral ou serviço religioso pentecostal. Não, siô, 'sso não é Hackney, 'sso não é Brixton, 'sso não é Leyton. Aqui é o *antro das bichona*, e elas tão pensando "Olha só praquelas duas maricona velha do Caribe".

Se bem que, se tivesse mais coragem, ia segurar a mão do Morris por, digamos, *um segundo*. Minha vida inteira vi casais de mãos dadas, se beijando na rua, no ônibus, em pubs. Vi casais andando de braços dados, bagunçando o cabelo um do outro, sentando no colo um do outro, dançando juntinho, romanticamente, jazzamente, funkamente, pessimamente, obscenamente.

E nunca, nem uma só vez, me senti capaz de sequer ficar de braços dados com o homem que amo.

Eu e o Morris trocamos olhares de soslaio e piscamos.

Ele pega minha mão e a aperta por alguns segundos.

É nossa primeira demonstração pública de afeto em sessenta anos.

O primeiro bar a que a Maxine nos leva é conhecido como Yard. Ela tá vestida de forma relativamente sensata hoje, usando jeans não tão manchados e aquelas "sapatilhas", tendo "destruído *totalmente*" os pés com aquelas sapatrancas de alguns dias atrás. Digo relativamente sensata, porque mais uma vez ela amarrou um turbante na cabeça pra ficar parecida com uma daquelas matriarcas nigerianas intimidadoras, que andam pelo mercado na Ridley em trios, arrastando qualquer um que não saia do caminho.

O bar tá tão lotado de jovens gostosos, marias-purpurinas e, como a Maxine avisou a gente, "despedidas de solteira voyeuristas" e com a suposta "música" retumbando tão forte e ensurdecedora que a Maxine teve que gritar como numa ópera, alcançando notas altíssimas só pra perguntar o que a gente ia querer beber. Grito de volta como numa ópera que eu e o Morris precisamos sentar pra prevenir um ataque cardíaco, mas não tem lugares vazios. A gente sai de lá, tenta alguns outros bares igualmente desastrosos, antes da Maxine sugerir que a gente "pegue um táxi" pois ela conhece "o lugar perfeito". No caminho ela telefona pros manos dela pra dizer que a gente tá se deslocando pro Quebec, virando a esquina no Marble Arch. Digo pra ela que tô pronto pra desistir, porque não vou ficar pulando de bar em bar feito um estudante. Ela me garante que é voltado pra clientela gay mais velha e também conhecido como Cemitério dos Elefantes.

"Encantador. Por que você simplesmente não leva a gente pra funerária e acaba com isso?"

"Papai", ela retruca, "você não está planejando ser um velho rabugento a noite *toda*, né?"

Não planejo e não quero ser, mas não consigo me desligar do fato de que a esposa tá nesse minuto espetando alfinetes no meu boneco de vodu; que minha filha mais velha tá carregando o ressentimento de uma vida inteira; e meu único neto foi *humilhado* por mim e nunca mais vai falar comigo.

O porteiro pergunta se a gente sabe que tipo de bar é lá dentro, e a Maxine retruca que somos frequentadores assíduos, passando por ele com arrogância. Assim que a gente entra, os caras dão uma espiadinha sorrateira nos recém-chegados. A maioria deles tem cara de gerente de banco e professor aposentado, a população banal de cavalheiros de classe média dos subúrbios.

Me dou conta de que como recém-chegado a esses hábitats gays eu esperava de fato encontrar *habitués* que gostam de chamar atenção, mas não é nada disso. Eles são só caras normais, versões mais velhas daqueles que eu costumava encontrar *al fresco* lá nos velhos tempos. Isso só mostra como até mesmo minhas suposições podem, às vezes, ser equivocadas.

O pub comprido e estreito tem um bar de madeira da extensão de um iate de tamanho médio, tapete vitoriano falso, papel de parede, lustres e, arruinando qualquer inclinação saudosista, canos de ar-condicionado horríveis pendurados no teto, que são mais adequados a um porão úmido de hospital do que a um pub. Uma tevê de tela plana suspensa na parede também segue a temática do contemporâneo *que se mistura* ao antigo, junto com uma máquina de pinball que tá sendo manejada furiosamente por algum oriental suado com *mahjong* nas veias.

"É o pub gay mais antigo de Londres, *queridos*", a Maxine anuncia enquanto segue reto na direção de uma mesa vazia.

Desde quando a minha filha pode chamar a gente de querido?

"Foi inaugurado em 1936, embora eu não ache que pubs gays existissem na época."

Ela conduz a gente até nossos lugares como uma mala sem alça (sussurrando no meu ouvido pra saber se tô bem), praticamente puxando as cadeiras pra gente e ajudando a tirar nosso casaco. Por que não aproveita e mede logo a gente pros nossos caixões?

"Ah, não sei", o Morris diz, os olhos percorrendo a sala como se fosse a Capela Sistina. "Me pergunto se o Quentin Crisp costumava vir aqui. Os caras gays também tinham seus locais de encontro naquela época."

"E que tolinho adorável *ele* era." A Maxine esfrega as mãos uma na outra. "Uma adorável trouxinha cor-de-rosa bufante. *Se no início você não tiver sucesso, o fracasso pode ser o seu estilo.*" Ela ri. "*Nem me diga.*"

"De fato, Maxie", o Morris *se entusiasma.* "Que tal essa: A *vida foi uma coisa engraçada que me aconteceu a caminho do túmulo.* Agora *nem me diga você.*"

"Papai, se você e o tio Morris tivessem saído do armário nos anos 60, você podia ter conhecido ele."

"Se a gente tivesse, como dizem, saído do armário naquela época", digo pra ela, sorrindo com indulgência, "cê não ia ter nascido. Além disso, nenhum de nós, como dizem, saiu do armário ainda, não pra valer."

"Não, *ainda* não", o Morris concorda, pousando a mão por pouco tempo sobre a minha na mesa, de modo que os dedos menores dele se encaixem entre os espaços dos meus mais longos.

Meu instinto é puxar a mão rapidinho, mas no fundo não faz mal ele fazer isso aqui.

Em todo caso, eu *deveria* ter retirado a mão, porque de repente ele vai lá e tasca um beijo na minha bochecha. Os olhos da Maxine quase saltam das órbitas de *tanta empolgação.*

Devagar se vai ao longe, Morris. Não espere que eu seja outro Quentin Crisp em cinco minutos.

O celular dela toca. "Eles estão aqui!" A Maxine se levanta quando os três manos dela cruzam apressados as portas duplas de madeira numa explosão de exuberância juvenil.

Por que ligaram pra ela se já tavam do lado de fora da porta?

"Olhe!" A Maxine guincha enquanto eles se aproximam, dando um espetáculo constrangedor e apontando pra gente como se a gente fosse um par de macacos sapateando em cima da mesa. "Eles não são *maravilhosos*, meninas?"

Os manos se reúnem em volta, enquanto a Maxine tagarela e gesticula. Eles apertam nossa mão e batem nas nossas costas, parando um pouquinho antes de beliscar e cutucar a gente. "*Eu* descobri eles", ela declara, nos abraçando, de rosto colado, como um pai orgulhoso. "Então mantenham as mãos longe e *se comportem*, em especial *você*." Ela balança o dedo pro loiro. "Esse é o papai, *tio* Barry para você, e esse é o *tio* Morris." Ninguém diria que qualquer um deles é gay, exceto talvez o Loiro. Eles só parecem ser do tipo artístico. Pra ser honesto, a Maxine é visivelmente a pessoa mais animada do lugar.

Ela anota o pedido das bebidas, o que me surpreende bastante, já que nunca vi minha filha se oferecer pra pagar nada na história do nosso relacionamento. Como esperado, ela não vai me decepcionar agora. "Vou deixar uma conta aberta no bar", diz de forma incisiva. "Pai, pra você vai ser uma coca."

Vai?

"Também quero uma coca", o Morris se intromete. "Mas coloque uma dose dupla de rum nela."

Os outros fazem os pedidos, a Maxine vai até o bar, e eu e o Morris ficamos com três pares de olhos expectantes esperando a gente falar alguma asneira.

"Amigos", digo, limpando a garganta, "cês parecem saber quem *a gente* é. E vocês?"

O primeiro a se apresentar é o Loiro, que não consegue tirar os olhos do Morris.

"Pierre Duchamp, empresário de cosméticos", ele diz, segurando a mão do Morris de um jeito muito forçado. Na verdade, tal é a corrente de desejo fluindo em direção ao meu homem que eu podia ir nadar nela sem roupa.

O que ele é, um gerontófilo?

Dou uma espiada no Morris, que parece lisonjeado. Já tá ficando convencido.

O Loiro tem olhos verdes que quase brilham no escuro. Em volta do pescoço, tem uma coleira preta estreita com tachas de prata, um tema que se estende até o lóbulo das orelhas e até as laterais da calça de couro preto.

"Ele pode ser Pierre Duchamp para você", um outro se joga na conversa num tom bastante arrogante. É um cara alto com um rosto comprido e dreadlocks empilhados na cabeça como se fossem espaguetes torcidos. "Mas é Benjamin Brigstock para os pais. Vi o passaporte dele."

Eles entram em alvoroço com essa.

"Pelamordedeus", o Loiro revida, "Benny Brigstock nunca vai vender a linha de maquiagem metrossexual que estou desenvolvendo."

"Eu mesmo não consigo enxergar muito potencial na maquiagem. Seja como for, não pra *homens de verdade*", digo enquanto ponho o braço, sim, o *meu braço*, em torno do Morris, que se enrijece.

O Loiro parece ofendido. Os outros riem, inseguros.

Ele sai de fininho, resmungando que vai ajudar a Maxine com as bebidas.

"E você? Qual é o *seu* nome, jovem?", o Morris pergunta, fazendo o que faz de melhor, aliviando situações tensas com um discurso social amigável.

Ele é um sujeito bonito pra caramba, um Eros moderno com cabelo encaracolado *italianizado*, traços dramáticos, olhos sedutores ternos e uma boca boqueteira suculenta. Aposto que é um sacana *obsceno*. Sempre reconheço.

"Sou o Marcus", ele diz, claramente ciente da sua beleza.

Não consigo tirar os olhos da boca dele. Senhor, é tão grande que o *Titanic* podia ter navegado nela... e eu também, nos velhos tempos.

"E o que *você* faz, Marcus?", pergunto à boca dele.

"Sou chefe de merchandising visual na Miss Selfridge", a boca dele responde. "Estudei na Saint Martins com a Max."

"O que é esse negócio de merchandising visual, afinal de contas?"

"Para resumir, é qualquer coisa a ver com a exibição das mercadorias nas lojas", ele diz, como se o trabalho dele fosse tão vital pra sobrevivência humana quanto a agricultura ou a medicina. "Tudo, desde vitrines, planejamento dos objetos de cena e pormenores, organização e posicionamento das roupas, campanhas publicitárias. Sou o *especialista em estética* da loja, se preferir. O maior patrimônio deles, ou pelo menos é o que meu gerente sempre me diz." Ele dá uma risadinha.

"Não se deixe enganar", o Cabeça de Espaguete mete a colher. "O que ele quer dizer é que põe perucas nos manequins durante o dia e à noite põe preservativos em qualquer um que transar com ele, tipo o gerente."

"Você não reclamava quando era você que enfiava os *meus* preservativos no seu pau", ele retruca.

"Ora, ora, amigos." O Morris intervém um pouco cedo demais pro meu gosto. "Vamos manter esta ocasião agradável e divertida."

Por quê?

Examino o Boca de Boquete. Além da boca, as narinas são um pouco largas e a pele um pouco morena demais pra ele ser inteiramente de origem anglo-saxônica.

"De onde cês são?", quero saber. Ele fica surpreso, mas responde ao ancião com respeito.

"Jamaica."

"Eles são negros?", pergunto.

"Hum, sim, não, pele-vermelha, como dizem por lá."

Ele tá corando.

"Foi o que pensei. Como as pessoas na minha terra que queriam se passar por brancas."

Pela minha visão periférica excelente, vejo o Morris semi-cerrando os olhos pra mim como se dissesse "Não começa com esse aí também. Fica calmo, cara, relaxa".

"Não estou me passando por branco, porque não sou negro de verdade, sou?"

"Não se puder se passar por branco."

Uau! Barry, você tá começando a soar como um daqueles radicais. O que te deu? Cê não é um homem da luta racial. O que tem com isso? Deixe o rapaz em paz.

Acabei de matar a conversa completamente. Nesse caso, é melhor fazer uma reanimação boca a boca antes que a Maxine volte. Me viro pro Cabeça de Espaguete. "E você?"

Ele joga as mãos pra cima e dispara, "Culpado! Culpado! Me prenda, me tranque, me degole, me coloque diante do pelotão de fuzilamento".

Isso relaxa a atmosfera bem na hora que a Maxine tá de volta com as bebidas, com o Loiro a tiracolo, claramente convencido de que a Maxine vai proteger ele do Ogro Maligno.

"É bom ver que vocês estão *finalmente* se divertindo", ela diz, distribuindo as bebidas. "E ninguém está sendo um encrenqueiro, *como de costume*." Ela pousou o copo de coca na minha frente com tanta força que um pedaço de gelo salta de dentro dele.

Só que minha princesa não consegue ficar com raiva de mim por muito tempo, porque quem sou eu senão a bolsa secreta dela?

"Pai", ela diz no meu ouvido, "eles não autorizam conta aberta no bar. Hã… você se importa de me ajudar, por favorzinho?"

Deslizo pra ela uma nota de cinquenta libras. "Pegue uma dose dupla de rum pra mim também ou quero o troco."

Ela franze a testa, mas foi subornada. Fico olhando ela sair rapidinho, feliz como nas vezes em que eu dava vinte centavos pra comprar um pirulito no carrinho de sorvetes.

Eu e o Morris, a gente tá sentado lado a lado. O Loiro sentou do outro lado do Morris, se colocando de forma estratégica fora do meu campo direto de visão. A Maxine tá na ponta da mesa, o Boca de Boquete tá do lado dela e de frente pro Morris, e o Cabeça de Espaguete tá na minha frente.

A Maxine propõe um brinde. "Ao papai e ao tio Morris. Os mais velhos que abriram um caminho. Respeito!"

Abriram um caminho. Como, exatamente? Dentro do guarda-roupa?

"Respeito!", eles brindam, e todos nós engolimos nossas bebidas com álcool, o que vai nos dar uma boa calibrada pra noite de farra.

"Jovem", digo pro Cabeça de Espaguete, enquanto os outros começam a bajular o Morris. "Me fale de você. Cê é rasta?"

"Cristo, não, nunca, nem em um milhão de anos. É só estilo."

É *assim* que ele chama?

Ele me dá um sorriso branco imaculado que combina com a camisa branca imaculada, aberta no pescoço, revelando um peito moreno *achocolatado*. Ele se recosta e abre bem as pernas metidas num jeans imaculado, exibindo coxas longas e magras e uma mala bastante decente.

Esse aí não é um jovem adônis como o Boca de Boquete, parece inteligente demais, embora o corpo compense isso. O rosto é muito comprido pra ser bonito e o nariz é muito curto em relação a ele; tem um pedaço de testa faltando e fala com a boca inclinada prum lado.

Ele me flagra observando e dá um sorriso malicioso. Seja como for, acredito que podia fazer uma viagem até o banheiro com esse aí.

Senhor, um homem velho pode ter as fantasias inofensivas dele.

"Antes que você pergunte, meu nome é Lola", ele diz.

"*Lola?*", solto, quase engasgando com a bebida.

"Abreviação de Damilola", ele diz, com um sorriso imperturbável diante da minha reação. "Que só uso no mundo homofóbico cruel lá fora. Para os meus amigos, sou o Lola."

Certo...

"Nigeriano", ele explica ainda, pegando um fio perdido de espaguete que caiu no rosto e colocando de volta no prato de comida em cima da cabeça. "Nascido lá, criado aqui. Tenho vinte e nove anos e sou muito mais jovem do que esse grupo, mas, lamento dizer, muito mais sábio." Ele acena com a cabeça pra turma, antes de retroceder. "Não a Maxine, é claro. Ela é uma deusa. Nem um pouco imatura."

Ah, é, sim.

"Quanto ao Marcus e ao Pierre, eles só servem para uma noitada prolongada, o que é ótimo quando preciso aliviar o estresse." Ele se inclina pra frente numa postura de aí-vem-informação-sigilosa. "Chamo eles de meus Amigos Hedonistas de Sexta à Noite, como algo distinto, entende, dos meus amigos do Jantarzinho de Sábado à Noite, meus amigos de Filmes Independentes de Arte, a Sociedade de Debates entre Acadêmicos Africanos e o Grupo de Apoio Gay (a filial de Londres pra menores de trinta anos)."

Tento suprimir as ondas de riso borbulhando no fundo da minha alma perversa.

"Esses dois quase sempre acabam cem por cento bêbados e dançando no colo de completos desconhecidos. Não espere que tenham ouvido falar de James Baldwin ou Bayard Rustin. RuPaul e Danny La Rue? Sim. Langston Hughes? Não."

Me pergunto se o Boca de Boquete vai me incluir na categoria de "completamente desconhecidos"? E, em caso afirmativo, o Morris vai se importar?

O Cabeça de Espaguete continua. "É impossível ter uma conversa profunda com os dois, como acho que você acabou de descobrir. Sei pela Maxine que você é um bocado intelectual. Uma espécie de *autodidata*, na verdade?"

Alarme! Alarme! Esse *cuzão* esnobe tá sugerindo que sou uma espécie de pobre coitado que não foi inteligente o suficiente pra ir pra universidade? Ah, cala a boca, Barry.

Respire fundo e repita dez vezes: *eu sou o Dalai Lama, eu sou o Dalai Lama.*

Assumo um semblante amigável e pacífico. "Quer dizer então que cê e o Marcus foram namorados."

"Por sete meses", ele responde, um pouco ofendido por eu ter desviado a conversa. "Até eu descobrir que era só um dos muitos parceiros de foda — visitas noturnas na minha mobilete *et cetera...*"

Ele toma um gole de vinho branco, uma bebida em que eu não tocaria nem com uma vara comprida. É bebida de mulher, e, Lola ou não Lola, ele é um homem.

"Suponho então que você não faz parte da tal da galerinha da moda, *Lola?*", pergunto, bancando o alto-astral, porque uma das minhas melhores habilidades interpessoais é impedir que as pessoas afundem na lama da autopiedade.

"Cristo, não! 'Ame a arte, odeie a moda', é meu mantra."

Revigorado do nada, ele arregaça as mangas da camisa revelando antebraços esculpidos e reluzentes. Nosso povo costuma ter uma boa hidratação. Os ingleses não, e é por isso que eles acabam ficando com a pele escamosa.

"Você sabe como as pessoas da moda estão sempre proclamando de forma passional 'Eu *amo* moda!', como se estivessem falando algo significativo, em vez de externar a banalidade mais irritante *de todos os tempos?*"

Concordo. Sim, querido, vejo isso o tempo todo.

"Sabe, tio, o que *pessoalmente* acho ótimo é como artistas tipo Rotimi Fani-Kayode, Isaac Julien e Yinka Shonibare subvertem os tipos de iconografia histórica e cultural banais, que geralmente não são contestados."

Esse com toda a certeza é um palestrinha. O único problema é que ele pega a rodovia pra ir até a loja da esquina. Ainda não me disse o que faz.

"Qual é a sua profissão? Cê é artista?"

Pelo menos isso ia justificar o penteado.

"Infelizmente não. Nenhum talento nesse departamento, o que é lamentável. Conquistei dois diplomas e estou no meu terceiro ano de doutorado na Universidade de Brunel, onde sou presidente da Sociedade LGBT. Estou investigando a história da homossexualidade na África, enfocando o privilégio da heteronormatividade na Nigéria e a perseguição a homossexuais consagrada constitucionalmente no país, bem como em outras partes do continente, exceto na África do Sul, onde é, pelo menos, legalmente legal, por assim dizer. Eu podia falar sobre isso a noite toda. Na verdade... muitas vezes faço isso."

Não admira que o Boca de Boquete tenha dado um pé na bunda dele.

Nesse momento a extremidade inferior da mesa explode em alegria. Esta pode ser a ponta da mesa mais erudita, mas alguma bobagem inculta é necessária na minha histórica primeira noite fora do guarda-roupa.

"Lola", digo por fim. "Pra ser bastante franco com você, não estou plenamente ciente da história homossexual pancontinental ainda heterogênea da África, nem sei nada sobre preconceitos institucionais e atitudinais desse fato. Não é uma questão que entre na minha esfera de probidade interrogativa, na verdade."

Ah, sim, também sou bom de lero-lero.

"Então deixe eu lhe dizer", o Lola responde. "Na verdade, esses *criadores de mitos* estão argumentando que, ao contrário do resto da raça humana, os africanos eram totalmente incapazes de ter relações entre pessoas do mesmo sexo sem que os europeus lhes mostrassem isso. O que é mais insultante? Dizer que os africanos eram infantilizados sexualmente até a chegada dos europeus? Ou admitir que eles eram evoluídos o suficiente para sentir prazer através da atração pelo mesmo sexo?"

É claro que os homens estão nessa uns com os outros desde o início dos tempos. Enfiando em qualquer orifício corporal que puderem.

"Não podemos esquecer", continua ele, "que antes do cristianismo a África subsaariana tinha religiões indígenas com as próprias crenças morais. Os guerreiros zande do Zaire, os berberes de Siwa, no Egito, travestismo em Madagascar, um ritual de passagem para rapazes no Benin. Isso é o que é tão distorcido nisso tudo. É a *homofobia*, e não a homossexualidade, que foi importada para a África, porque os missionários europeus consideram isso um pecado. Por exemplo, em Angola, antes da intervenção colonial, os homossexuais eram aceitos e não perseguidos. Foram os portugueses que criminalizaram a coisa."

Ele se recosta na cadeira, fecha os olhos e parece estar se recuperando da verbalização, exteriorização e filosofização.

A Maxine tá certa. Realmente me sinto um velho rabugento hoje. Os manos da Maxine são muito autoconfiantes e confrontacionais. Me dá vontade de perfurar o ego deles.

Gostei do pub, no entanto. Os clientes habituais são tranquilos, discretos, nada da fanfarronice barulhenta da típica clientela masculina de bar. A nossa mesa é na verdade a mais barulhenta. Talvez um dia eu volte aqui com o Morris pra conhecer alguns sujeitos *mais velhos*, mas se algum deles mostrar algum sinal de demência vou cair fora num piscar de olhos.

Quando paro de divagar, o Espaguete Lolanhesa está tomando um gole de vinho bastante gracioso. Ah, sim, radical hoje, banqueiro amanhã. Um verdadeiro radical ia tá bebendo cerveja barata ou sidra.

Ele drena o resto do vinho e balança o copo na direção da Maxine como um hipnotizador. Ela morde a isca. "O mesmo de novo, pessoal?" E se manda pro bar. Essa garota tola devia ser mais esperta e perceber que tá sendo usada. Ele que pague pela maldita bebida dele.

"Tio Barry, quero saber *tudo* a seu respeito", diz ele, enfim notando minha mudança de humor. Nunca tenho certeza se sou imune ao que observo nos outros — a tentativa de camuflar pensamentos e emoções negativas.

"Que se lixe a história africana por enquanto, você é história *viva*."

Valeu…

"A Max me disse que você…"

"Prefiro falar de você. Quando você percebeu pela primeira vez que é um morde-fronha?"

Ele murcha na cadeira. "Morde… fronha?"

O Morris se vira de forma brusca. "Barry, cê tá se comportando?"

"Sim, *Querubim*, só tô brincando."

"Ótimo."

"Lola", digo, cheio de delicadeza, com o Morris ouvindo do meu lado, "deduzo que você se assumiu pra sua família?"

"E como. A resposta do meu pai foi declarar que *adodi*, que em iorubá significa 'aquele que fode pelo rabo', devia ser queimado vivo. Meu irmão da Nação do Islã, Bolade, disse que eu

276

estava mentalmente doente. Eu respondi que o herói dele, o Malcom X, era *adodi* também, e que os amigos de infância haviam testemunhado as atividades homossexuais dele desde a juventude. Péssima escolha. Ele me atacou com um cinzeiro de vidro sólido e acabei no pronto-socorro. Está vendo isso?" Ele aponta pra cratera na testa dele. "Natal de 2004 — presente do meu irmão."

Acho que tô quase começando a gostar desse rapaz. Dou um tapinha na mão dele e ele afunda na cadeira.

"Cê é mais corajoso que eu, Lola", digo. (Viu, eu tenho coração.) "Fiz algo ainda mais louco na outra noite, essa coisa de, por assim dizer, me assumir prum grupo de adolescentes bêbados, incluindo meu neto. Não era minha intenção, simplesmente vomitei as palavras."

Não acredito que estou discutindo isso abertamente, sendo tão influenciado por esses caras gays tão depressa.

"Considerando que você fez isso sabendo o que tava enfrentando. Eu, eu tava bêbado e fora de controle. Não sou nenhum herói."

"Eu também não", diz o Morris, ouvindo e balançando a cabeça meio bebum. "E, Barry, eu te disse que isso foi uma atitude idiota?"

"Ah, mas vocês são heróis. Vocês dois. Certamente não vejo nenhum outro homem negro da idade de vocês aqui, não é?"

Ele tá certo, mas isso não me incomoda, não mais. Desde que as pessoas me tratem de forma decente, com igualdade, tudo bem. Não vim pra esse país esperando estar em maioria. Pense no Bicho-Grilo. Prefiro sentar e bater um papinho com ele mais do que com qualquer outra pessoa além do Morris. Não importa a cor de uma pessoa; alguns sujeitos simplesmente estabelecem uma ligação. Na próxima vez que o vir, vou contar de mim e do Morris. Sim, vou contar.

O Bicho-Grilo provavelmente vai dizer: "Barry, tava esperando que cê confiasse em mim em relação a esse assunto desde que a gente se conheceu, em 1965".

"Cê vai ser um herói pra gente tudo", digo pro Espague.

"Shim, chê vai shê um herói pro'sso band'todo", o Morris concorda.

O Espague sorri com simpatia. "Vou tentar. Tenho entrevistado gays em festas privadas na Nigéria. 'Reis e rainhas' é o equivalente deles para 'caminhoneira e feminina'.

"Você nunca vai acreditar nisso..." Os olhos dele brilham. "Mas estou saindo com um brigadeiro das Forças Armadas da Nigéria. Ele é *absolutamente* devastador de forma atroz e brutal naquele uniforme dele do exército. Também muçulmano, casado com duas mulheres, pai de sete filhos. Alô? Bem-vindos às atividades secretas da Nigéria."

Ele acena com o copo pra minha filha de novo. Empurro depressa uma nota de cinquenta libras pra ele, então não tenho que ver ela agindo feito marionete.

"Tem certeza?", pergunta ele enquanto agarra a nota.

"Traga outra rodada, Lola."

O resto da mesa de repente ergue os olhos, todos atentos. Engraçado como a menção a bebidas grátis pode fazer isso.

"Pai", a Maxine diz do outro lado da mesa. "Vai ser uma coca para você, sem substâncias nocivas."

"Sim, Barry", o Morris se intromete. "Vai com calma agora."

"Desde quando quatro doses de rum são outra coisa senão um *aperitivo*?"

Os manos riem, mas a Maxine e o Morris olham fixo pra mim. Eles vão me dar uma coça se eu sair da linha. Mas tão certos: não vou deixar minha noitada com álcool virar outro inferno alcoólico.

Vou ficar sóbrio até meu confronto com a Carmel — e essa

espera tá cada vez mais me matando — e depois vou ficar sóbrio até o divórcio terminar.

Olho em volta pros manos da Maxine, todos animados e, pra ser honesto, eles tão sendo legais comigo, apesar de eu ter sido um pouco duro com eles antes.

O Morris tá certo, eu não devia ser tão crítico, tão depreciativo com as pessoas, em especial com minha *própria gente*.

Me divorciar da Carmel de repente parece não ser mais suficiente, sinto a necessidade de "me assumir", como dizem, pra ela também. Qual é o seu problema, Barry? Essa é a coisa mais bizarra que você pode fazer.

"Lola, traga pra mim uma coca *pura, saudável, sem açúcar, sem produtos químicos* e... antes que eu esqueça, o que é essa coisa de LGBT?"

"É uma abreviatura para Lésbicas, Gays, Bissexuais e Transexuais, representando uma diversidade de culturas baseadas na sexualidade e identidade de gênero."

"Quideia boua." O Morris acena com a cabeça com vigor. "Transgressoresh de gênero como a gentche temquentrá com tudo pela sholidariedade."

Do jeito que ele tá se comportando, eu não ia me espantar se colocasse piercings nos mamilos amanhã.

"Cê tá me dizendo que agora eu tô metido no mesmo saco que aqueles trocadores de sexo 'nasceu-menino-morreu-menina'? Fique sabendo que tô bastante feliz com meu pau totalmente funcional."

"É isso aí", diz o Boca de Boquete, comprando minha briga. "Eu também. O Lola não está entediando você, está? Tagarelando sobre como Jesus era na verdade uma lésbica africana?"

Todo mundo ri, até mesmo o Lola, que sai correndo pro bar agora lotado.

A Maxine se aproxima de mim e me dá um abraço.

"Estou tão orgulhosa de você. Você tem se comportado tão bem, embora tenha tanta coisa na cabeça. O Lola é um pouco intenso para maioria das pessoas. A gente vai debater quem vai ganhar o X Factor, e ele vai começar a nos dar um sermão sobre guerreiros tribais atazanando uns aos outros na África há centenas de anos."

"Nem me fale", concorda o Bocão. "E ele pode ser bem condescendente para alguém que está sempre falando de igualdade de direitos."

"Ignore ele", a Maxine diz. "Precisamos de gênios como o Lola."

"E eu? Sou um grande defensor da igualdade de direitos", o Loiro se intromete. "*Amo* homens negros. As bundinhas deles são *incomparáveis*."

"Ignore ele também. Ele adora deixar as pessoas desconfortáveis."

Ela enfia um pedaço de papel dobrado e um tanto amassado na minha mão e sussurra: "Esse é o meu plano de negócios. Não leia agora, mas me responda logo, *Papa*".

O Loiro anuncia: "Estou tentando convencer o tio Morris a vir ao Madame Jojo's com a gente mais tarde. E você, Barry?".

"Pra mim não. Não tem graça sem beber."

"Então também não vou", o Morris diz, pondo a mão no meu ombro.

O Lola volta com as bebidas e tomo um gole da minha coca-cola, mas empurro ela pro lado.

"Maxine, cavalheiros", anuncio, "estou pronto pra me retirar da encantadora companhia de vocês. Me perdoem por ser um desmancha-prazeres."

"Eu também", o Morris diz, se juntando a mim. "Agora são dois desmancha-prazeres."

O Lolanhesa fica chateado. Acho que ele pode ter os famosos "problemas de rejeição" da Donna.

A Maxine suspira. "Não que eu vá conhecer o homem dos meus sonhos no Madame Jojo's."

Ela ergue e baixa os ombros numa mímica exagerada. "Eu devia virar lésbica, sério. Acho que ia ser muito desejada."

Vejo que a bebida tá começando a fazer efeito.

"Estou sozinha no mundo e ninguém liga!", ela praticamente grita.

"Pobrezinha", o Bocão diz com insinceridade profunda, porque provavelmente já ouviu isso milhares de vezes. "Você é boa demais para esses homens héteros imprestáveis à solta. Olhe só para você, na casa dos quarenta e ainda atraindo olhares."

"*Chegando* aos quarenta", ela responde de forma cortante.

"Fazendo quarenta, carinha de vinte, *dá no mesmo.*"

Eles diminuíram as luzes, a música ficou mais alta, o lugar, mais movimentado.

Me levanto pra ir embora e o Morris também, obediente, leal.

Me dirijo ao grupo de manos reunidos, porque sinto uma urgência de fazer outra declaração.

"Crianças, quando a minha mulher voltar do exterior, vou dizer pra ela que o nosso casamento de cinquenta anos é nulo e sem efeito e ela vai ter que enfrentar a perspectiva de passar o resto da vida sozinha. É provável que ela venha pra cima de mim com uma faca de trinchar. Se eu disser pra ela que sempre amei o Morris e nunca amei ela, ela pode atacar a si mesma com uma faca de trinchar. Boa noite."

Acabei de matar a conversa pela segunda vez hoje à noite.

A Maxine fica horrorizada.

O que ela esperava depois do drama com o Daniel?

Que eu ia conseguir simplesmente me fechar de novo?

Parece que o Lola tá começando a perceber que não sabe nada a meu respeito.

O Marcus e o Pierre tão sentados à mesa como se estivessem assistindo a um dramalhão no cinema e estivessem desesperados por um final feliz.

"Maxine, cê vem? Acho que precisamos conversar sobre isso, né?"

E nós, os três mosqueteiros, saímos e chamamos um táxi preto de volta pra minha propriedade.

15. A arte de cuidar dos negócios
Quinta-feira, 27 de maio de 2010

Minha filha malucona me deu algum alívio enquanto eu passava os dias esperando o Retorno da Carmel.

Peguei o tal do plano de negócios da Maxine, que, quando enfim me forcei a ler, era tão ridículo que me fez esquecer por um curto momento o confronto iminente.

Quando mostrei pro Morris, ele deu aquela risada alta e descontrolada que tem dado muito nos últimos dias, uma risada que acelerou pelo corredor e soprou como uma rajada alegre pela Cazenove Road e pelo éter mais além.

PLANO DE NEGÓCIOS: FASE UM

CASA DE (Maxine?) **WALKER**
Por Maxine Walker, da Excelentíssima Ordem do Império Britânico ☺

Despesas
(Anual/ intermitente (ocasional) por contrato/ ou assala-
riado &/ aumento do subsídio de Londres)

Selos — 150 libras
Papelaria — 250 libras
Marketing — 10 000 libras
Fotocópia — 300,50 libras
Viagens pelo país/despesas — 13 999 libras (= táxis = ge-
renciamento de tempo = custo-benefício)
Viagens internacionais/despesas — 25 000 libras (fornece-
dores de tecidos: Bali, Zanzibar, Marrakech, Tóquio)
Tecidos e materiais — 80 000 libras (mais ou menos)
Sistema de som Bose Wave — 778,99 libras (= moral da
equipe)
Telefone e internet — 1500 libras
Costureiras — 20 000 libras a 10 libras por hora
Máquina de café expresso De'Longhi — 849,95 libras (eco-
nomia de dinheiro = garantia vitalícia)
Juros do cartão de crédito — a confirmar ☹
Atelier — 30 000 libras
Drogas = (brincadeira!) ☺
Modelos × 15 — 150 000 libras (*supers* = semana de moda
de Londres = Muá! Muá!)
Tevê de tela plana Bang & Olufsen (pra assistir a programas
de moda na tevê etc.) — preço a confirmar
Servos (Ops — Equipe de suporte!!) — 30 000 libras (pro-
dutores!!! etc.)
Diversos/dinheiro vivo/dinheiro pra doces (LOL) — a con-
firmar
Acompanhantes masculinos sarados pra designer estressada
e solitária = 52 × 500 = 26 000 libras = ☺ (brincadeira!)

Fotografia — 100 000 libras (Testino/Meisel/Rankin ou outro)
Estagiárias: Poppy, Daisy, India, Jemima, Amber!!!!! = economia maciça! (piranhas ricas mimadas ☹)
Hospitalidade — 12 999 libras
Assistente — 18 000 libras por ano mais Seguro Nacional = ?
Salário da designer-chefe — 100 999 libras por ano
Carro novo como convém a uma top designer (dã!) — a confirmar

Total de despesas — a confirmar

Rendimentos
Vendas para ricos, famosos (provavelmente russos e chineses!!!)

Na nossa primeira reunião de negócios juntos, na minha cozinha (onde mais?), a Maxine argumenta de cara amarrada, na defensiva, que o "plano de negócios" dela tem méritos que podem ser de alguma utilidade e que aquilo *era pra ser* "divertido e criativo", porque "Tenho cara de administradora chata?".

Estou sentado no meu trono medieval. Ela está sentada à minha esquerda, vestindo jeans rasgados que são pra lá de indecentes, em especial pra uma mulher da idade dela.

O Morris se faz presente à minha direita, curtindo a performance.

"Maxine", digo de forma direta, "me escute bem: o seu planozinho de negócios é a coisa mais ridícula que já vi. Nem é um plano; é uma piada fingindo ser um orçamento."

"Pai", ela rebate, "não consigo *acreditar* que você está sendo tão desumano. Esperava mais de você. Sou sua *filha*."

"Sim, cê é minha filha, mas isso aqui são negócios e cê tá bancando a boba. Ainda quero apoiar os seus esforços criativos, mas nos meus termos. Vou ser o único investidor na empresa

Casa de *Walker* (nada de *Maxine* nisso), o que me torna o único Proprietário. O seu papel vai ser o de diretora de criação (maluca e genial). É pegar ou largar."

Nuvens de tempestade estão se formando no rosto dela.

"Vou nomear um gerente de negócios especializado em varejo de moda que vai supervisionar o negócio. Ele ou ela vai se reportar a mim e você vai se reportar a nós dois."

"Isso é completamente equivocado, ultrajante e ofensivo", ela diz, pronta pra estourar — o impulso emocional de se ofender com facilidade envolvido num combate mortal com a consciência mental de que tem que se comportar.

"Pai, você e eu temos que ser sócios igualitários, porque eu de fato não preciso ter ninguém mandando em mim nessa altura da minha vida. O objetivo principal de ter minha própria empresa é que *eu* estou no comando."

"Olha bem pra minha cara grande e feiosa, querida. Me diz, o que cê vê? Um homem de negócios cabeça-dura com um próspero império imobiliário ou um maldito de um imbecil que não tem onde cair morto?"

Ela começa a fungar num lenço de papel, ainda que, curiosamente, eu não veja nenhuma água jorrando das órbitas oculares de Cleópatra dela.

"E cê pode parar com as lágrimas de crocodilo, querida. Tem certeza que tá pronta pra ter a própria marca, Maxine? Tem certeza que tá madura que chega? Tem certeza que aguenta trabalhar prum pai que vai te tratar com igualdade, sem fazer nenhuma concessão porque cê é filha dele? E você pensa que o papai não consegue ser um cara durão? Quantos inquilinos desmiolados você acha que expulsei desde que comecei a alugar nos anos 60? Vou mostrar a lista: tem mais de três páginas. Maxine, estou falando sério, vou te ajudar, mas também vou pular fora se você ficar de palhaçada comigo."

Nesta etapa dos acontecimentos o Morris intervém.

"Você devia me contratar como Conselheiro de Conciliação entre o Proprietário e a Diretora de Criação. Ainda que" — ele tosse — "*ainda que* tal pessoa normalmente seja chamada *depois* que os sujeitos estão trabalhando juntos há algum tempo." Cof, cof. "E os relacionamentos tenham chegado num ponto crítico." Cof, cof.

"Não tenhais medo, Morris. Eu contrataria você como meu conselheiro sem pensar duas vezes, porque isso é o que, *de fato*, você já é, *mio caro consigliere*. Vou te pagar um salário gordo todos os meses também."

É bom falar com o Morris de forma escancarada, livre e cheia de amor na frente da Maxine. Percebo quanto estou começando a me sentir mais desprendido.

As pernas cruzadas da Maxine começam a ter espasmos tão fortes que qualquer um que ficasse no caminho dela ia levar um chute vigoroso de um par de botas cintilantes com tachas de metal no solado.

"Não, obrigado, sr. Walker." O Morris assume uma expressão de superioridade no rosto. "Não acredito em nepotismo."

"Sim, isso é nepotista!" A Maxine concorda antes de se dar conta.

O que o Morris não sabe é que criei um fundo fiduciário no nome dele há muito tempo e em segredo, sendo que até hoje ele não aceita minha ajuda. Se eu partir desta terra antes dele (o que espero que aconteça porque prefiro morrer a viver sem o meu companheiro adorado), ele vai estar bem cuidado pro resto da vida.

Desnecessário dizer que a Maxine cedeu aos meus Termos e Condições, porque, falando de forma bem franca, não tinha escolha. A gente concordou que eu ia colocar tudo em prática assim que o divórcio estivesse morto e enterrado.

Também disse pra ela que, apesar de prever pequenos problemas iniciais, eu não ia tolerar nenhum comportamento dramático ou infantilizado. Disse pra ela que lhe daria um período de experiência de dezoito meses pra me mostrar que tava pronta pra se destacar no meio da multidão e se tornar um sucesso, não só uma sonhadora com a cabeça eternamente nas nuvens.

Ela me disse que tem capacidade suficiente pra isso, então falou com entusiasmo de um projeto futuro chamado Alta-Costura Urbana, com roupas inspiradas em táxis pretos, semáforos, arranha-céus; brincos de ponta de cigarro e até sapatos com saltos de cocô de cachorro, bem como uma descontraída "gama de batedores de carteira". "Papai, o morador da cidade *se torna* a cidade em roupas que encapsulam atitude e arquitetura, estilo urbano e mobiliário urbano — cerrando assim a divisão entre a raça humana e o espaço urbano. Quanto isso é irônico e pós-moderno?", ela declarou de forma retórica, com orgulho.

Eu disse pra ela que a inovação de hoje é a instalação de amanhã, e que ela vai ter uma retrospectiva na Tate Modern ou no MoMA daqui a vinte anos.

Ela achou que eu tava tirando com a cara dela.

Mas eu não tava. Se eu acredito na minha filha? Acredito que sim.

As semanas continuam passando sem uma palavra da Carmel ou da filha mais velha dela, que me mandou pr'onde Judas perdeu as botas por crimes cometidos contra a humanidade, um verdadeiro tribunal de guerra em Haia.

Sempre que perguntava pra Maxine o que tava acontecendo, ela dizia que a Carmel ainda tava resolvendo as coisas e que ia voltar em breve, mas o em breve nunca era breve o suficiente.

A Maxine continuava aparecendo aqui e dando conselhos.

"Vamos levando essa sua saída do armário um passo de cada vez. Hoje o Quebec, ano que vem a união civil. Vou ser sua dama de honra, só garanta que eu vá pegar o buquê ou *similar*. O Pierre pode ser a mãe superemotiva da noiva, o Marcus pode ser o pajem, e o Lola pode fazer um sermão falando dos prazeres do sexo entre caras negros."

Graças a Deus pela Maxine.

Só que o suspense ficou tão ruim que cheguei até mesmo a contemplar a ideia de ir pra Antígua proferir a temida declaração: eu me divorcio de você, eu me divorcio de você, eu me divorcio de você.

Só que nunca andei de avião na vida e não estou disposto a começar agora. Como confessei ao Morris, "Por que diabos eu ia me arriscar a explodir em pleno ar numa vingança por duas guerras pelas quais não sou responsável e acabar agarrado na asa de um avião no meio do Atlântico?".

Enquanto a gente esperava, descobrimos que a primeira noite do Morris no leito conjugal do namorado ia ser a última.

"Isso não parece certo", ele disse, se sentando na manhã seguinte depois de algumas brincadeiras bem fodidas, as costas apoiadas numa manada de elefantes pastando. "E se a Carmel chegar em casa sem a gente esperar bem cedo de manhã e pegar a gente no flagra?"

"Não parece certo pra mim também."

A minha cama king-size sempre foi uma terra de ninguém desolada, o espaço de um casal que treinou os corpos para nem sequer roçarem um no outro durante o sono.

Desisti de dizer pra Carmel que tava me mudando pra outro quarto décadas atrás. Como no caso do divórcio, ela se recusava a aceitar.

Quando penso nisso agora, não consigo acreditar que não me mudei pra outro quarto. Por que intensifiquei a disfunção do nosso casamento compartilhando a mesma cama? Culpa? Medo? Dissimulação? *Fraqueza*? Qual era o meu problema?

De qualquer forma, agora é tarde demais pra fazer do lugar uma zona de pecadilhos prazerosos.

Também não posso ficar no Morris, porque se a Carmel *de fato* voltar sem avisar à noite, as chamas da fúria dela iam ser inflamadas pela minha ausência.

A gente decidiu passar os nossos dias juntos e as nossas noites separados.

Fui dormir sozinho e acordei me perguntando se a Carmel tinha aparecido e se tava sentada na cozinha pra me surpreender. Podia ter colocado uma tranca na porta da frente, mas sabia que isso também a deixaria irritada pra caramba.

O Morris aparecia pro café da manhã todas as manhãs, com o tabloide dele e um jornal pra mim, e um litro de leite ou um pão se o nosso estivesse acabando. Uma manhã ele trouxe um saco de papel branco misterioso que balançou na minha frente, antes de ajeitar com orgulho cinco croissants em formato de estrela num prato branco.

Ih, rapaz, o que deu nele?

"Cê tá ficando mesmo com essas manias de gay, hein, Morris? Primeiro os croissants, depois aqueles cupcakes *fan-tás-ti-cos* que tão sempre na boca do povo naqueles suplementos dos jornais e, antes que você se dê conta disso, aulas de arranjos florais. Croissants são só o começo, depois é ladeira abaixo, meu chapa. Se limite ao pão de fôrma."

O Morris tava cantarolando alto antes mesmo que eu terminasse de falar (insolente) enquanto tentava passar manteiga e geleia em croissants que claramente não tinham sido concebidos pra esse propósito. Qualquer um pode ver que os croissants são só um aglomerado de lascas de massa que devem ser enrolados numa bola apertada e enfiados de atacado na goela, que foi o que eu fiz.

De repente ele mergulhou em direção ao chão como um pássaro dando um rasante, porque devia ter visto uma migalha. Conseguiu pegá-la com a ponta dos dedos e se arrastou até a lixeira da cozinha como se estivesse segurando a cauda de um rato, e então colocou o pé no pedal preto e a depositou ali.

Ele e a Carmel são parecidos nesse aspecto: eles veem sujeira onde não tem. É aí que termina a semelhança, *fe-liz-men-te*.

Depois do café da manhã demos início ao hábito de ler os livros que o Lola nos emprestou depois de insistir em encontrar a gente prum café no Starbucks do Angel e dando uma palestra do nada a respeito de homens tendo casos com outros homens em surdina no hip-hop.

O resumo é, ele não vai ficar feliz até que dez por cento de todos os caras negros saiam do armário.

Ironizei: "Cê quer dizer que alguns dos vacilões do hip-hop podem ser homossexuais em surdina?".

Ele não me achou engraçado.

O Morris começou com o *Invisible Life*, do romancista afro-americano ilmo. sr. E. Lynne Harris, enquanto fiquei preso no *The gay divorcie*, do ilmo. sr. Paul Burston, do qual gostei muito, embora não conseguisse descobrir exatamente o que era um fervo ou MDMA. (Uma bicha "Barbie" é algo autoexplicativo.) Esperando nos bastidores havia um ilmo. sr. Diriye Osman, um ilmo. sr. Philip Hensher, um ilmo. sr. Alan Hollinghurst e uma peça chamada *Bashment*, de um ilmo. sr. Rikki Beadle-Blair.

Toda essa gayzice tá começando a me afetar, me preparando pra uma nova vida, e sim, como o Lola disse, me ajudando a aceitar o que temi e escondi a vida inteira — embora não vá admitir isso pra ninguém. E certamente não pro "terapeuta gay" em que o Lola sugeriu que eu fosse. (Isso não tem cabimento.)

Um dia posso até mesmo escrever um ensaio a respeito desses livros pra estudos queer: A *exemplificação, amplificação, ra-*

mificação e afetação ocasional na literatura gay contemporânea.
Duas mil palavras. *Fácil.*

Cê vê? Me comportei de forma ridícula naquela noite fatídica com os arruaceiros do Daniel e tenho complicações pela frente, mas não posso parar o que está acontecendo aqui.

Sim, siô. Sim, Morris. Sim, Lola e companheiros *exibicionistas*, a sensação é de que tô saindo do armário, não tem nenhum *quem sabe* nisso.

16. A arte de emudecer
14 de setembro de 2010

Então aqui estamos nós, no final da manhã, no meio da semana, lendo sossegados, em paz, em harmonia, na mesa da cozinha, cerca de uma hora antes da nossa expedição a pé até Dalston pra comer alguma coisa, quando ouço a chave girar na fechadura, e adivinha quem entra pela porta da frente com a Donna a tiracolo, arrastando o tipo de mala de que os imigrantes mais gostam, do tamanho de um homem?

Deus-Todo-Poderoso, o que é que aconteceu com a patroa? Mal reconheço ela.

À medida que se aproxima do infame corredor que testemunhou vários dos dramas dos Walker ao longo das décadas, noto que ela não só anda um pouco mais reta como manca bem menos.

Além do mais, alguém pegou um martelo e um cinzel e começou a desbastar a forma anterior dela, porque a mulher que estava escondida por baixo começou a aparecer.

Os olhos dela parecem maiores, luminosos, brilhantes.

O rosto tá suavemente bronzeado, bastante radiante. São *maçãs do rosto* de verdade que estão aparecendo?

Quanto ao cabelo. *Que negócio*. Quando conheci a Carmel, o cabelo dela era produto de um pente de ferro quente; à medida que envelhecia, ela o tingia; e quando começou a ficar ralo antes do tempo por causa de tudo o que ele passou, ela começou a usar perucas.

Agora olhe pra ela: *au naturel*, e, devo dizer, tá bonito pra caramba: lindos cachinhos acinzentados dando forma à sua cabeça.

Sim, de fato combina com ela. A patroa tá elegante, também parece mais jovem.

Fico de pé quando ela entra na cozinha vestindo um cafetã branco esvoaçante com strass azuis bordados e calças de linho branco que balançam sobre um par de sandálias de lona com salto plataforma. *Salto?*

Ela tá usando uma pulseira turquesa e *brincos* em forma de gota de chuva? *Batom... esmalte?*

O que aconteceu com aquelas calças de náilon horrendas com meia-calça por baixo? Cê podia ouvir ela a um quilômetro de distância, com todo aquele atrito e chiado.

Do jeito que ela tá agora, eu podia passar por ela na rua e nem reconhecer.

E desde quando ela usa bolsas de ombro? As bolsas da Carmel sempre foram inspiradas nas da rainha.

Não detenho o Morris quando ele se despede, de forma silenciosa, diplomática, pegando os dois romances (homem sábio) no processo.

Eu e ela nos encaramos.

Eu de pé perto da janela, ouvindo a chuva respingar no vidro, me perguntando se a Carmel vai me jogar por ali.

A Carmel me observando observá-la, curtindo meu espanto enquanto assimilo seu eu recém-renovado.

Ela não parece zangada, não parece magoada. Ela parece... *confiante... magnífica.*

294

Venho ensaiando meu discurso há tanto tempo, mas a ideia de pronunciar ele...

Não é dessa pessoa que pensei que estaria me divorciando. Quem *é* essa pessoa?

Donna, vestida com um terninho preto elegante de trabalho, assumiu a posição de sentinela e está bloqueando a porta da cozinha.

Ela devia cair fora porque realmente preciso ter um *entre nous* com a mãe dela.

Como se a Carmel pudesse ler minha mente, ela diz, "Agradeço sua ajuda, mas cê pode nos deixar a sós agora, Donna. Consigo encarar esse aí".

O quê? Ela vai me *encarar*?

"Certo", o cão de guarda dela murmura com relutância, como se não quisesse perder o drama. "A gente se vê mais tarde." Ela vai até a mãe e lhe dá uma bitoca na bochecha.

Quando sai, me lança um sorriso afetado que insinua que vai voltar pra ajudar a mãe a embalar as partes do meu corpo em sacos de lixo pretos e me enterrar no jardim na calada da noite.

Neste momento percebo que estou encurralado, porque, se a Carmel decidir puxar uma faca pra mim, tem uma mesa de cozinha gigantesca bloqueando minha saída.

Só que isso também é estranho. A Carmel não parece pronta pra servir meus intestinos.

"Senta aí, Barry."

Obedeço, e ela assume posição na extremidade oposta da mesa, toda ereta.

"Cê parece bem, Carmel."

"*Isso é* subestimar, cê não acha?"

"Hã, sim... Cê sem dúvida tá esplen..."

"*Sei* como estou, Barry. Não preciso que cê me diga nada. Agora, *isso é* o que vou dizer a *você*..."

Ela me olha com atenção, com isso tô acostumado, porém não é ressentimento o que está emanando dela, é outra coisa. Pena? É *pena* o que ela tá sentindo?

"Carmel", digo, percebendo que é melhor eu começar meu discurso antes do dela, "sei que você não tá feliz há algum tempo. Nós dois nos sentimos solitários neste..."

"Barry", ela diz, me interrompendo, *"cala a boca."*

Espera que eu pareça devidamente admoestado.

"Agora, ao contrário das suas suposições, estou bastante satisfeita, o que é *inusitado*."

Ela não se apressa, brinca com as pulseiras nos pulsos. As unhas turquesa são longas, bem lixadas, manicuradas.

O que *será* que ela tá tramando?

A chuva agora tá batendo na janela, sinalizando que o verão nos deixou e que o inverno não tá longe.

"Depois do funeral, fiquei pra resolver os negócios do papi. Ele deixou tudo pra mim, a filha *única* dele. Não se preocupe, o meu advogado tá se livrando daqueles abutres."

Ela chupa os dentes e não tá nem aí, acabando com a nova imagem dela.

"Por falar em advogados, voltei pra encerrar minha vida aqui e começar uma nova por lá. Sim, cê não tava esperando por isso, tava? A primeira coisa que tenho que fazer é 'arranjar um advogado', como diz a Donna, porque tô dando início ao processo de divórcio e isso não vai sair barato pra você."

Ela tira a aliança de casamento, que, como ela está mais magra, sai com facilidade. A aliança é arremessada na mesa e sai rolando como uma roda, caindo morta bem na minha frente, onde deixo ela.

"Reencontrei a Odette lá e, como cê vive dizendo, quando as mulheres se juntam, elas se queixam.

"Ela me disse que tenho que perdoar, do mesmo jeito que

ela perdoou. A *falta de perdão é o veneno que cê bebe todos os dias, esperando que a outra pessoa morra*, ela ficava me lembrando. Bem, tô me esforçando pra isso. Sim, tô me esforçando pra isso porque cê tem a doença em você e por esse motivo cê não consegue se controlar. Mas é difícil, Barry. É tão difícil porque, do jeito como eu vejo, passei cinquenta anos da minha vida iludida pela sua farsa. Deixando escapar todas as evidências que tavam bem na minha cara. Passei por maus bocados lá, Barry, ao perceber que minha vida adulta foi desperdiçada. A Odette disse que cê me deu duas filhas, então não foi desperdiçada, mas ela tá errada.

"Aqui tá outra coisa que descobri: cê já tava sendo alvo de comentários desde que tava na escola. Ainda bem que cê casou comigo quando isso veio à tona, mas foi justamente por isso, não? Cinquenta anos com um homem que me usou como fachada pra esconder o negócio nojento dele, fazendo troça de mim. Como cê acha que isso faz eu me sentir?"

Ela se levanta sem aquela respiração pesada e ofegante de costume, pega um copo de água pra beber. Carmel? Água?

"Cê vê, Barry. Não sou solitária, não mais. Então não vem me dizer que sou. Lembra do Hubert da escola? Claro que sim, porque cê me *roubou* dele. Bem, ele tá de volta na minha vida e a gente tá se dando muito bem. Mais que bem. Cê tá chocado de novo, hein? Ele conseguiu um doutorado na Universidade Howard em *Washington*, onde se tornou um *professor* de matemática. Ele também não é um magricela de dezesseis anos. Ele é mais alto que você, mais magro que você, mais bonitão e também não é careca."

Ela registra tudo o que o rosto — que, agora estou convicto, mostra tudo — deixa transparecer.

"Vou voltar pra ele. Minha vida aqui tá encerrada. Não se preocupe, não tô no ramo de lavar roupa suja pra fora. De que isso vai me adiantar, hein? Que todo mundo saiba que fui uma idiota?

"A Donna tá tirando quinze dias de folga do trabalho pra me ajudar com tudo. Vou estar aqui todos os dias a partir das dez pra começar a separar as coisas, e não quero ver nem sombra sua. Vou enviar os empacotadores na próxima semana e também não quero cê aqui. Não se preocupe, não vou saquear a casa que representa meio século de sofrimento.

"Quanto ao disco do Jim Reeves que você tanto despreza? Mesma coisa. Mal posso esperar pra dar umas marteladas nele. Cê tem sorte de eu não te dar umas marteladas, mas cê não vale uma sentença de prisão perpétua. Eu já cumpri minha pena.

"Não quero ver ou falar com você outra vez, a menos que conteste o divórcio, o que cê não vai fazer."

"Carmel, Carmel, querida, eu…"

"Cala a boca. Cê é um homem doente, Barry, e a única pessoa que pode ajudar você agora é Deus."

17. Canção da liberdade
2010

voltando pra casa depois de trinta anos, pousando no Aeroporto Internacional V. C. Bird, irritada

pelo calor pegajoso ao qual você já não tá mais habituada e
se sentindo deslocada com todos aqueles turistas ingleses saindo
do avião com short e chapéu de sol, porque sua pequena Antígua
se tornou o destino *ilhas ensolaradas* número um desde a última
vez que você esteve aqui, e quando

o velho cantor de calipso de chapéu de palha dedilhando o
violão na pista acenou com a cabeça pra você

como se talvez te conhecesse, como se tivessem estudado
juntos no primário da srta. Davis, ou talvez fosse um vizinho de
infância, ou até mesmo um meio-irmão, porque embora você
não admita isso pra ninguém, muito menos pro Barry e nem
mesmo pra Donna, considerando o histórico do papi com a Loreene e todas as outras putas que a mami mencionava, você não
ia ficar surpresa se fosse parente da metade de St. John's

e você acenou de volta, seca, enquanto entrava na minúscula sala de desembarque e se juntava à fila de estrangeiros vas-

culhando a bolsa em busca do passaporte do Reino Unido da Grã-Bretanha e Irlanda do Norte que antigamente você era tão desesperada pra conseguir

só que parecia certo e errado ao mesmo tempo porque

depois de tanto tempo longe você realmente não pertence mais a este lugar, né, Carmel?

mas como pode não pertencer ao lugar onde nasceu, garota?

e a prima Augusta levou você direto pro Hospital Holberton, onde você sentiu tanta raiva quando viu o papi patético e inerte, incapaz de se dar conta de que você ia voltar

por ele

pra perdoar ele, mas agora

vendo ele ali

acomodado entre os lençóis brancos no seu próprio quarto particular

morrendo confortavelmente no sono, todo enrugado e com aparência inocente depois de ter causado tanta dor na mami durante a vida de casada inteira dela...

a última vez que você viu ele foi há trinta e dois anos, quando ela tava sendo baixada até a sepultura e

todas essas emoções voltaram rapidinho e você teve que esmagar elas, usar todo o autocontrole pra não despejar uma enxurrada de insultos num homem que tinha vivido mais do que merecia

porque o Barry tava certo: cê *desprezava* ele, então por que bancar a filha obediente?

e a prima Augusta disse que você tinha que ficar na casa dela até a Donna chegar, mas cê precisava ver a casa da sua infância, a casa dele, imediatamente, urgentemente, caso contrário ia afundar sem uma âncora

mas você ficou tão *chocada* que tudo continuou igual mas mudou

300

o mesmo relógio de pêndulo no corredor — um dos ponteiros faltando, agora sem tiquetaquear

a mesma exposição de fotos de família — enegrecidas sob uma pátina de poeira (os Miller, os Gordon)

a mesma cômoda de mogno no final do corredor — uma gaveta pendendo

as mesmas cadeiras de vime na sala de estar — se desfazendo

a mesma mesa de jantar redonda de teca — manchas de líquidos encobrindo o revestimento, e a umidade apodrecendo a madeira

o valioso armário vienense do papi — a cornija e os entalhes lascados

a valiosa escrivaninha francesa em estilo diretório do papi — o tampo móvel emperrado, que só abria até a metade

o sofá e as duas cadeiras "parisienses" da mami no quarto dela — afundadas, manchadas, o estofamento sujo saindo

a sua cama de bronze da infância sem o colchão e sem todo o complemento de molas (sobre a qual você *finalmente* perdeu a virgindade duas semanas depois do casamento e um dia antes de ir pra Inglaterra)

tudo envelhecido e silencioso, mofado e descascado, fedorento e bolorento, teias de aranha e poeira, do pó ao pó, assim como o papi, que está por um fio

o papi, que ainda estava em toda parte e em parte alguma

e antes dele o ancestral de um passado distante que ocupou esse pedaço de terra que se tornou a Tanner Street na época em que seu povo não tinha permissão pra comprar nem um pedacinho da própria ilha

e você e a Augusta conversaram na varanda, você no balanço com o toldo agora enferrujado, mas que continua lá (por incrível que pareça), o chão rangendo e afundando com o tempo (como você) o jardim coberto de vegetação, irreconhecível, arbustos selvagens e espinheiros, folhas de tamareira encharcadas amontoadas no chão, ervas daninhas subindo pelo caminho pavimentado já rachado pelas raízes das árvores determinadas a devolver a ilha à floresta

como a mente do papi, ela disse, toda tortuosa, toda emaranhada

ele não ia permitir que ninguém o ajudasse, mesmo que as mãos tremessem tanto que mal conseguia segurar a xícara de rum pro café da manhã, e mal conseguia andar mesmo com muletas, e podia arranjar um rapaz ou uma garota pra ajudar nas tarefas domésticas, mas não, era como se estivesse se punindo porque

seu pai mudou, Carmel, a idade avançada amoleceu ele do mesmo jeito que amoleceu a carne

a Augusta se lembrou de estar sentada nesta mesma varanda três anos antes — *por sete anos* ela tinha aparecido por lá toda semana com as compras dele — e *ele se sentou lá,* Carmel, e chorou pela versão mais jovem dele que tinha feito coisas inqualificáveis à mulher por causa do monstro incontrolável dentro dele, assim como o pai e até mesmo o avô dele — uma longa linhagem de homens furiosos da família Miller remontando aos tempos da escravidão — que descontavam tudo nas esposas

Meu crime está infecto, um ranço sobe aos céus;

e é por isso que quando sua mãe morreu, ele nunca mais se casou

só tinha algumas mulheres entrando e saindo e a última foi uma garota da periferia que vivia a maior parte do tempo nas ruas e que deixou o fedelho dela destruir o lugar até que ele os expulsou

então ficou sozinho nesses últimos nove anos, chateado por ter sido abandonado pela filha, pelas netas que mal o conheciam e pelo bisneto que nunca conheceu, todos os irmãos e irmãs dele mortos há muito tempo — Eudora e Beth, Alvin e Aldwyn *todo mundo se foi, Augusta, todo mundo se foi...*

e você se sentiu tão mal, tão culpada, tão arrependida por não ter voltado antes e se reconciliado com ele

e quando a alma dele finalmente descansou foi como se a mami morresse de novo só que pior ainda

e cê ficou tão aliviada quando a Donna chegou pra ajudar a lidar com seus sentimentos e com a herança dele, que não era muita coisa, pois ele viveu mais que as lojas Venda Antecipada

uma loja de celulares e uma loja de roupas baratas nos lugares em que as lojas dele ficavam, que fizeram dele um homem tão grande nesta cidade tão pequena

que eram menores do que você e a Donna se lembravam

mas cê ficou maravilhada com Redcliffe Quay e Heritage Quay e que surpresa — English Harbour reconstruído de um jeito inimaginável, com propriedades caras e condomínios fechados para os expatriados, repatriados e turistas, e os iates internacionais, as regatas, os navios de cruzeiro parando nas viagens que tinham o Caribe como rota

o que fez você pensar que podia ser uma coisa boa de se fazer — um cruzeiro

você, a Donna e a Maxine conhecendo as outras ilhas, mas a Donna disse que a Maxine ia dar muito trabalho, e você tentou defender a filha mais nova, porque sabe que a Donna sempre teve ciúmes da Maxine

de quem na verdade você sente pena nos últimos tempos porque você é a mãe dela e ela não tá feliz

e a Donna recuou e disse, certo, a Maxine pode vir também

e aí ela teve que voltar ao trabalho em Londres e você ficou sozinha

averiguando as finanças do papi você topou com a Odette na cidade, nos arredores do First Caribbean International Bank, não se parecendo em nada com a criatura pobre e angustiada que deixou a Inglaterra vinte e um anos atrás

usando aquele cafetã laranja com girassóis enormes por toda parte e *careca*, sim, *careca*, igual àquela Madeline Bell dos anos 60 com seus brincos brancos de argola gigantescos, não porque tinha alopecia, mas porque decidiu mudar de um cabelo de alta manutenção pra um cabelo sem manutenção *por uma questão de princípios*

se desvinculando daquela *fortuna de bilhões de dólares que os magnatas do cabelo arrancam todos os anos de nós, senhoras negras*

durante o almoço no restaurante Rum Baba no English Harbour ela segurou suas mãos sobre a mesa

espero que não se importe que eu diga isso, Carmel, mas cê parece tão cansada, tão deprimida, querida, como se não tivesse cuidando de si mesma. Sei que deve estar sofrendo pelo seu pai, mas, pra ser franca, você realmente se tornou desleixada. Os anos de casamento com aquele homem fizeram um estrago em você, o que cê precisa é um pouco de TAC: ternura, amor e cuidado

o que foi um alívio, porque você tava esperando alguém estender a mão e puxar você pra cima, e quem melhor que a Odette, que sempre foi uma garota tão bacana, sempre dançando e contando piadas, e você odiava que o Barry tivesse o hábito de falar mal dela o tempo inteiro

e também sentia pena de ver ela arrasada ao longo dos anos casada com o Morris, sem perceber que a mesma coisa estava acontecendo com você

uma mulher destruída que precisava ser reerguida, vocês duas concordaram, depois de passar horas discutindo o que os respectivos maridos andavam fazendo *um com o outro* fora do alcance da visão de vocês

Como foi que não percebi, Odette? Qual é o meu problema, Odette?

você ficou tão arrasada com o que ela disse que ela levou você ao Hotel-Butique e Spa da Srta. Odette e ficou orando com você a noite toda e ordenou que você ficasse o tempo que quisesse, como convidada dela, até que você parasse de se sentir suicida ou homicida

então você ficou lá num bangalô na encosta com todas aquelas senhoras afro-americanas ricas de certa idade que pagavam uma boa quantia em retiros de ioga TAC no Srta. Odette

e você conheceu o Marcus, namorado da Odette há seis anos, arquiteto aposentado, o que foi a maior surpresa, e ele tratava ela tão bem

e você começou a usar o aparelho elíptico na academia dela por dez minutos toda manhã pra fazer seu metabolismo funcionar, como o instrutor orientou, mesmo que todos os músculos do seu corpo doessem, porque você nunca tinha feito qualquer exercício a sério na vida, exceto as tarefas domésticas, andar até as lojas ou até a igreja

e você também começou a fazer alguma ioga mais leve e hidroginástica na adorável *piscina de borda infinita* da Odette, começou a fazer aulas de técnica de Alexander pra corrigir a postura, e finalmente recebeu uma massagem

depois de resistir por anos, porque não confia em quem escolhe o trabalho de apalpar pessoas nuas todos os dias e seja como for

ninguém viu você sem roupa desde o Reuben em 1990 e você não tava disposta a se despir prum estranho, nem mesmo ficar de sutiã e calcinha

e no começo não conseguia relaxar, caso a jovem tentasse alguma gracinha, mas no final você cedeu e começou a soluçar tanto que ela teve que parar e ela disse

que nunca topou com nós tão duros em todos os anos dela como massagista

Tem muita dor presa no seu corpo, sra. Walker, e você tem
que deixar tudo sair como parte do processo de cura, e cê fez, três
vezes por semana, até que os nós começaram a se desfazer

como a sua artrite reumatoide, que praticamente desapareceu no calor, como se você estivesse renascendo mais uma vez e
começando a aproveitar a vida, aproveitando

o café da manhã um dia desses, comendo um grande prato
de salada de frutas frescas de acordo com as instruções da Odette

coisa que cê nunca tinha feito, preferindo o café da manhã
habitual com ovos fritos, salsichas, *ackee*, inhame e, nos últimos
tempos, mesmo quando você já estava satisfeita, incluindo algumas panquecas com melado, sendo que a Odette disse que a razão de você estar comendo demais era porque evitava lidar com
as questões difíceis da sua vida e que *comida é pra nutrir e não*
pra amortecer as emoções, Carmel

e você estava aproveitando a manhã clara e ensolarada da
sua ilha como se fosse uma turista normal como aqueles que
você ficava observando entrar num catamarã pra passar o dia
navegando pela costa

quando, de trás do deque do café da manhã, perto dos degraus que levavam aos caminhos que levavam aos bangalôs espalhados na encosta, você ouviu

Essa é a minha Carmelita? Carmelita! Carmelita! Que no-
me bonito é esse. Que garota linda ela é...

e quanto mais você olhava pra esse estranho de certa forma
familiar, mais percebia que era o Hubert, mas não o magro e
gago Hubert de antes, e sim uma versão mais velha, mais bonita
e viril, com uma esplêndida cabeça de cabelos brancos

olhando pra você com adoração, e você agradeceu ao Senhor
por ele não ter visto o caco que você tava quando chegou, sobretudo

quando ele disse que era viúvo, vai à igreja todos os dias, só
ouve a rádio bíblica, lê as Escrituras por uma hora toda manhã e

por uma hora toda noite, e se mudou de volta pra Antígua em
caráter definitivo depois de quarenta e quatro anos nos Estados
Unidos, onde foi professor na Universidade Howard

Sempre tive uma queda por você, Carmel...

algo que ele não se importava que todo mundo soubesse,
até mesmo naquele primeiro dia quando vocês saíram andando
pelo English Harbour de mãos dadas como se fossem namorados de infância de novo, como se ele estivesse *orgulhoso* de ser
visto com você, como se você já fosse a mulher dele

você contando a ele tudo a respeito do seu bacharelado em
administração de empresas e a sua *carreira* em gestão de habitação, responsável por *duas mil* propriedades.

(não falando grande coisa a respeito do seu marido homossexual diabólico, exceto do divórcio que cê tá planejando)

até escurecer, mas você não queria soltar a mão, então pediu a Deus que perdoasse você por ser um pouco prematura e
passou a noite na bela casa dele com vista pro English Harbour
(num terreno que o avô dele ocupou cem anos atrás, que agora
era uma propriedade imobiliária que valia milhões)

e parecia tão natural, tão normal — estar com ele

assim como o jeito dele de te trazer chá de hortelã e torradas de manhã sem perguntar, vocês dois sentados na varanda do
quarto dele observando os pelicanos flanando como pequenas
naves espaciais

e naquela noite você dançou ao som de Barry Manilow,
Harry Belafonte, Michael Bublé, Barry White, no deque do lado
de fora da sala de estar dele, porque esse é um homem que diz
que não passa uma semana sem dançar

seus corpos em sintonia e em sincronia, a forma gentil que
ele tinha de conduzir, movendo os quadris *muito* flexíveis dele,
o que acabou por despertar a fluidez dos seus, e você sente aquele lance da mexidinha rolando que cê *sabe* que ele gostou

você tenta se lembrar quando foi a última vez que dançou e chega à conclusão que foi provavelmente na década de 70

mas não importa, porque você tá determinada a olhar pro futuro agora e não perder mais tempo lamentando a Péssima Decisão que mudou o curso da sua vida

porque tudo em relação ao Hubert parece correto

Deus o trouxe até você e você agradece a Deus e Deus é Amor e Amor é Cura

e você começa a pensar em como podia construir um retiro cristão na ilha (depois de arrancar uma grana fabulosa do Barry) com a sua própria igreja, tirar bom proveito da sua experiência em gerenciamento de habitações

a Merty como governanta-chefe incutindo o temor a Deus na equipe, a Asseleitha como chefe de cozinha, com toda a experiência dela em cozinha internacional conquistada no edifício Bush House, considerando que essas duas sonham em voltar pra casa há muito tempo

e a Odette vive dizendo que é melhor se manter ativa à medida que envelhecemos ou então vegetamos

talvez algo pra Drusilla e pra Candaisy se quiserem vir também, ou talvez elas simplesmente venham de qualquer maneira, porque todas elas têm pensões inglesas que valem muito em Antígua

então cês podem ficar todas juntas na terra natal depois de cinquenta anos longe

de onde você começou

a Sociedade das Velhas de Antígua, ó Senhor

pra descansar as almas cansadas, ó Senhor

limpar os corações e mentes, ó Senhor

nos aproximar de Deus

pra caminhar em nome de Jesus, ó Senhor

damos Graças, ó Senhor! Damos Graças!

18. A arte de viajar
Domingo, 1º de maio de 2011

Eu e o Morris estamos na estrada, viajando no meu Buick cupê conversível 1970 creme, que tá reluzindo elegante e ronronando suave ao sol da tarde.

"Essaí é uma fera voluptuosa e tanto", digo, pondo pra ferver o capô morno, sólido e polido. "Cara, eu podia fazer coisas *indecentes* com esse animal."

"Isso é conhecido como motorfilia", o Morris diz. "E, se não é, acabei de cunhar um termo. Veja bem, eu não ia ficar surpreso, aliás, se algum cara fizesse algo assim, Barry. Cê vê esses malucos por aí que curtem necrofilia? Bom, li outro dia sobre a dendrofilia no meu tabloide *muito informativo*. Cê sabe o que isso significa? Pessoas que sentem tesão por árvores."

"Eu digo que a gente fica com tesão levando esse bebê pra um passeio e a única filia que me interessa é a Morrisfilia. E que que cê me diz, parceiro?"

O carro não dá uma volta desde 1975, quando quebrou na Clapton Road e a gente empurrou ele de volta com o tipo de potencial humano que podia substituir os cavalos de potência naquele tempo.

Agora ele foi restaurado à antiga glória, uma ideia nascida depois do que se tornou Nossa Maior Briga no Primeiro Natal Juntos.

O Morris assou um peru, cortesia do *Curso de Culinária Completa da Delia*, que tinha todas as amarrações e decorações, triturações e marinações, incluindo um recheio chique de cinco frutas. Não fez um mau trabalho. Eu disse que se ele continuasse assim eu *ia* mesmo me casar com ele no civil. Ele disse que eu era machista e se eu não tinha ouvido falar do Movimento de Libertação das Mulheres? Respondi que, a menos que tivesse mudado de sexo, ele era um cara da última vez que conferi.

"Sim, Barry, mas o seu problema é que você tem um comportamento *de gênero* que está preso na Idade das Trevas."

O Morris devia se limitar a ler biografias de fofoca em vez daqueles livros de campanhas difamatórias sócio-ilógicas e politicamente corretas em que ele anda enfiando a cabeça desde que o Lola lhe deu uma lista de leitura *personalizada*.

Logo mais, naquela tarde de Natal, convenci o Morris a ir a Park Lane comigo pra que eu pudesse mostrar uma surpresinha pra ele. A gente foi até lá no meu Jaguar, *voyeurizando* as luzes de Natal e o espírito natalino dos celebradores e passeadores daquele fim de tarde. Parei no estacionamento subterrâneo do Marble Arch e descemos a Park Lane. A gente tava bem embrulhado nos nossos novos casacos Crombie azul-marinho, nossos novos cachecóis de caxemira (o dele cinza, o meu vermelho) e um chapéu de pelo de rato-almiscarado (com abas externas nas orelhas) pra mim, e um chapéu de pele de cordeiro (sem abas externas nas orelhas) pra ele, coisas que comprei pra gente de Natal na Conduit Street.

Quando tivemos um vislumbre nosso passando por uma vitrine, eu disse: "Ninguém pode acusar a gente de ser duas bichas velhas caribenhas com essa roupa, hein? Tá mais pra dois embaixadores aposentados do Caribe, ou talvez dois ditadores africanos aposentados. Ou, melhor, sou um antigo ditador, enquanto você é o meu antigo chefe de gabinete".

Ele não respondeu, então provoquei: "Ou talvez você pareça meu criado bem-vestido".

"Barry", disse ele, mordendo a isca, "alguém já te disse que a sua boca é maior que seus miolos?"

"Tudo bem, então, a gente parece dois milionários do petróleo nigerianos *igualmente prósperos.*"

"Você quer dizer aquelas raposas velhas que enriquecem com o lucro da exploração de petróleo no delta do Níger enquanto os habitantes locais morrem de fome?"

Por que o Morris sempre tem que ser tão sério quando a gente tá se divertindo?

"Morris, véi querido, pega leve. Só quero ir a qualquer loja cheia de não-me-toques do mundo e não ser impedido de entrar."

Chegamos ao showroom de carros, que infelizmente tava fechado.

"De qualquer forma, você acha que esses fornecedores de commodities exorbitantes pros super-ricos se preocupam com o lugar de onde o Sr. Arquimilionário tira o dinheiro? Petrodólar corrupto ou petrodólar não corrupto, a única coisa que fala nesse mundo é o lucro sujo, e ainda tenho bastante, mesmo depois que a Carmel abiscoitou metade. Quem é o chefão?"

"Barry, cê é um *imbicil*, sabia?"

Isso não impediu que a mandíbula dele batesse no chão quando viu a Lamborghini vermelho aerodinâmico na janela lindamente iluminada, palpitante de verdade, com aquela magnificência orvalhada e suculenta.

"Morris", eu disse, segurando o braço dele, "trouxe você aqui por uma razão."

Ele se virou e olhou pra mim, os olhos se arregalando, depois se estreitando, como se já soubesse o que vou dizer.

"Vou comprar um desses *véi-cu-los*. Sim, meu bom rapaz. Uma Lambor-guiada-por-mim!"

Uma crise na terceira idade não podia passar sem que eu adquirisse o tipo de carro que vai deixar os outros homens tão doentes de ciúme que vão querer se jogar debaixo de um trem em alta velocidade.

O Morris girou a cabeça devagar, do carro pra mim, de mim pro carro, antes de proferir seu veredicto mais contundente: "Você tá vendo aquele *véi-cu-lo* ali? Essa Lambor-cê-vai-guiar? É realmente uma obra de arte, mas como você pode sequer contemplar uma exibição tão vulgar de riqueza quando há uma recessão, e em algumas partes deste país você podia comprar várias casas pelo preço desse carro? Quanto tempo você acha que ele vai durar na sua garagem insignificante em Hackney, entre tantos lugares, antes que seja uma Lambor-guinchada?

"Cê sabe o que é que todo mundo acha desses Lambor--guinchantes que disparam pela cidade nesses *véi-cu-los* com os escapamentos explodindo tão alto que são como bombas caindo e deixando todo mundo traumatizado? Eles tão dizendo *Lá vai um homem com um ego grande e um pau pequeno*. Sim, chefe, tá todo mundo rindo dos Lambor-guimba. Cê tem certeza que quer um?"

Desnecessário dizer que o dia de Natal terminou mal e eu não me dei ao trabalho de falar com o Grande Defensor dos Oprimidos até o final do dia 26 de dezembro. Não sou de ficar emburrado de um jeito infantil (deixo isso pra todos os outros por aqui), mas o Morris foi longe demais e teve que executar um ato de servilismo de uma certa natureza pra me conquistar.

Diante disso, depois que minha mente ficou mais leve junto com a minha carga, decidi que ele tava certo, sim, tava certo, como sempre. Vou Lambor-guilhotinar a ideia.

Foi então que tive a brilhante ideia de consertar meu velho Buick como alternativa.

A gente começou a desmontar ele no dia 2 de janeiro de 2011, o dia em que os construtores chegaram pra apagar todos os vestígios da minha vida pregressa, esposa e rusga. Eles derrubaram paredes desde a sala da frente até a sala de trás pra criar uma grande sala de estar com piso de madeira (móveis estilo colonial), janelas francesas e uma varanda térrea com vista pro jardim que o Morris Dedinhos Mágicos (de repente) estava disposto a transformar em local de paz e meditação com lagoas, minicachoeiras, cascalho, pedras, sebes orientais, um templo, cercas de bambu e até mesmo uma pequena ponte, se tem cabimento.

A gente mandou demolir a cozinha, e a parede dos fundos foi substituída por um jardim de inverno (com palmeiras-camedórea). No andar de cima, o quarto e o banheiro conjugal juntaram forças pra se tornar um enorme banheiro com banheira, vaso sanitário e um novo chuveiro de alta pressão com assento embutido. Os dois quartos restantes se tornaram um grande quarto *principal* e o sótão se tornou o "estúdio" do Morris, mas só por causa dos filhos dele, pra quem a Odette ainda não contou, e os outros abelhudos preconceituosos, caso indaguem ou visitem.

Ao mesmo tempo, a gente desmontou e remontou o Buick, andou por toda a Londres pra conseguir as peças; e encomendou dos Estados Unidos tudo o que não conseguiu encontrar.

A gente reconstruiu o motor, colocou uma nova carroceria, instalou uma nova caixa de ignição e mandou construir um distribuidor sobressalente, substituiu o radiador, instalou um conjunto completo de rodas cromadas Buick original de fábrica de 15 × 7 polegadas, reformou o interior com uma coluna de direção

Tilt com volante Sport, pediu pra instalar um novo receptor Sony AM/FM/CD fora da vista, sob o banco do motorista, e alto-falantes traseiros, vidro fumê, carpete novo e assentos individuais de segunda mão restaurados pra completar.

A gente terminou com jato de areia e pintura por pulverização de bege enferrujado a azul-metálico e então finalmente... Primeiro de maio... e o nosso bebê tava pronto pra ir vruum... vruum... *vruum*.

Então lá tava a gente, observando nossa engenhoca, prontos pra passar uma tarde encantadora pegando a autoestrada, quando uma daquelas picapes barulhentas e surradas favoritas dos homens maltrapilhos estaciona do lado de fora da entrada e toca a buzina. Não reconheço o motorista — algum cara de meia-idade esbagaçado com uma barba grisalha que acena e gesticula pra mim como se eu conhecesse ele —, nem o rapaz de pele clara no assento do meio.

Mas reconheço o Daniel quando ele desembarca e fica parado na calçada como se não soubesse o que fazer. Nem eu, porque não vejo o garoto há praticamente um ano.

Fico lá enquanto ele fica lá todo envergonhado e constrangido. Ainda bem que o Morris acena pro Daniel se aproximar, e o garoto caminha hesitante pela entrada, ombros curvados como se resistissem ao vento, arrastando os pés, tênis raspando o cascalho, mãos nos bolsos, parecendo muito acanhado.

O que aconteceu com o aspirante a Mestre do Universo, hein?

Ele cresceu uns três centímetros, pelo menos, e tem um princípio de bigode. Não combina com ele, mas os adolescentes não se importam, é só crescer um buço que eles fazem questão de mostrar.

O Daniel fica ali parado, obcecado pelo chão. E eu estou obcecado por ele. O Morris, como de costume, está obcecado por quebrar o gelo.

"Certo, vou entrar e pôr a chaleira no fogo", ele diz todo serelepe, batendo e esfregando as palmas como se fosse a Hilda Ogden em *Coronation Street* por volta de 1964.

"Morris, fique, você não precisa ir a lugar nenhum."

"É, não vá", o Daniel diz com um sorriso hesitante e esperançoso. Todo mundo sabe que o Morris é um coração mole. "Vovô, só queria…"

Pedir desculpas?

"Pedir desculpas pelo que aconteceu." Noto que a voz dele não tá tão alta e poderosa. Ele não consegue fazer tipo quando tá na defensiva, hein?

"Ah."

"Não tenho mais nada a ver com aqueles garotos. Eles são história: *antiga*. Só pensam em bebida, drogas, sexo e sacanear os pais pra conseguir dinheiro pra bancar pelo menos duas dessas categorias. O Benedict é quem queria brigar com você. Quão *escandaloso* foi isso? Desrespeitando meu avô idoso? Eu mal o conhecia antes daquela noite e… sabe… eu estava desorientado… sonolento."

Ele me analisa pra determinar se foi o suficiente pra ser perdoado, os olhos ficando escorregadios e fugidios.

"Suponho que você tá se isentando de toda responsabilidade, então?"

"Eu estava bêbado."

"Você escolheu ficar bêbado, não é?"

"Isso é discutível. Por um lado, sim, eu estava paralisado, muito sonolento, mas por outro eu realmente não sabia meu limite, e foi por isso que o excedi? Portanto, podemos dizer que minha embriaguez foi acidental e não intencional."

Ele vai ser um bom político.

"Entendo, então não foi culpa sua, é isso que tá dizendo? Você não tem culpa alguma?"

Ele começa a se contorcer. "Eu era mais jovem naquela época, vovô, só uma criança, mesmo, e facilmente sugestionável, e você sabe como é, às vezes você se mete em confusão e se mistura com a turma errada, mas sou um homem agora e nem bebo mais. Ficar bêbado é coisa de fracassado. Os vencedores ficam sóbrios e governam o mundo, ei."

Outro negacionista na família.

Me mantenho firme, sisudo, mas consciente, pela primeira vez, de que deve ter sido difícil pro rapaz ter que lidar com o avô se assumindo pros amigos daquela forma.

"Olha, essas coisas acontecem, vovô."

"Não, pra mim não acontecem, não."

"Veja a coisa desta maneira", ele diz, a arrogância aristocrata voltando graças à compreensão de que o vozão não vai desistir tão fácil. "Se a embriaguez é levada em consideração como um fator atenuante em um julgamento, como eu acredito que seja, por que você não pode aceitar isso?"

Ele ergue a sobrancelha grandiloquente.

Quero dar um tapa grandiloquente nele.

O gesto de retratação deste rapaz durou menos de dois minutos. Ou isso vai acabar numa cabeçada verbal, ou a gente vai ter que fazer as pazes. A questão é, quando eu tava começando a conhecer ele, pensei que o tinha perdido. Eu gostava de participar da vida do meu neto. Gostava de estar perto de um membro da famosa "nova geração", cheia de planos e sonhos, em vez de analisar planos pra lotes no cemitério, metaforicamente falando.

A verdade é que eu senti falta desse danadinho arrogante.

Eu era um mestre rumo à derrota...

Ó vós.

"Como tá sua mãe?", pergunto, fugindo desse impasse.

O olhar dele perdeu aquela pose de muralha defensiva e ficou animado.

"Louca como o inferno, como é de esperar. Mas mais feliz também. Ela arranjou um (segredo) 'amigo especial' que conheceu numa conferência e que fez ela largar do meu pé, pelo menos. Ele tem cinquenta e sete anos, é branco e juiz da Suprema Corte, o que, como ela me explicou, mais que compensa as duas primeiras falhas. (Tipo, se isso não é racista e preconceituoso, então o que é?) Tenho as minhas suspeitas de que ele possa ser um *'feeder'* secreto, aquele que sente prazer alimentando a companheira. Prepara para ela essas refeições de três pratos quase toda noite e isso já começou a *aparecer*. Estou de olho nele porque preciso cuidar da mamãe. Quer dizer, alguém precisa, dado o estado mental dela."

"A Maxine nunca me falou dele."

"A tia Maxine não sabe. A mamãe está mantendo ele em segredo por enquanto. Mas adivinha? Ela me contou tudo a respeito de... vocês dois." Ele gesticula pra nós, sem jeito. "Mas me fez jurar segredo, porque ela prometeu pra Vovó não contar a ninguém.

"Então, e é assim que ela é, ela passou o fim de semana inteiro ligando para os contatos na agenda telefônica e dizendo para *todos* os milhares de amigas dela que o pai é um gay enrustido com o melhor amigo. Ouvi ela andando pela casa e discutindo os pormenores. Você serviu de assunto por *meses*, vozão..."

"E o que *você* acha do seu avô?"

"Acho que a mamãe é conservadora com um *c* minúsculo quando se trata de certas questões." Ele balança a cabeça. "Já eu sou, de fato, um progressista incondicional com um *P* maiúsculo. Você sempre foi bom para mim. Nunca vou esquecer isso, e eu *sinto* muitíssimo. A respeito do que aconteceu. *Acredite*."

317

"Aqui", digo, estendendo os braços pra dar um abraço de homem nele.

Ele retribui, o que sugere que pode realmente estar tranquilo de ter um avô Barryssexual, correção, *homossexual* (refinado).

"Eu não posso ficar, vozão", ele diz, enquanto a gente se separa. Agarro ele com firmeza pelos ombros antes de soltar. "Passei aqui porque queria que você ouvisse algo bem importante. Escute isto: eu me candidatei a Harvard e não só fui aceito — eu sabia disso em março passado e obriguei a mamãe a ficar com a matraca fechada sob pena de morte — como acabei de ouvir hoje de manhã que ganhei uma bolsa integral."

Harvard? Meu neto? Ah, céus. Passe os sais aromáticos!

"Adivinha só quem vai pra Harvard!", ele grita na potência máxima enquanto faz uma daquelas dancinhas estilo hip-hop que transmitem a ideia de que ele tá com as duas mãos em volta duma colher de madeira gigante e mexendo um guisado grudento no sentido horário num caldeirão gigante.

Eu e Morris começamos a dar tapinhas nas costas dele e nas costas um do outro e a gente faz uns passinhos caprichados por nossa própria conta.

"Mal podia esperar para contar a você", ele diz, saboreando o momento. "Quando me formar, vou tentar a faculdade de direito de Harvard, é claro."

Todos nós ficamos sentimentais.

"Não se esqueça da gente quando for um advogado figurão cobrando quinhentas libras a hora só pra dizer 'Olá' ou 'Feliz Natal' no telefone", diz o Morris. "Não se esqueça do zé-povinho."

"Fale por você, Morris. Eu não sou zé-povinho."

O Daniel ri. "Bom Deus, eu não vou *de fato* exercer a profissão, tio Morris. Um diploma em direito é a minha rota para a política, e quer melhor lugar que a *alma mater* do Obama? É provável que eu faça um doutorado em filosofia política em Oxford depois, porque vou precisar de acesso às redes de elite deste país para começar a subir a ladeira escorregadia da carreira política. Vou formar meu próprio partido: Progressistas do Reino Unido."

Nesse momento a picape na entrada toca a buzina. O Daniel se vira, gesticula que já tá indo.

"Tenho que ir agora. Estou indo para a fazenda do pai do meu amigo em Epping e já estamos atrasados. Ele é um dos meus novos amigos, Nelson, em homenagem ao Nelson Mandela. Nós nos conhecemos em um fim de semana dos Líderes do Futuro. Assim que a gente parou aqui, o pai dele disse que saía com uma garota que morava nesta rua, então ele reconheceu a casa *e você*. Pensei que fosse a Maxine, mas ele disse não, a Donna. Dá pra acreditar nisso? O pai do meu amigo saía com a minha mãe? Isso é *muito louco*. Ele disse que não deu certo com ela, e é bem provável que isso seja uma forma educada de dizer que ela já mostrava sinais de insanidade naquela época."

Sinto tudo girando.

"Shumba? Cê tá dizendo que aquele cara é o Shumba?"

"O nome dele é Hugo."

"Sim… O Hugo chamava a si mesmo de Shumba. O que aconteceu com os rabos de rato dele?"

"O quê? Ele tinha ratos?"

"Dreadlocks, Juninho."

"Você quer dizer que o Hugo tinha dreads? Uau, isso é tão legal. Não estou surpreso, porque ele é muito incomum. Ele renunciou a um título e vendeu uma propriedade enorme que herdou para criar uma instituição de caridade que fornece bombas de água a aldeias africanas. Isso não é legal? Agora mora numa casa ecológica que ele mesmo construiu em uma pequena fazenda orgânica e vende os produtos dele em feiras de agricultores."

A buzina toca de novo.

"Tenho que ir. Até mais!"

319

O Daniel vai, as longas pernas voando sem coordenação, ainda desengonçado.

"Daniel", chamo, "passe por aqui de novo em breve, certo?" Ele se vira. "Claro."

"Nós temos um estúdio na parte de cima. A qualquer hora que cê quiser ficar. É o seu *pied à terre*."

"Uau, bem legal."

"A gente vai perder você pros Estados Unidos, Daniel?"

"De jeito nenhum, *com certeza* vou voltar. Minhas raízes estão aqui, vozão. De qualquer forma, tenho que voltar por causa da Sharmilla, ela vai esperar por mim."

O quê, quatro anos ou mais? Cê acha que ela vai esperar por você?

Fique quieto, Barry, deixe ele curtir as convicções juvenis.

"Vocês dois *têm que* ter internet", ele grita de volta. "Assim a gente pode manter contato quando eu estiver nos Estados Unidos da América! U-huuuu. *Não* se preocupem, vou deixar tudo preparado para vocês dinossauros antes de ir embora. U-huuuu, estou indo para Harvard!" Ele dá um soco no ar e faz mais dancinhas hip-hop com o ombro. "Ei, isso significa que agora eu tenho dois avôs? Quanto isso é progressista?"

E então ele foi embora. Meu neto se foi.

A picape se afasta, com o Hugo sorrindo e me fazendo um joinha pela janela.

Ele parece um cara legal, continua sendo um pouco esquisitinho, mas nada menos que um filantropo. Eu tava errado a respeito dele, como com toda a certeza o Morris vai me lembrar, de hoje até o dia em que a gente vai tá de fato esvaziando o penico um do outro.

A gente fica lá um tempo depois que a picape acelerou e partiu.

O Daniel é parte de mim. Ele é meu futuro. Vou viver através dele.

Mas enquanto ele tá apenas começando, o avô dele tá na reta final.

Tenho uma vantagem de quase sessenta anos sobre o garoto.

Ele pode ser capaz de soletrar a palavra *vicissitude*, mas a experiência dele em relação ao significado dela vai crescer com o tempo.

Ele pode saber o que significa húbris, porque é um garoto inteligente aos dezessete anos, ou ele já tem dezoito agora? Mas vai vivenciar isso de forma plena se não tomar cuidado. Eu devia fazer ele ler *Coriolano*. Todos os aspirantes a político deviam ler.

Ele vai ser moldado pelos Estados Unidos, isso é certo, só por estar lá. E nem vai ter consciência que isso tá acontecendo. Vai ser influenciado por completo pelo senso norte-americano de autoconfiança, e o senso de poder e o senso de poder de Harvard.

Eu não podia desejar nada melhor pro meu neto. A Donna fez um bom trabalho com aquele garoto. Quero dizer isso pra ela, porque acho que nunca disse. Acho que nunca a parabenizei por nada. Senhor, sério? Sim, sério. Talvez eu deva tentar fazer as pazes com ela, mesmo que ela bata o telefone ou a porta na minha cara. Também estive pensando, talvez a loucura dela na adolescência fosse uma forma de pedir a minha atenção ou fosse raiva por conta da minha preferência pela Maxine. Estou tentando ver as coisas da perspectiva dela. Estou tentando.

Quanto à Maxine, sinto que a mimei tanto que ela nunca se tornou uma pessoa forte, mas não me arrependo. Eu a amei mais do que era bom pra ela. De qualquer forma, a minha abordagem de negócios, nova e intransigente, tá funcionando. Ela tá amadurecendo. Jasper, nosso gerente de negócios, me diz que o paciente tá mostrando sinais constantes de melhora. Ela tá cumprindo os prazos pra exibição da coleção que deve ser em outubro, e que vai ficar abaixo do orçamento, ela agora tá exigindo nota fiscal de *tudo* e não tá gastando no que não pode ser contabilizado, como as contas do cabeleireiro dela (o que é um milagre), os acessos de raiva semanais foram praticamente erradicados, e nenhum estagiário saiu do prédio chorando nas últimas sete semanas.

"Sobre aquela xícara de chá...", digo pra Hilda "Morris" Ogden, conduzindo ele em direção à casa.

Três horas depois a gente tá na autoestrada M1 em direção ao norte, andando em serenos 110 km/h em vez de emocionantes 145 km/h, levando em conta que os agentes do Serviço de Segurança controlados pelo Estado colocaram câmeras de rastreamento ao longo de toda a rodovia.

Baixamos o teto solar, usamos óculos escuros, embora esteja nublado, e tocamos no último volume "The Girl from Tiger Bay", do novo álbum da Shirley. Aos setenta e quatro anos, ela ainda tem uma voz que deixa a mi'a espinha toda arrepiada e humilha qualquer pretendente ao trono.

Estamos atraindo olhares interessados de outros motoristas, como era de esperar. Eles provavelmente pensam que somos dois músicos de jazz norte-americanos famosos: o Little Morris e o Big Daddy D da Banda de Jazz de Louisiana, e assim por diante.

Se a gente tiver a fim, pode dirigir até Manchester, York ou mesmo Glasgow. Por que não? Nada impede a gente agora. A gente não precisa prestar contas a ninguém. A única pessoa a quem devo satisfações é o Morris, e fico feliz em fazer isso. Se for tarde, a gente pode conseguir um bom quarto pra passar a noite, pedir serviço de quarto, assistir à *tevê paga*...

Só quando sai de Londres é que cê tem a noção de que a maior parte deste país é composta por zona rural: campos abertos e um céu que não é interrompido por edifícios. Sou um cidadão da selva de concreto há muito tempo. Nunca saio de Londres hoje em dia e, pra ser sincero, quando foi que saí? Uma ou duas viagens a Leeds pra visitar parentes, levar a Maxine pra beira do mar.

Anos atrás a gente era ainda menos bem-vindo no campo do que nas cidades. Era mais seguro ficar dentro dos muros da cidadela. A gente não ia ser literalmente linchado no mato, mas com certeza ia ser hostilizado, na melhor das hipóteses.

Todo esse espaço, céu e vegetação é como estar num país completamente diferente. À medida que avançamos cada vez mais pro interior, começo a me sentir como um turista, como se a gente tivesse numa terra desconhecida, em algum lugar no exterior.

Estive pensando que talvez seja a hora de ir pra casa também, só pra visitar, sentir o clima.

Antígua, *mon amour*, a gente ficou distante por muito tempo, minha querida.

A gente devia voltar antes de... bom, não vamos morrer tão cedo, mas a gente deve ter perdido alguns pedaços ficando na Inglaterra por tanto tempo. Sim, uma peregrinação ia ser legal, e considerando que a Odette é agora uma espécie de guru espiritual pra Carmel (segundo Maxine), ela pode aceitar numa boa eu e o Morris.

Não tenho tanta certeza quanto à Carmel.

Nunca vou esquecer ela de pé, dando aquele golpe baixo.

"Passei cinquenta anos da minha vida iludida pela sua farsa. Toda a minha vida adulta foi desperdiçada."

A patroa mexeu comigo. Senti as consequências das minhas ações.

Ainda tô sentindo. E sinto muito. Carmel, sinto muito.

Até escrevi uma carta me desculpando com ela, mas de que serve uma carta quando alguém teve a felicidade roubada por tanto tempo, hein?

Tenho que carregar isso comigo pro resto da vida, porque, não importa as desculpas que inventei, deixar ela teria sido a coisa mais honesta a fazer, pelo menos assim que a Maxine fez dezoito anos. Dever cumprido. Nas palavras do ilmo. sr. James Baldwin, "Uma forma de ser realmente desprezível é desprezar a dor das outras pessoas".

Em todo caso, se a Carmel ainda não estiver bem com isso, e se a gente realmente for pra Antígua, vou me esconder nas esquinas se vir ela andando por St. John's de mãos dadas com o Hubert, aquele *minhoquinha*. Sim, sim, tenho certeza de que ele mudou, como a Carmel me disse... mas sério? O Hubert? Ela não podia arranjar alguém melhor?

Sim, talvez seja hora de voltar pro lugar onde tudo começou. Uma daquelas visitas a jato, mas não voando, é claro. Podemos ir pelo mar, do mesmo jeito que a gente veio, sem pressa.

Mas as prioridades primeiro.

"Como cê tá, chefe?", pergunto pro Morris, que tá ao volante cantarolando junto com a Shirley.

"Tô bem, homem. Tô bem. Você?"

"Eu também, mas sabe? Tenho umas *coisas* pra tirar do peito."

Coisas que estão na minha mente desde que decidi deixar a Carmel. Ela não foi a única pessoa a quem fiz mal. Isso tem me mantido acordado a maior parte das noites, então desço pra ler. O Morris tá dormindo tão profundamente que nem percebe.

Tá na hora do Morris saber que não vivi só duas vidas, mas três...

"Já que a gente tá partindo pra um novo começo e tudo o mais, quero abrir o jogo, Morris."

"Quê?"

Ele lança um olhar rápido pra mim como se estivesse tentando avaliar o que acabei de dizer. Ele percebe que estou nervoso.

Nas veias, sinto um medo frio e mórbido,/ Escorrendo e gelando o ardor da vida

Mesmo sabendo que tô prestes a arremessar uma granada de mão, eu *tenqui* fazer isso.

"Coisas, Morris… umas coisas que cê tem que ouvir…"

Permita-me começar pelo pedreiro alemão de Munique que tava trabalhando na Torre NatWest na cidade e que alugou um dos meus primeiros quartos individuais em Dalston Lane em 1975 — Jürgen. Depois houve o Demetrius, o Kamau, o Wendell, o Stephen, o Garfield, o Roddy, o Tremaine e todos os flertes e encontros sem rosto.

Há uma estrada de acesso à frente que leva até os postos de gasolina e, antes que eu possa dizer mais alguma coisa, o Morris está sinalizando pra esquerda e entramos em Toddington.

Estamos num estacionamento.

Ele desliga o motor.

Ele se vira pra mim, sério, agarra meu pulso bem apertado.

"O que eu sou agora? Um padre católico pra quem você tem que confessar todos os seus pecados? Se você for por esse caminho, tenho que retribuir, e não tenho tanta certeza de que você vai aguentar. Você quer saber pra onde essa conversa vai levar, meu amigo? A um beco sem saída, taí.

"Me escuta direitinho, Barry. Eu te conheço desde 1947 quando a gente era moleque. São sessenta e quatro anos, tá me ouvindo? Você e eu finalmente temos um futuro juntos pela frente, então a gente não vai ficar desenterrando nossas contravenções antigas, certo? Só se recosta bem confortável e descontraído e ouve a inigualável srta. Shirley Bassey e vamos curtir a batida, cara, curtir a batida."

Agradecimentos

Minha profunda gratidão, como sempre, aos meus editores, leitores e pessoal brilhante da Hamish Hamilton-Penguin: Simon Prosser, Anna Kelly, Lesley Bryce, Donna Poppy, Caroline Craig, Anna Ridley, Ellie Smith e Marissa Chen, e por todos os outros que fazem as coisas acontecerem nos bastidores. Um muitíssimo obrigada, sempre, à minha agente Karolina Sutton, da Curtis Brown. Obrigada também aos leitores generosos e críticos deste romance em seus vários estágios e versões: Denis Bond, Roger Robinson, Blake Morrison, Mel Larsen, Oscar Lumley-Watson; e às pessoas que ajudaram com a pesquisa: Brenda Lee Browne, Sharon Knight e Ajamu X. Obrigada acima de tudo ao meu marido, David, meu primeiro leitor, incentivador firme como um rochedo e companheiro divertido.

ESTA OBRA FOI COMPOSTA POR BR75 | RAQUEL SOARES EM ELECTRA
E IMPRESSA EM OFSETE PELA GEOGRÁFICA SOBRE PAPEL PÓLEN NATURAL
DA SUZANO S.A. PARA A EDITORA SCHWARCZ EM JANEIRO DE 2024

A marca FSC® é a garantia de que a madeira utilizada na fabricação do papel deste livro provém de florestas que foram gerenciadas de maneira ambientalmente correta, socialmente justa e economicamente viável, além de outras fontes de origem controlada.